景恒街

笛安 著

北京出版集团公司
北京十月文艺出版社

新经典文化股份有限公司
www.readinglife.com
出　品

目录

没错，这次想写一个发生在北京的故事。

它不是我的家，我只是深爱它。

“等一下。”她费力地推开他的肩膀。

他马上就要压下来，此刻他的双臂便撑在她身体的两旁。他的呼吸里还有一点隐约的粗重，是刚刚突如其来的热吻留下的痕迹。他不知道自己的左手无意间做了一个握拳的动作，拳头陷进雪白的床单里。

“你这样可不怎么厚道。”扬起眉毛是他的习惯动作。

“你是好人吗？”她认真地盯着他，她自己也知道这很丢脸。但除了继续丢脸下去，好像也没什么办法。于是她加上一句：“我不跟坏人睡觉的。”

他承认，从没遇见过这样调情的女人。他凑近她的脸，在她耳边说：“你不试试，怎么知道？”

然后他开始轻轻吻她的脖颈，任由她的膝盖准确地夹住他的腰。

“算了，你来吧。我不怕了。”她闭上眼睛，漫漫长夜就随之降临。他不知道她此刻的脸上，为什么会有一丝真实的痛苦。并不是忧伤，她的五官甚至有些微的扭曲——这让他有点恼怒。

可是她的身体就像琴弦，他闯进去的时候相信自己听到了某种共鸣声。后来他感觉自己的身体里也开始盘旋着余音绕梁的颤动，是她传染的。

再后来，有滴泪从她左眼的眼角滑下来，被他的手指拦截在半路。这时，他脑袋里的眩晕慢慢散开，世界的酒也醒了。万事万物在逐渐恢复秩序，他端详着她右边的太阳穴——她眼睛睁开了，有点不好意思。

“我有时候会这样，”她解释着，“在这种时候，眼泪会自己出来。”

“哪种时候？”他笑了。中文果然伟大。

“特别好的时候。”她的胳膊紧紧环住了他的后背，好像他即将远行。

“所以我是坏人。好人——哪能让你这么好呢？”

那是他们的第一个夜晚。他们都不知道，就从那个夜晚开始，他们已经陷入了妄想之中。他妄想着日出之后，对他而言，这还是一个和平的世界；她妄想着不管中间会经历什么，她到最后都可以平静痊愈。就好像一定会有一场瓢泼大雨仁慈地从天而降，雨过天晴之后，每个人的任务就只剩下笑着闻到树叶湿润的香气。

妄想开始，爱情就来了。

Part 1 天使

2011 年 2 月— 2013 年 8 月

1

朱灵境有一个奇怪的习惯，每一次坐在候机大厅里无聊地阅读手中的登机牌的时候，她会不由自主地想想，自己这趟飞行有没有忘带什么东西——大多数情况下，还是会忘记一两样东西的，比如一本原本打算在途中看的书，比如托运行李中忘了塞一瓶隐形眼镜的护理液……只要有一样并不是那么重要的东西被忘了，朱灵境就会松一口气，因为她相信，有了这点瑕疵，这趟旅行中，以及抵达目的地之后，便不会再发生任何不好的事情。

这当然是迷信。

朱灵境一直记得，那个大年初二的北京。她是被当时的公司紧急召回的，母亲一面埋怨她的老板虐待员工，一面帮她轻松地打点好了行李。当然母亲的语气里还是有那么一点点满足的——她觉得这显得她的女儿对公司很重要。从首都机场出来，灵境直接拖着箱子去了会议室。那是她第一次知道，东二环原来可以不堵车。出租车司机神情淡漠，带着她长驱直入，好像在运筹帷幄着阴谋。

没有了那些密密麻麻的人，环路两旁的楼群看起来都像是在静静地等着进摄影棚拍照。她把车窗摇下来一点，这城市空旷了之后，悬崖林立，缝隙幽深处自然生出一股冷风，毫不犹豫就冰透了她的脸。

真是爱极了北方的冬天。

二十分钟前，车速就已超过八十。她想提醒司机前面有摄像头，不过想想，还是算了。然而有一辆现代呼啸着超车并把他们远远甩在身后。正前方，两三个十几岁的孩子奔跑着横穿马路，把建国门外大街当成了放学后的操场。这城市的血管骤然畅通，她自己成了新鲜的血液，轻盈地，就抵达了她的目的地。

没有人的北京酷似梦境。

“梦境”当然只是个修辞手法而已。紧急会议的目的，就是向公司所有的中层员工宣布他们的公司正式破产。而灵境所在的公关部，最后一项工作，便是在春节的这几天里，准备好应付假期结束之后必然蜂拥而至的媒体。当然还有一些更棘手的事情，比如通知所有正在过年的同事。办公室里兵荒马乱，不过每个人都在神色平常地商榷细节，没有人谈论这个噩耗本身——所以她也必须做出一副“早就知道了”的神情，事实上，即使最近半年来用户数据已经很难看，她也没想到真的这么糟。就在圣诞节前，她们公司还入选过某个知名财经杂志的什么“潜力企业排行榜”——

也就是说，她以为这种表面的光鲜还能撑一段日子，说不定，就真的撑过去了呢。不过她也知道，自己在某些时候确实迟钝。比如，大学的某个假期，她跟初中同学吃饭，她们笑着说起当年灵境被另外一些女生暗地里冷暴力排挤的倒霉处境，她也跟着笑——但她的确是第一次听说这件事。后来去英国待了两年，好像就……更迟钝了。

她就像在所有普通的工作日那样，从茶水间的窗子那里，眺望着黄昏。理论上夕阳不知道春节假期的存在，但是夕阳也许知道这座城空了大半。她们的写字楼离北京国际饭店不远，有些年头了。在这个城市，一栋十五年的写字楼看起来就像是文物——茶水间的窗户朝向一条僻静的小街，影影绰绰，看得见居民区的蛛丝马迹。不过所有小小的店面都已关门：7-11、烟店、五金行（灵境一直奇怪它为何会出现在这里）、复印店、杭州小笼包……每间店铺都落着一把大锁，看上去，自己像是被日常的琐碎生活毫无理由地拒绝了。过一个年，这个街区就寂静入骨。夕阳终于自由了，想怎么红，就怎么红。

手机上有一个漏接的来电，是母亲的。她回了一条短信：落地了，已经在开会。她暂时不想告诉母亲她已经没有工作了，主要是怕麻烦。然后她突然想到：虽然这一路匆忙，可是因为母亲一贯的事无巨细——她还真没有忘记任何一样无关紧要的东西。

盯着手机屏幕的时候，没注意到左手上的咖啡杯在倾斜——等注意到了，她也只剩下盯着自己被烫得通红的手指发呆。洗手间就在隔壁，薄薄的一堵墙清晰地传出来一个女同事的抽泣声——她绝对不能在此时进去撞上这个场面，但是，这么说，跟她一样并无准备的人还是有的。这反而让她轻松了一点，坦然地承认，这是倒霉的一天。大家之前都在说，钱还是有的，即使眼下的钱用完了，意气风发的老板总能找到愿意接着扔钱进来的VC。至少灵境在春节放假之前，未曾从老板脸上看到什么疲态——然而他今天还未露面，群发给全公司同事的道歉邮件还完好地待在邮箱里——她不想点开来看。

然后她一抬眼睛，看见了“钢铁侠”，或者说，是钢铁侠困惑地看着她认真对着自己的手指吹气。

“Tony，你好……”其实她差一点就要说“新年快乐”，又觉得场合不对。钢铁侠不喜欢任何人叫他“刘总”或者“刘先生”，他要求每个人都对他直呼其名——所谓直呼其名，指的当然是英文名，大家心照不宣，没有人傻到真的去叫他“刘鹏”。

“灵境，好久没见。”没几个人见过钢铁侠穿西装打领带什么样，他向来是毛线衫和牛仔裤的装扮，只是——也都看得出来这种随意是演出来的。

钢铁侠长得当然不像小罗伯特·唐尼，也不可能像埃隆·马斯克；他还戴着一副看起来款式很老的黑框眼镜；也绝对没有Tony Stark那样夸张的富可敌国——但是在灵境和她的大多数同事的人生里，刘鹏就是跟他们说过话的最有钱的人。刘鹏今天应该是代表他们的大股东MJ资本来善后的，精确地讲，灵境的老板最初创办这个公司的时候，MJ 就是他们的投资方，而钢铁侠是 MJ 资本的第二号合伙人。MJ 资本投资的项目多的是，也许在钢铁侠眼里，不过是又遗憾地看到了一只不慎死掉的小白鼠。

“这个事情，还是有点突然，对吧？”钢铁侠笑笑，走过来为自己倒了一杯咖啡，灵境不安地看着他，因为最后一包砂糖刚刚被她用掉了。钢铁侠好像完全没想到砂糖这件事，从容地直接喝了一口。真厉害，也不怕烫。

“是有一点。我知道公司这半年不是很好，可是没想到会是这样。”

隔壁洗手间里，终于有不怕尴尬的人进去了。那个哭泣的女孩却还是没有停下来。听声音，进去的有两个人，只好一起安慰她。

“好不容易拿到的期权不算数了，她觉得失望也是合理的——”钢铁侠往墙壁上扫了一眼，也许只是在找话说，毕竟两个人站在这里听着别人哭，有点难堪。

灵境不知道自己该不该微笑，她只是说：“也许是我们掌柜的……把事情想得太好了，他总喜欢说我们一定有 IPO 的那天，到时候大家都有份……尤其是喝了酒以后……可能，有的人特别相信他。”

钢铁侠的眼神冷冷地一闪，好像很看不上对面那堵墙：“那是她自己蠢。不止蠢，还贪心。”

灵境将视线对准了钢铁侠的脸，有种被冒犯的感觉。这些大佬们是不是都有这个癖好——若无其事地欣赏他们的一根手指一动，就颠覆了别人的命运。横竖都失业了，还能糟到哪里去，于是她认真地望着钢铁侠说：“一个人特别相信自己的老板，我不觉得这有什么错。更何况，她以为自己面前有一个能脱胎换骨的机会了，会更愿意相信，不是每个人都能遇到这样的机会的。”居然有一种在课堂上顶撞了老师的感觉，她暗暗地笑了笑，又觉得自己幼稚。“再见，Tony。”她端起那杯只喝了一口却仅剩一半的咖啡，再不走，气氛就有点诡异了。

“我刚刚看了一下你的简历，你能在伦敦政经学院拿到奖学金，不简单。”钢铁侠的声音从身后传来。

她转过身，脸居然红了。“不是的，没那回事，其实是这样的——我入学那年，那个奖学金是头一年设立，他们当时宣传做得不好，根本没人知道——三个名额，只有五个人申请，所以……”

“你在国内的本科读的是——好像是数学？我记不太清楚了。”钢铁侠聚精会神地打量着她。其实他记得非常清楚，他甚至记得那张表格里她的GPA、她毕业的年份，以及指导她硕士论文的导师那个也许来自荷兰或德国的冗长姓氏。只不过他早已养成习惯，在他人面前适当掩饰自己过目不忘的记性。

“不是，是统计。跟数学差多了。”她不由自主地把简易咖啡杯放回身边窗台上。她已经意识到了这是面试，但拿不准是否应该让钢铁侠知道她已经意识到了。

“差在哪里？”

“统计本质上研究的还是人，针对的也是人——数学不一样，数学跟人其实是没什么关系的……”她沮丧地感到自己又说了句蠢话，于是惨兮兮地补充，“我那个时候跟着老师参与过一个国家统计局的研究项目，我可以发你看看，不过你应该没有时间吧。”显然已经忘了刚刚还觉得这个男人是个自大的蠢货。

钢铁侠已经拿出了他的手机。

“我把HR的名片发给你，我会跟她打个招呼，春节之后你带着简历去跟她见个面，只要你不把她得罪得太惨，就可以入职——”他不抬头，依旧划着自己的手机屏幕。

“你的意思是说……”她提醒自己，不要看起来太兴奋。

“如果你愿意从分析师做起，认真学习——”钢铁侠的语气已经没有起初那种微妙的客气，“欢迎你加入MJ资本。”

灵境深深地吸了口气，挺直了脊背。“那个……”她一脸的如释重负，甚至放松地咬了一下大拇指，“你能不能——稍等几分钟再发名片给我，对不起，我手机还没有装微信，我马上下载。”

十分钟以后，灵境终于发出去她的第一条微信消息，发给她的第一个“好友”钢铁侠。他们的对话框里干干净净，她将“谢谢”二字打上去的时候，有点像是童年时在无人经过的雪地上留下第一对脚印。

然后她径直走进洗手间，水流冲刷着手指，非常敷衍地做着洗手的动作。她直直地盯着镜子里的自己，脸颊上泛着微醺时候的淡红。她已经在想该如何对母亲解释新职业究竟是做什么的。刚刚几个人都还在，那个哭泣的姑娘红着眼睛走到她身边，打开另一个水龙头。

“灵境，”女孩自嘲地笑着，“我们几个刚刚说，今晚一起吃饭庆祝一下这么衰的一天，你要不要一起？”

“好。”她嫣然一笑。未来已经开始了，她不打算让眼前这几个姑娘知道。

当然也有一些事情，是此刻的她不知道的。

就在半个小时之前，钢铁侠站在灵境的老板的办公室里。两个人的脸色自然都好看不到哪里去。灵境的老板徐承天站在窗前，背对着室内。坐在他办公桌前面的倒是钢铁侠，阅读着电脑屏幕上的文档——是一封公司创始人及CEO发给全体员工的致歉邮件。

“你写得真挺不错的。”钢铁侠笑笑，“我还记得，高二的时候，你代表你们班写给学校的那封抗议书——两千多字，波澜壮阔的，好多人都从头到尾抄了一遍……其实，不过是抗议学校的宿舍里不让用电热壶。”

徐承天转过了身。短短几天里，像钢铁侠这样的旧相识都能看出来，他像是苍老了好几岁。

“原则上我还有三天的时间。”他看着钢铁侠，“我明天一早去一趟关岛，后天就回来，等我回来，你才能知道我们是不是真的没救了……到时候再来看笑话也不晚。”

钢铁侠摇摇头，站起来：“我现在就能告诉你会怎么样。那两个老家伙会热情友好地请你到游艇上吃顿饭，上甜品的时候告诉你很高兴认识你这样的年轻人，可是你的企业真的有问题他们不能注资——你能不能相信我……”

“我只需要三百万而已！”徐承天烦躁地一挥手，像在赶苍蝇，“这样就能再给员工发两个月的工资，就能多争取到一点融资的时间！Tony，为什么不能帮帮我……”

“最大的问题真的只是时间吗？你三个月前不是没有时间，半年前你也有……我以为，该说的不该说的我都说了，可是你居然一句也听不懂。”钢铁侠转身往门边走，他好像隐约间觉得，不会有那么容易。

“我指的不是MJ，”徐承天的声音果然从身后传了过来，“我知道MJ已经放弃我了。我是问你，Tony，三百万，我知道这对你不算什么……我跟你保证，我不会就这么垮了的，我能翻身我能在一年之内还给你。”

“你现在的样子，跟滥赌鬼没有区别。”钢铁侠心里越是凄凉的时候，就越嘴硬。

徐承天一个健步跨到钢铁侠面前，把将要敞开一条缝的门重新关回去。听到门锁钝钝的一声响，钢铁侠难以置信地以为自己要被杀了。徐承天干脆利落地跪了下来，这才是他锁门的原因。

“帮帮我，我没有别的路了，我不想破产——这家公司是我全部的梦想。刘鹏，看在那个时候，你爸爸妈妈要离婚，你常常跑到我家吃我妈做的炸酱面的分儿上……”他的眼睛看着自己的膝盖和钢铁侠的鞋子之间那一小块地毯。

钢铁侠后退了几步，就像是会被徐承天的膝盖烫到。好吧，总算是不会被杀——他自己也不明白为什么，一个人明明是在折辱自身，却总是让他这个旁观者产生被冒犯了的怒气。抬头看看，夕阳像是要打碎玻璃窗，他只好笑笑："你去年在香港给你儿子买的那笔保险值多少钱？地库里现在停着的那辆车又值多少钱？可你宁愿给我下跪，也舍不得破釜沉舟——起来吧徐承天，你儿子长大以后，你该怎么跟他描述你年轻的时候啊……"

徐承天终于扬起脸，单手在地面上撑了一把。起身的时候，猝不及防地，对准钢铁侠的脸给了一拳。

眼前一黑，耳朵边全是轰炸一般的怒吼："我操你妈的刘鹏！你这种人有什么脸面提别人的孩子，我儿子会知道他爸爸宁愿给你这种王八蛋跪下也不能动他上学的学费，你想没想过你老婆为什么看到你就像看到堆垃圾一样……"

几秒钟后，钢铁侠走进了洗手间。水龙头不小心拧得过大了，他又调小了一点点，他对着镜子认真清洗着渗血的嘴角，还好，暂时没有太明显地肿起来。洗面台上他的手机屏幕溅上了一两滴水，邮件提示音响起来了，那个小小的信封图标被水珠拉扯成奇怪的形状。他没有打开看，他知道，徐承天终于发出了那封所有人都会收到的、宣告游戏结束的邮件。

那个刚刚跪在他脚边的人这样对他的员工们告别："是我的错，是我太过于理想主义，忘记了资本没有耐心听听我们的梦想。山高水长，愿我们后会有期。”然后，钢铁侠听见了隔壁女洗手间里轻轻的哭泣声。真是完美，他暗暗地苦笑。徐承天已经完整地贡献了悲情英雄的谢幕方式——在他三岁的儿子拥有大学学费的教育保险之后，就连“坏人”的角色都是现成的，谁让刘鹏不会写作呢。

他走到了走廊上，走到了僻静处的茶水间。一片狼藉之中，他看到朱灵境专心致志地对自己烫红的手指吹气，好像那是世界上唯一重要的事情。

后来，即使是已经朝夕相处，非常熟悉，钢铁侠也没有告诉过灵境，他是从什么时候起记住她的。也许，钢铁侠觉得这本来应该是一件心照不宣的事情。就在那间公司宣布破产的八个月前，他们还在开派对，是徐承天的生日。钢铁侠是座上宾，参加派对的十几个员工里当然有灵境。那一天，钢铁侠心情不错，是有意想多喝一点，微醺之际忘记了珍藏武器，挨个准确地叫出来这十几个人的名字、职位、毕业的学校——随后，每个人都像是要报知遇之恩那样站起来跟他碰杯，酒精让他们相信高山流水，相信他们亲如一家，相信他们总有一天会成为另一个“刘鹏”，把成千上万人踩在脚底下。

灵境就是在那个时候站起来，跟每个人道歉说要先走一步。有人起哄说让她把要会的那个男人带来跟大家聚聚，她诚实地回答不过是必须回去遛一只朋友暂时寄养在她家的狗。

钢铁侠曾经以为，她这么做是为了给自己留下深刻的印象。当然他很快就知道并不是那么回事。是“钢铁侠”这个绰号惯坏了他，在还只是“刘鹏”的岁月里，他当然不是这么想事情的。恰恰是她对自己的视而不见，反倒让他凭空生出了尊重。

转眼间，灵境加入MJ资本已经两年，他确信，起初并没有看错这个姑娘——是个聪明孩子，不能说拥有多了不起的敏锐和直觉，但是愿意观察，也肯学习，还不多话，这就已经是种难得的优点。而且，她一如既往地，一直对他保持着视而不见的态度——也不是完全的视而不见吧，在公司楼下的咖啡馆遇到的话，她还知道远远地绕着走。

没错，两年了，两年零三个月。灵境常常在清晨突如其来地惊醒，却也想不起究竟梦到过什么。发一会儿呆，再四下寻找着手机，把闹钟关上。她的睡眠通常自带某种定时机制，设定闹钟不过是以防万一。接着她要对着自己的衣橱再发一会儿呆——她也曾热血沸腾地买过两双十公分的高跟鞋，结果第一次穿着走进MJ资本的会议室，就觉得，有点尴尬，尤其是当每个人都显得对她的尴尬若无其事的时候。

虽然现在不怎么用得到，但那两双高跟鞋，依然跟着她搬了两次家。不上班的日子其实也没什么穿的机会——因为她始终没能学会如何用那根细细的鞋跟稳住自己放在油门上的右脚。事实上，不管做什么打扮，每个周一例会的早晨，她堵在东三环慢慢挪动着，永远感觉自己像个蓬头垢面的贫贱主妇，因为内心里的小算盘一刻不停——运气不好的话这个路口的红灯和下个路口的红灯会轮番出现，这样她抵达的时候也许就要晚五六分钟；晚了这五六分钟，就没那么好找车位了，说不定又要在地下停车场从 P2 绝望地转到 P3，也许又多出去五六分钟的损耗；天哪，她居然忘了公司停车场入口这两天在施工，也就是说，为了开进地库她必须排一条实在难以估算时间的队伍……她沮丧地叹口气，希望等一下迟到超过十五分钟的同事能多一点，不，最好有个总监甚至合伙人也能被堵在众生平等的国贸桥。

不过，在二十五楼上，世界总是静谧而没有焦躁的。只要不是什么重要场合，MJ 的大老板——孟舵主总是一件简单的格子羊毛衫，笑逐颜开地坐在那里环视着室内每一个人。环视的动作也极为缓慢，如果没能捕捉到他的挪动，看起来真的很像一尊无人会忽视的泥塑。他能把羊毛衫从十月穿到第二年的四月，据他说人过了五十岁都会怕冷——但是，还是据说，他十年前就说人过了五十岁会怕冷的话了。孟舵主的年纪是一个谜，只有常常帮他订机票的行政才见过他的身份证。钢铁侠其实知道，孟舵主不过才五十二，谁也说不清他第一次宣布自己年过半百的时候别人为什么就信了，也许钢铁侠说的是真的："体重过了一百二十公斤，谁还会关心你几岁。"但即使听见这样的话，孟舵主也不会生气，甚至会跟着众人一起大笑。

至于钢铁侠和孟舵主是什么时候认识的，有不同的说法。MJ 的员工们听惯了这二人的互相唱和以及拆台，像说相声一样，以至于常常错觉他们二位是在漫长岁月中伴随着大家成长的老艺术家。当然，在挨骂的时候——这种有默契和起伏的唱和造成的效果也是双倍的。灵境忘记了，这个周一有点不同。因为孟舵主不在北京——所以原本该开会的时间已经到了，可是二十五楼上，大家还都在捧着各自的手机，盯着一个相同的新闻。

这里原本是个小的会议室，不知从何时开始，变成了烟民们的据点，尤其是在例会还没有正式开始的时候。今天是蔓越莓科技在香港上市的日子。所以，孟舵主总算是穿上了一身西装，笑容可掬地出现在港交所，以及所有人的朋友圈里。社交媒体刷出来的每一张照片中，孟舵主都能被人第一眼看见——因为他占据了两个人的空间，把与他合影的其他人都衬得非常娇弱或渺小。钢铁侠对着自己的手机笑笑："舵主这套西装看起来真眼熟。"有人附和道："没错，我也觉得一定是见过，还有领带。"钢铁侠想了想："我只见过两回他穿西装——一次是我结婚的时候，另一次，是他自己上回结婚。"大家的轻笑声连成一片。虽然每个人都挂着节制的笑容，但是大家都清楚，这是一件重要的好事情。四年前MJ刚刚成立的时候，整个世界都还在金融危机的余波里惊魂未定。然后他们就遇到了"蔓越莓"的创始人——往下的故事就跟财经记者们写的差不多了，新成立的MJ成为了蔓越莓的"天使"，孟舵主和蔓越莓CEO的那张合影，转发率非常高，处处可见，孟舵主的长相跟天使还是距离远了点，可是他看起来太符合中国人想象中的那种"贵人"了。很多人心里明白，蔓越莓也成全了MJ。四年下来，多亏有了“蔓越莓”这张名片，之前很多失败的项目和经历，都可以谈笑间轻松带过——当然，钢铁侠似乎不这么想，老板们都觉得别人能有今天全靠自己当年慧眼独具。

“吸烟室”的嘈杂中，钢铁侠狂躁地拍打咖啡机的声音也格外清晰。“又坏了，这些行政怎么都那么蠢……”一个女人静静地走了过来，不由分说地从钢铁侠鼻子底下把咖啡机挪开，然后冷静地抽出一格——里面已经盛满了用过的胶囊，轻轻甩手，倒空，再将这一格装回去的时候咖啡机就开始了正常的运转。然后她含笑看着钢铁侠：“不然你以为那些用完的胶囊都到哪儿去了呢？”——她是MJ的第三号合伙人夏雪莉（没有第四号了），以及，负责管理公司所有的日常琐事。钢铁侠一时有点没面子，强撑着说了句：“我早就说过可以换成那种泵压式的。”雪莉做出一副怜悯的表情：“那种操作起来太复杂了，你学不会的。”

接着雪莉转身冲着所有的烟民宣布一句，二十五分钟前就该开会了。

而此时的灵境，还在停车场里心灰意冷地等电梯。

隔壁的大会议室里已经坐满了人。自然有西装笔挺一丝不苟打着领带的——不过穿得越正式，资历往往越浅。所以灵境第一天穿着套装和十公分高跟鞋走进这间会议室的时候，不用任何人告诉她，就能感到某种微妙的尴尬。

MJ 并不是一家等级森严的公司——或者说，看起来不是。孟舵主总是说：我们这里又不是军队，不用那么强调上下级——所以他煞费苦心地安排出来会议室里的座次。U 形会议桌遥遥相望的两端，分别是他和钢铁侠的座位，而正好可以将会议桌的长度一分为二的那个位置，则是夏雪莉的。当他们三人真有意见不统一的时候，这个座次安排也导致他们的争吵极具观赏性。这三人的位置之外，其余的空缺部位塞进来各部门的负责人，以及投资经理们。灵境这样的最底层的分析师（常常被孟舵主称为“孩子们”）被默认为不大方便分享会议桌的桌面，所以他们的椅子绕会议桌一圈，围坐在后面。当然也有一个位子是例外——钢铁侠的右手边是大屏幕，而左手边的那个位置，属于最倒霉的那个人。

每个周一例会，除却各个部门拿出来讨论的事务性话题，诸位投资经理要做的事大体上是两件，一件是展示 MJ 资本投资过的企业目前的状况，PPT 上的数据、图表、KPI、分析……自然都是灵境他们整理的；另一件事，汇报他们正在跟进观察的，MJ 资本有可能会投资的项目，并且给出评估的意见。在这样的汇报里，钢铁侠通常负责打断，质疑，提出尖锐问题，冷嘲热讽，人身攻击；而孟舵主则永远是那一脸见惯了的笑容，眼神近似悲悯，好像坐满整间会议室的不是他的员工而是一家孤儿院。最终是否投资一个项目，或者一个团队，做决定的方式就是孟舵主、钢铁侠，以及雪莉三人投票。少数服从多数，简单明了——一般来说，凡是孟舵主与钢铁侠达成一致的事情，雪莉不会反对；而当孟舵主反对钢铁侠的时候，雪莉会非常自然地站在孟舵主这边——其实大家也很想看看，在什么情况下雪莉会和钢铁侠一起反对孟舵主，但是，自从 MJ 成立以来，还没发生过。

有位总监环视了一下四周："是不是可以开始了？"钢铁侠即刻简短地说："人都还没来，怎么开始？"满屋子的眼睛都静静地转向钢铁侠左手边那个无声的空位。那位总监笑了："在 Tony 眼里，除了小雅，谁都算不上是人。"雪莉倒是在此时开口道："别这么说，今天是蔓越莓的大日子，缺了小雅，我们等一下鼓掌鼓给谁听。"四年前，MJ 总共有三位老板、三个员工。冯小雅就是其中之一。起初他们险些就放弃了蔓越莓，是小雅力排众议，跟三位老板吵得奋不顾身……就连"蔓越莓"这个名字，都是小雅取的。蔓越莓的几位创始人全是工科出身的技术宅男，打死他们也不可能想得出如此少女的名字。

灵境站在银灰色的电梯里，一副大势已去的表情。电梯在 G 层停下来了，门缓缓挪开，灵境最先看到的却是小雅硕大滚圆的肚子。小雅托着腰走进来，拍拍胸口："有你跟我一起迟到，我就放心了。"小雅的声音很特别，语调明亮，却掺杂着一点若有若无的沙哑，类似老唱机播放唱片时候的杂音。灵境本能地往角落后退了一步，现在的小雅总让人产生身边空间无比局促的感觉。灵境并不知道通常的孕妇应该是什么样的，不过她依然赞叹——小雅的腰还是一如既往地纤细，就好像她不过是在那件深灰色的连身裙下面藏了一个篮球。虽然脸色略微青白，可她看起来依然像是从孕妇装广告图片里走出来的。所以灵境觉得——古人说的倾国倾城，真正的意思可能也是指某种压迫感。

灵境像是突然警醒地说："你的包我帮你拿吧。"——她跟这位顶头上司相处的时候，总还是有点说不出的生涩。"谢谢。"小雅倒是大方地把包递给了灵境，将解放出来的那只手也托在腰上。顺便，冲灵境慵懒地一笑。这便是灵境最佩服小雅的地方：她看起来永远不赶时间，永远不需要装作自己很忙，她甚至不需要知道别人是否需要她——在蔓越莓的这个大日子里迟到一会儿，一定会有好事的人说，她是故意要用这种方式提醒各位她的重要。可是，她只是一脸歉意地对灵境笑着："我出门的时候换了好几次鞋，才一个晚上，脚突然肿起来，好多以前的鞋都穿不进去了。"有的人生来就是女主角，这是那些处心积虑想要吸引别人注意的人永远不可能理解的。

"我昨晚把'炫影'的预期用户增长的分析，还有融资之后的财务计划发给你了，他们的PDF写得太啰嗦了，我做了一个精简版给你……"灵境也不知道自己是不是为了找话说。只是小雅好像没有在听。她像是屏住呼吸那样走神了片刻，然后眼睛里微微一亮："哦，好的。"

会议室里，雪莉又拨打了一次小雅的电话，等待接听的时候，听到身边有人惊讶道："开盘才一个多小时，蔓越莓涨了这么多。"

周遭的欢呼声是被灵境打断的。灵境怀里抱着小雅和自己的包，像是逃难一样用肩膀撞开了会议室的门，顾不上理会突兀的死寂了，她费力地说：“小雅她在电梯那里——她应该是要生了。”

随之而来的一片混乱中，雪莉脸上挂着一丝不可思议的微笑，像是自言自语道：“这算不算是双喜临门？”

2

灵境喜欢独自在停车场里坐一会儿，比方说加班回家的深夜，还比方说像今天这样，疯狂的一天结束之后——也许已经凌晨。总之，当她可以确定，有一个奢侈的长夜在眼前，不需要跟任何人打交道的时候。她抬起僵硬的胳膊转了一下车钥匙，这个小动作都做得十分勉强。四五月间的天气用不着冷气也用不着暖风，车子一旦熄火，广播的声音也戛然而止，她的银色大众CC停止了呼吸。而她，也跟着“小白龙”（她给自己的车起了这样的名字）一起，堕入停车场的幽暗之中。有一点点光洒在她面前的通道上，对面那排车位上停着的车沉默不语。如果正对面的那台Mini Cooper突然之间自行点亮车灯，并且跟她的小白龙打声招呼：你今天这么晚……她也丝毫不会觉得奇怪。她相信所有这些车都在等着她离开，不过好在，每一次它们都极为耐心，相安无事地等着她在车里发呆，然后目送着她往电梯的方向走，灯光把水泥地映照成深深的湖底，她不小心踩到了地上的光线。

在城市里，恐怕停车场是唯一一个类似大自然的地方，有自成一体的逻辑，并且虽然不轻易表达，可是从深处散发着拒绝人类的气息。

她把车窗按下来，又很快关上了——还是躲在完全密闭的空间比较安心。驾驶座已经调成一个可以半躺的角度，她惬意地闭上眼睛，提醒自己别就这样睡过去。白天在医院里的时候，她也曾这样尽力仰着头，靠在病房外面的墙上，小雅一开始还在极力忍着痛，到后来呻吟声轻而易举就穿透了墙壁。灵境不敢走进去看她——与灵境一起送她来医院的几个同事也一样，大家整齐地坐在病房外面，他们谁也没想到原来新生命的到来其实是件尴尬的事情。

更尴尬的是，他们始终联系不上小雅的丈夫。

病房门开了，小雅终于要被推进产房里去，此时已是下午四点——当然，只要可以不上班，送产妇入院也是充满乐趣的。但是现在，下班时间要到了，所有的乐趣自然跟着魔力消除，而小雅的双亲此刻还在来北京的航班上。大家互相对望了一眼，目光都落在灵境身上——她是四个人里唯一的女孩子。她深呼吸了一下：“我跟她进去，你们回去吧，别忘了最好还是有个人去机场接一下她爸妈……还有……”众人如释重负，七嘴八舌地说知道了知道了她老公的电话我们一定隔十分钟打一次。

灯光。产房里的天花板是一种奇怪的绿色。大门砰地关上了，好像这间屋子里发生的任何事情都不会有人知道。她被护士要求着穿戴上样式奇怪的防护服和帽子——关于那几个小时的记忆一直是以碎片的方式呈现。唯一连缀成线的地方，是小雅捏紧了她的手，指甲深深地嵌进去，她不大敢看她的眼睛，在这种时候四目相对，简直类似于战场上的同生共死。小雅惨烈地叫了出来，撕心裂肺，产科大夫问了灵境一句："你晕血吗？"她咬着嘴唇拼命地摇头。

外面真实的世界上，夜晚早就来临。

是个健康的小男孩，母子平安。在助产士剪断脐带的那个瞬间，灵境还是闭上了眼睛。所以护士说的那句"十一点十九分"在耳边格外清晰。有个沉默的穿着白衣的男人，默默地把宝宝放在一只透明的手提盒子里拎走了——小宝贝比预产期提前了两周，所以他需要住几天保温箱，如果没有这个解释，灵境真的会以为那人是幽灵什么的。助产士把一张薄薄的单子盖在小雅腹部的位置，贴心地遮住了难堪的血污。然后对灵境说："为了防止意外的情况，让产妇在这里待两小时，我过一会儿就会回来……"

灵境不知道什么叫"意外的情况"，事实上，今天发生的一切事情都在她的概念之外。她整个身体像是要散架一样，瘫坐在产床前那张并不舒服的椅子上，大脑却像是在某个空旷的地方不顾一切地奔跑。小雅脸色惨白，疲倦地笑笑："我都没看清他长什么样子，他们就把他带走了。"灵境微微用力地，握了握小雅的右手，她这才注意到自己手上多了几个紫色的圆圆的指印，不过她什么也没有回答。不知为何，有种隐约的羞耻感粘在她的皮肤上，她不愿意看见此刻的小雅，她此刻的样子与平时的优雅和诱人扯不上半点关系。生育带来的那种野蛮的狼狈让灵境不由自主地想后退几步，不要相信任何"新生命"的神圣，这变成了她在后来的日子里坚信的事情。她一句话也不想说，也不想走出这间绿色天花板的产房——这里是她和小雅的山洞，她感觉自己必须把守着洞口。

“我不会忘了今天，”小雅认真看着她的脸，汗湿过的长发都滑到了后面，“谢谢你。”

她摇摇头，不知道自己该不该正视小雅这张没了任何妆容的脸，她有点紧张地说：“恭喜你了。”

小雅认真地看着她：“我手上现在的项目都在电脑里，明天我发微信给你密码，就都拜托你了灵境。”

她很高兴此刻还能聊几句尘世间的话题，于是说：“好。”

然后她笨拙地把拂在小雅眼前的几缕头发拨到一旁去，小雅额前潮湿地蒙着一层水雾。助产士和一个护士走了回来。

“我现在有了宝宝，”小雅眉头一皱，笑笑，咳嗽了两声，“我什么都不会怕。”

有时候，人一说类似诺言的话，就会被教训。

助产士问：“你最近几天感冒过吗？”

小雅摇头。

助产士神色紧张了：“那你咳嗽是刚才开始的？”

小雅和灵境对视一眼，像两个乖孩子，齐齐地点头。小雅用力地想要维持着正常的神情，尽管她又开始咳嗽，似乎只要脸上平静，就代表真的没事。

助产士像在篮球场上躲闪对手那样，扑到产床前面拔掉了心电监护，冲着吓呆了的小护士说：“叫刘大夫回来，然后打电话把卢主任也叫来，准备抢救室，心电监护推到那边去再上……”产床底下的轮子开始转动了，“快呀！”助产士的脸庞瞬间变得狰狞，“她可能是羊水栓塞！”

所有的人顷刻间都在奔跑。好像有股巨大的力量，在灵境眼前用力一抖，她目力所及的一切都成了一张加速挪动的海报。她也只好跟着跑，虽然不清楚为什么。她跟着滚动的床跑出了产房，几张焦灼或者严肃的医生的脸出现并且加入到奔跑中，灵境知道自己是多余的，她笨拙地认为自己不应该擅自离开那个归她守护的洞口，于是她又折回产房里，可是已经空无一人。然后她意识到，自己甚至没有摘掉脚上淡蓝色的鞋套。

抢救室的门在她面前关上，走廊上有一对焦灼的五十来岁的男女，她想那应该是小雅的父母——不过此时显然不是寒暄的时候。钢铁侠从电梯口走出来，对她点了点头。

“Tony, 怎么是你……”她有点意外。

“航班延误，我叫你们部门的那几个人回去了，反正我下了班也没事做。”钢铁侠并不是严格意义上的工作狂——他只不过是发自内心地讨厌私人生活。

“那我……”她不知道自己这个时候说回去合不合适，虽然她帮不上任何忙，但是好像不应该这样把小雅丢下，她们不是刚刚一起上过战场吗？

“走吧，你明天可以晚一点来公司。”钢铁侠挥挥手——话是这么说，负责检查考勤打卡的又不是他本人。

所以此刻，她像是等待被埋葬那样安然躺在驾驶座上。身体醒着，却已经僵硬到了某个程度，于是灵魂逃脱控制，就在隔壁副驾座上睡着了。

微信提示声搅扰了这墓地一般的安宁。是钢铁侠的信息：小雅还在抢救，她老公终于到了。今天过得太不容易了，不如，一起喝一杯？

灵魂依然没有清醒，所以身体麻木地回复了一个“好”字，没加标点。

每一个早晨都是崭新的。不管前一个夜晚有过多惨烈的战争，新鲜的阳光里，硝烟的气味都会消散殆尽——好吧，北京的早晨拥有新鲜阳光的时候的确不多。几天后，雪莉微笑着对灵境说：“这样也好，是个锻炼的机会。有什么不懂的就问，小雅手上的项目你也是了解过的，你们小雅组里的所有人这几个月都直接跟 Tony 汇报工作。”她看出了灵境脸上些微的尴尬，笑了：“不要怕他，Tony 那个人，骂归骂，还是会把他知道的都教给你们。”

小雅留给她的那张表格里，每一栏代表一个待考察的项目。也代表着她有多少个创业者要见。从看上去最容易的事情开始吧——她在电梯里缓缓从二十五层降落下来——约人说话而已，她已见过无数次小雅是怎么做的。大堂里的人你来我往，旋转门带进来户外的风。那一瞬间灵境甚至舍不得二十五楼，她想那是因为有点紧张。

起初，她拿不准是要极力掩饰自己，还是尽量让对面的这个人放松下来——不过她很快就明白了，绝大多数见到她的人都比她轻松自如，不只是轻松，常常还带着某种她不能理解的攻击性。

“怎么是你——哦，我是说，小雅呢？”对面的人脸色阴了一下，以为 MJ 不再让小雅来见他，代表他是不被重视的。

“哦原来是这样，当了妈妈，好事啊，恭喜她……”神情如释重负了。

“拜托你，好好看看我的 BP，移动互联网时代，真正深刻改变了每个人的生活方式，你同意吧？”——您真的不知道每个人都这么说吗？

“如果你不能理解我的商业模式，也请你无论如何拿给刘鹏看看，他是我大学师兄，我们是一个系的，他一定能懂我。”灵境知道这是在礼貌地暗示自己智商太低，不过她无所谓，只是困惑地脱口而出：“哦，你说 Tony 啊……”

对方笑了：“原来现在都这么叫他了——当年啊……”——谁在乎你的当年。

一个小时过去了，表格上只画了一个“✓”，而下一个需要见的人在遥远的中关村，需要穿过半个北京城。

“谁没有幻想过自己成为乔布斯，你说对吧？”灵境差点脱口而出“我真的没有”，然而对方并没期待谁回答他：“你一定替我转告小雅，蔓越莓能做到的事情我们也能做到，所以我们提出来的估值真的不算高。我是个理性的人，我知道我不是马云……”——是吗，非常感谢。“可是我敢说，我的公司不比蔓越莓差，我们一定有能 IPO 的那天。”——果然还是不能高兴得太早。

也有那些看起来单纯愉快的人。

“我们打算公司的名字就注册成‘桃园刘关张’。”三个人齐齐以相同频率对灵境点点头，像是动画片。“我们兄弟三个在老东家那里一起拼出来的，现在也打算一起打天下。”——可是，可是蜀国后来灭亡了呀。

“我们只需要五百万而已，当然了有一千万更好。对你们来说，这点钱根本不算什么，可是对我们仨来说是全部的机会，我们可以改变国人对于旅行这件事的概念，这也算是在邀请你们一起来改变世界呀……”——灵境开始认真地想，她自己为何从来没有过想要改变世界的渴望。当然，不能让对方看出来自己在恍神。

当然，她很快就会发现，宣称自己想改变世界的人其实比她以为的要多。见怪不怪了之后，觉得自己由衷地期待世界和平。

那张表格上的“√”终于画满，又是深夜了。

她此时才发现，好像一天里来了这家咖啡馆两次。总计喝掉了一杯美式两杯拿铁。她本能地想跟小雅说句话，好像除了她，真没有合适的人能聊聊这样的一天。自从经过了产房里的九死一生，小雅就把灵境当成是一个朋友。职场专家们都会告诉你，上司下属之间成为朋友其实并不聪明，可是——管他的。奇迹般地，一封小雅的邮件就在此时送了进来。灵境踢掉了鞋子蜷缩进松软的沙发，手机硌住了腰部，微信显示有三十多条未读消息，她不理会，直接点了小雅的头像。她对小雅说：邮件收到，马上就看，你怎么还不睡啊。

小雅的回复很简洁：夜奶。

灵境笑笑：那我不打扰你了。

然后迅速得到了回答：赶紧打扰，我快要疯了。小朋友，第一天独立执行任务，感觉如何？

有很多细微的感受，灵境不知道该怎么表达，所以她只好说：现在才知道，你太不容易了。

小雅丢过来一个“得意的微笑”的表情：习惯了就好了。你记得好好看看我邮件里那个项目，是一个我认识的FA推荐给我的，看完了告诉我，你觉得有没有搞头。早点睡吧。

灵境苦笑了一下：睡不了。明天下午两点我们几个要跟Tony开汇报会，而我现在还什么都没准备。

小雅不再回复了，她终于重新沉入一个更为原始的黑夜里，哺育一个外形奇怪的小家伙。自从这个小朋友降临人间，“窗外的夜晚”对于她们就已成为两种截然不同的物质，一个“母亲”和另一个“不是母亲的女孩”，悬挂在她们头顶上的并不是同一个月亮。

灵境一整天都没有回到二十五楼，所以她不知道孟舵主回来了。

孟舵主的办公室面积很小——起初他自己坚持选了这一间，而把最大的那间留给了雪莉——名义上是体现尊重女性的企业文化，其实这个小间是整层楼里风水最好的地方，他信这个。绝大多数MJ的员工都热爱孟舵主的办公室。三位老板的领地风格迥然不同，推开他们各自的门，就像闯入三部戏的剧组。雪莉的门后是一派商务精英的装饰，一尘不染，井井有条，国贸商圈里这样的办公室大概找得出一百间；钢铁侠的屋子是一间男生宿舍，乱糟糟，还搬进来了一张折叠床，全套厨具——以及两个巨型的高达手办；至于孟舵主，他花了很大的力气，一点一点搜罗来二十世纪八十年代初的那些办公家具，当年的沙发、当年的书桌、当年的暖瓶和茶杯，地板也铺成了老式纹样的花砖——以及那种已经带着铁锈，被他重新油漆过，留下了白色号码的报夹子——孟舵主估计会成为地球上最后一批坚持买报纸的人。悬挂在天花板上的细长日光灯管点亮的时候，光的颜色把整间屋子带回到三十年前，包括气味，那是他此生最怀念的好时光。曾经有来面试的员工，一走进来，整个人愣住了，有个女孩脱口而出："好想哭啊，这里简直是我小时候的爷爷家……"这个女孩最终没有被录用。

不过，孟舵主的那套工夫茶具显然属于这个世纪。他把热水缓缓地从瓶身上盛放着牡丹花的暖瓶里倒出来，洗过茶之后，给每个人倒上小小的一杯。接着问大家："不如，今晚一起吃个饭，我想想在哪里订个位子——"

雪莉微笑着摇头：“我就算了，等下得回去检查儿子的作业。”

“Sherry 的儿子不是在英国？”办公室里坐着一位顺道来做客的 LP。

“我们这边的九点他刚好下课，约好了在 Skype 上，他把明天要做的 presentation 给我预演一遍。”雪莉穿着办公室用的拖鞋站了起来，她的高跟鞋此时静静排列在隔壁的办公桌底下，她为钢铁侠开了门。

钢铁侠恰好听见了刚刚那句话：“亲爱的 Sherry 总，下一步是不是该给你儿子文上‘精忠报国’？”

雪莉缓缓地转身：“能说点正经的吗？”

钢铁侠放下了手中的咖啡杯：“咖啡机又死机了，这一次我把废的胶囊全都倒空了也不行……如果明天还修不好，你能不能换个行政？”

孟舵主赶紧声明：“我今天绝对没有碰过它，也从来没拿它当凳子坐过。”只可惜，这个笑话并没有人笑。

“小雅的产假要休多久？”钢铁侠问雪莉，“听他们说是……四个月？”

“六个月。”雪莉回答，“她把她的年假也放在一起一并休了。所以……这六个月里，她那个 team 的人，都得你带着。提前劝你耐心一点，不是每个人都能像小雅一样……”

孟舵主感慨地长叹一声：“在香港的时候，每个人都过来问我，蔓越莓敲钟的日子怎么能不带小雅来……真的是每个人，我就突然间在想，她休假的这段日子说不定会有人来撬墙角……”

钢铁侠脸色一沉：“没那回事，小雅不可能走的。”

“幼稚。”雪莉一脸悲悯的表情，“什么叫不可能……”

“所以我想跟你们商量一件事……”工夫茶的小杯子在孟舵主手指间显得马上就要被捏碎了，那个坐在身边沉默了许久的LP突然疑惑地开口道：“小雅……到底是哪个？我记得去年我来这儿的时候看见过一个女孩子，头发垂下来到这里……”他努力地比画着，“高高瘦瘦的，是她吗？”

“你说的应该是灵境。”雪莉无奈地摇头，“这些男人啊，果然记不住业务精英，只记得我们这里最漂亮的小姑娘。”

“Sherry你开什么玩笑，”孟舵主好像很激动，“能不能客观一点儿，灵境怎么可能比小雅漂亮？”

“你看，”雪莉难以置信地瞪大了眼睛，“男人和女人的眼光就是差这么多。”

“舵主，你到底想说什么？”钢铁侠看起来已没有耐心继续这个愚蠢的话题。

“我看这样……”LP欠了欠身，“你们既然要说正事，我就不耽误了。本来就是路过顺道看看你们，我再不走就又要堵车……”

“不能走。”孟舵主摆手，“等会儿还得吃饭呢，我跟你说好不容易发现一个挺不错的宁波菜馆子，你绝对没吃过的……”

“舵主，”雪莉觉得自己有责任阻止孟舵主开始聊他刚刚想起来的某道菜，“你想给小雅涨薪水？”

“我想提她做合伙人。”孟舵主好像也注意到屋子里的寂静了，“你们看，蔓越莓现在风头正健，小雅就是我们的名片，我们可以给她一个最小的份额，让她多代表我们出去见媒体，我们现在也需要多宣传自己。”

“我觉得……是不是再等等。”雪莉挺直了后背，一副正襟危坐的神情，“你看，这四年多，的确是因为她，我们才有了蔓越莓，可是万一只不过是小雅运气好呢，万一她其实并没有大家以为的那么好的眼光跟判断，以后的日子可太长了……Tony 你觉得呢？想要宣传自己有的是办法。”

孟舵主的神情略微沮丧，他想起 MJ 毕竟是一家民主的公司。

“我也觉得，还是再等等……我原则上是同意舵主的，但是我相信小雅并不只是运气好，再给她两年时间，她一定能有更优秀的表现，那个时候就没人能说什么了。”钢铁侠有意无意地瞟了一眼雪莉，“所以她这两年需要的是集中精神工作，这么早把她推出去 social，今天拍照明天见记者，她那个不成器的老公某天再出轨哪个小明星，她还得上娱乐新闻……小雅对我们来说是珍贵的，不应该让她真的去做花瓶。”

孟舵主诧异地笑了：“道理都对，可是你别忘了小雅不是未成年人……好吧，那就等等，难得你们二位这么一致，总之你们记得，我的这个意向已经放在这儿了。”

“你放心吧。”雪莉笑道，“我过几天就去月子中心看看她，带着公司的红包，我个人再给孩子买两身衣服，总之，一定把她哄开心了。”

“你明白我意思就好，她放假的时候别让她觉得公司没了她也没什么大不了的，”孟舵主此时的笑容略微憨厚，“必要的时候多给她 team 里那几个小孩子一点压力，多敲打他们，让大家都觉得没有小雅他们就很狼狈。”

“知道啦……”雪莉叹气，“小雅是公主，容嬷嬷的活儿交给我去做。”

“没事我就先走了。”钢铁侠突然站了起来，拿着烟盒往门边走，“我约了人开会。”

“客观地说灵境他们几个接下来的工作量也的确挺大的……”雪莉突然转过脸，冲着门口吼了一句，“你别在走廊上抽烟，现在人人都要跑到走廊里抽烟，都是让你带的！”

钢铁侠的香烟已经叼在了嘴里，对着屋里做了一个大拇指朝下的手势，半截身体已经被打开的门遮住了。

“年轻人总是需要点磨练才能成长。”孟舵主撑着沙发站起身，“哎，你先别走，问问还有没有人愿意跟我们去吃饭……”

灵境打开了小雅最新的那封邮件，咖啡馆的网速此时有点慢，一时打不开全部的 PDF 文档。她只看到了封面上那个产品的名字：“粉叠”。

这个名字倒是有点意思。然后她瞪大了眼睛，盯住创始人的名字，以为这是一场噩梦。

一杯冒着热气的牛奶降临在她一片狼藉的桌子上。敦厚的粗瓷马克杯，宝蓝色，画着稚拙的粉红色桃心。有种稚拙的艳丽，非常适合午夜加班的倒霉鬼。

“我没有点这个。”灵境扬起脸一笑。

“我知道，这是送你的。”服务生有点手足无措，一张干净的大男孩的脸，“你这两天总来这里，我不小心听见你们说话的，你是 MJ 资本的 VC，是风投的人，对不对？要是你现在有空的话，能不能……听听我的创业项目？”

灵境愣了片刻，笑了。她的两只手紧紧地抱住微温的牛奶杯，语气试探：“要是我不想听，是不是就不能喝了？”“没有没有！”那男孩急得手足无措，拼命地摇头，“不是那个意思……下次也可以，只要你能常来。”灵境慢慢地叹了一口气：“你……等我喝完。”他用力地点着头，坐到灵境对面的沙发上去，膝盖重重地撞到了桌角。桌面微微震颤，灵境不由自主地把牛奶杯攥得更紧，然后抬起头狐疑地问：“疼不疼？”

他局促地笑笑，右手始终放在膝盖的位置。左胸口挂着咖啡馆统一的名牌，他叫“阿南”。

很久以后的后来，灵境才意识到，那个午夜，正是在那个错愕地盯着面前羞涩服务生的瞬间，不由自主替他难堪的同时感觉到的那点愉悦，那就是“权力”的滋味。

她并没有很享受那个。

3

几乎度过了一个无眠的夜晚。凌晨三点上床，整个脑袋像是微醺但是异常敏锐，浅尝辄止地睡一下，又被色彩浓烈的梦惊醒。梦里似乎有一大片蔓延到天际的粉红色，她想，一定是那个“粉叠”的封面在搞鬼。她反复地研究过那个文档——做得很糟糕，几乎没有什么提纲挈领的概述，密密麻麻写了好多细节——可是，有什么东西是不一样的。除了两位联合创始人里有一个名字是“潘垣”，她跟他很熟。

“粉叠”是一款App的名字——它针对的人群是——粉丝。无论年龄、性别、职业身份，只要你是某个明星的粉丝，就可以。还在规划阶段，暂时没法试用只能想象。它有点像是多年前盛行的论坛，你可以在这里为你喜欢的那个明星集结起来，轻易变成一个团队，为他拉票，为他办活动，一呼百应地去转发与他有关的任何消息，甚至在这里直接跟他经纪公司的工作人员对话；它也有点像是那种网文社区，你可以在里面发表作品——比如那种，女主角是你自己、男主角是某个明星的荒谬小说，事实上这里接受的唯一一种题材的“文学作品”是你变成了毒枭的女人，那个明星化身成无所不能的英雄警察去救你，或者你买了一条黑背犬牵回家，到了晚上发现它会变身成为一个英俊男人，而且长得跟你喜欢的明星一模一样；它也有购物平台的部分功能，你的偶像出新专辑，你可以直接在这里花钱为他打榜，粉叠会忠实地记录你为他的每一笔支出……还有一些不好归类的特征，很难说它像什么，也许只不过是像外面那个真实的赤裸的世界吧。当你为他花过足够多的钱，当你为他拉来了足够多的转发或关注度，你就跻身于一个粉丝间的特权俱乐部。你会拥有更多见到他的机会，你甚至有可能为他工作，在他身后那个庞大的工作人员团队占据一席之地。

灵境想了很久，她说不好为什么。总之，在那份做得杂乱无章，也没能提供任何数据甚至是数据预测的PDF里，她似乎嗅到了某种陌生却刺激的气味。她试图用一个简短的报告来总结这个气味究竟是什么——倒是可以确定，这个东西远远超出她熟悉的那个潘垣的智商，所以，她盯着第一页上的另一个名字注视了片刻：关景恒。

她只是给潘垣发了一条信息：你又在搞什么鬼？没有得到回复。

也许还有更惨的事情，比如说，五点的时候才勉强应付了不知道算不算睡着的短暂睡眠——然后，惴惴不安地坐在钢铁侠的办公室里，想着这一次的报告也许能让他满意，他却语气轻松地说："我今天累了，你发我邮箱我回去看，今天我就打算跟你们几个随便聊聊。"

灵境真的很想告诉所有的老板，当你已经掌握权力的时候，最仁慈的手法应该是让人觉得你的行为有规律可循，而不是兴致来了就大赦天下。这么想的时候，她的脸上当然是微笑着的，本能露出来给钢铁侠看的，却是那种"好幸运今天会议内容轻松"的笑容——多年下来，已经忘记了，此刻的自己其实应该被鄙视。

“我突然想起来，我总是花时间跟你们一起分析具体的项目，可是有一件事还没来得及跟你们说——”钢铁侠语气里那种不耐烦又冒了出来，他情绪化的苛刻倒是也从来没放过他自己，“我说——你不是非记笔记不可，我又不会出题考试。”他看着一个还没过试用期的男生，无奈地笑笑。

“这是我刚入行的时候，孟舵主跟我说的。他说，Tony 等你到了我这个年纪就会明白，其实‘商业’是最公平的事情。”钢铁侠停顿了一下，灵境在心里祈祷他别做出随便抽一个人提问这么幼稚的举动，“为什么这么说，因为所有人都有成功的可能——我的意思是：那些你佩服的人、你非常喜欢的人、你觉得他很聪明他必然有作为的人；也包括，你看着觉得很蠢的人、你觉得他虽然有过人之处但是更多缺点的人、你认为他一无所长的人、你觉得平庸甚至有什么明显人格缺陷的人、你讨厌到恨不能上去泼他一脸开水的人……不信，仔细去研究一下福布斯排行榜的名单，你们能从里面看见我刚刚提到的那些人中的任何一种。上帝喜欢的人都能成功是没错的，可你不能把自己当成上帝，记住这件事，不要以为只有你欣赏你喜欢的人才值得我们投资。”

全场安静，钢铁侠的助理端进来一只星巴克的纸杯，放在他桌上。钢铁侠盯着那纸杯看了片刻，助理说：“是热美式，大杯的。”钢铁侠难以置信地笑了笑：“咖啡机还没修好？——这个行政是不是 Sherry 她家的亲戚？”

一片笑声中，这位助理略显茫然地看着钢铁侠，平静地说："应该不是。"她平静地扶了一下黑框眼镜，像是完全不知道其他人为何笑得更厉害了，然后转身往外走。路过灵境的时候，直直地在椅子腿上绊了一下，灵境忙不迭地欠身道歉，她说："没事，没事。"眼睛也不知道在看哪里。这是一个个子很矮的姑娘，略胖，名字叫"文娟"，也是随处可见的那种。她最大的优点是，无论钢铁侠怎么冷嘲热讽，都像是听不出来，再加上没什么情绪，感觉已成金刚不坏之身。总有人说，孟舵主是她舅舅，这话传多了，便真感觉她的长相跟孟舵主有些相似的地方。

"所谓移动互联网，我觉得我第一次明白这几个字的意思，是二〇〇一年，那时候我还不到二十五岁……"几位同事面面相觑，明明没有喝酒，老板为何开始话当年。钢铁侠似乎也不关心他们有没有在听，只是笑看着一个实习生："二〇〇一年，你出生了吗？"

"我已经上小学了。"实习生有点尴尬。

"那一年，我在一个网站上班，整个公司只有七个人。我们跟中国移动谈下来一个合作：高考之后，所有的考生每个人编辑一条短信，输入自己的身份证号和准考证号，就能查询成绩……你们现在觉得理所当然，可是那个时候，在中国好像是第一次。我们没能拿下来全国范围的合作，只是服务北京地区的。那时候我们的技术总监出车祸躺在医院里，我一个人负责维护这个看起来不能再简单的程序……这条短信的收费比普通的贵一点，九毛九，我们公司能拿到的分账是百分之三十。那天晚上八点，成绩可以查询了，我没想到我会那么忙……通宵加班，到第二天中午十二点，老板走进来跟我说，这十六个小时里，我们公司赚了两百万。”钢铁侠顿住，像弹弹珠那样，把桌上那个没有撕开的糖包弹出去很远。

“怎么会有六百万人来查询呢？”有人盯着手机屏幕提出异议，“我查了一下，二〇〇一年全国参加高考的人数也不过四百五十万，北京地区能有多少……”

“因为有的人会反复地查，准确地说，将近一半的人都会这么做。有的人会反复查好几次，有的人会让全家用好几个手机号同时查询一个考生，只发一条短信查一次成绩的人比我们以为的要少很多，这些都是冷静的用户。”钢铁侠笑笑，“我记得有一个号码，连续十天，每天早晨晚上都会查一次自己的成绩，那个人的分数还不错，我至今不知道他究竟是想自我陶醉一下，还是不肯相信自己失败了……那一年，我们公司的利润就这样翻了十倍。什么叫移动互联网的时代？很简单，你记得，你直接面对着一个庞大的人群里的每个人，每个人都有骄傲，都有期待，也有对自己的怀疑，有不切实际的盼望，还有对未来的恐慌……这些都是钱。人们都不承认自己不理智，但是别忘了，幸亏如此，你才能盈利。如果你说不出所有人共同的欲望，那就做到抓住所有人共同的软弱——你想象不到那些弱点能给人带来多少回报。我怎么说了这么多？散会吧。”

灵境收好了自己的文件夹，站起身时差点像文娟那样被绊倒，重新直起身子的时候，看到手机上一条新的消息：今晚有没有安排？回复之前，她先环顾四周，的确没有人在注意她。她自己也知道，这是一种神经质。

是怎么开始的呢？

就像此刻这样的深夜，灵境安静地打开门，钢铁侠熟稔地进来。他把外套扔在沙发上，灵境一言不发地转身，在卧室里等着他。当他出现在门边的时候，才像下定决心那样站起身，钢铁侠对着她的额头亲吻了一下，她环住了他的脖子。

钢铁侠的习惯，是关上屋里所有的灯。

“你不想看看我吗？”曾有一次，她这么问。随即又有点尴尬，因为这确实太像是情话了。钢铁侠转过身，用力亲吻着她的脖颈。“别给我留下痕迹……”她无力地躲闪了一会儿，然后就和男人的喘息声一起融化在黑暗中。她也喜欢这样的时刻，不用像在办公室里那样，总是不由自主地取悦他。然后他们并排躺在黑暗中，谁也不想开灯，微微的呼吸声此起彼伏，男人和女人的手指不由自主地交缠在一起，像是昆虫透明的羽翼。只有此刻，他们之间才能降临一点真正的平等。

就是在小雅生产的那个夜晚，这件事第一次发生的。他问她：今天过得太不容易了，不如，一起喝一杯？她有点犹豫，因为这似乎有点不合规矩，更重要的是，她不想在精疲力竭的时候还必须应付他——但是，为什么没有拒绝呢？仅仅因为她也想有个什么方式来纪念一下这一天吗？拜托，这有什么不好意思的，她嘲笑自己，哪个女人敢说自己对钢铁侠没有一点好奇？——除了 Sherry 总。后来，后来很容易就微醉了，因为一整天精神高度紧张，也因为酒吧里的钢铁侠其实完全没有平时那么招人讨厌——再后来，当曙色微亮时，灵境像做了噩梦一样从床上坐了起来。钢铁侠躺在她的身边，眼神疑惑。

“完蛋了——”她托住了隐痛尚存的额头，“对不起 Tony，我不是故意的。”

钢铁侠笑了，他说：“我也不是故意的。”

“你快走。”她简直要哭出来，“快点回家去，然后我们各自去公司。”

“喝杯咖啡再走总可以吧，才六点。”钢铁侠漫不经心地套上牛仔裤。

“没有！”脱口而出的时候她自己也愣了，毕竟天亮了，眼前这个人是自己的老板——即使他还没来得及穿上衣。

钢铁侠靠过来，手臂碰到她肩膀的时候她脊背上滚过一阵凉意。他温和地在她额头上一吻，她虽不躲闪却紧紧闭上眼睛，像是坐在电影院里看恐怖片。

“孩子，”钢铁侠的语气近乎悲悯，“别那么紧张，不小心睡错了一个人，这种事是会发生的。”

“你太太知道了的话，你要告诉她，真的是不小心的。以后不会再有了……”灵境睁开眼睛，她也知道自己此刻的眼神一定很凄凉，“不对你不能让她知道，这真的就是个意外……”

“放心，我上一次看见她，还是去年十一月。”

“欸？为什么？”灵境顿时困惑了。

“别打听那么多。”钢铁侠一直停留在她耳朵边的右手顺势拍了一下她的脑袋。

尴尬总会随着时间消除的，当第二次、第三次、第四次……依次发生的时候。差不多每隔十天或两周，总是钢铁侠发来一个询问她是否有空的信息。如果她说没空，钢铁侠也是非常配合地回答：好的，那么下次。双方达成了不约而同的默契，在这样的短暂相聚中，他们从不讨论工作的事情，聊天的内容甚至巧妙地绕过MJ资本里任何一个他们共同认识的人。灵境摸索着打开床头灯的开关，习惯性地把烟灰缸拿过来，放置在两具裸体之间那堆被子上面。“谢谢。”钢铁侠说。打火机按下去，感觉是烟雾破门而入的声音。灵境侧过身子，匍匐着，脸贴在枕头上，静静看着烟灰缸在柔软的不规则的被子上，倾斜成一个有点危险的角度。

“我初中的时候有一段时间很讨厌念书，”灵境望着正在磕烟灰的男人，“总是跟隔壁班一个男生一起逃课去学校外面打游戏……可是在学校里遇到，从来不跟他说话。你懂我意思吧——我觉得那个时候又回来了。”

“你知道，我跟你相处为什么觉得特别放心？”滑落在她脸颊上的头发被钢铁侠的手指拨开了，“因为——”钢铁侠看着她困惑的眼睛，像是宣布彩票中奖号码，“因为你不喜欢我。”

“我怎么不喜欢你！”她用力挣脱掉钢铁侠的手，脸居然一阵发热。

“你知道我在说什么。”钢铁侠的语气就像是在会议室里，“你上一次谈恋爱是什么时候？”

“大学。不对……”灵境在枕头上用力摇摇头，“在英国的时候吧。”

“哪有女人会记错这种事的。”钢铁侠被烟呛到了，咳嗽了两声。

“我不知道那算不算……”她耐心地解释，无辜地看着钢铁侠，完全没意识到这有什么可笑的，“我跟那个男生约会了大概七八次，然后要考试了，大家都挺忙的，就说不然等考完了圣诞节假期的时候再见……大概有十天左右没怎么联系，十天以后考试考完了，我去找他，在他家里看见了我当时最好的朋友的外套和靴子……”

钢铁侠笑得极为开心，但的确没有嘲笑的成分：“宝贝，搞不好人家原本想追的就是你的朋友，是你自己理解有问题。”

“不可能！”灵境直直地坐起来，脑袋差点撞到钢铁侠的手肘。

他看着她，她脸上有认真的怒气，脊背和肩膀都挺直成了防御的状态，少女一样的身体直白地袒露无余，胸前有一颗小小的红痣。他凑上去，轻轻亲吻那粒朱砂痣：“所以……你们还是睡过的？”

“你管得着嘛。我只不过是不想跟人抢——”虽然语气倔强，但是那粒小红痣已经在不由自主地迎合他。客厅里传来了钥匙开门的声音。

等一下。钥匙。

她的手指条件反射一般，贴住钢铁侠的嘴唇，他立刻含住了其中一只。她轻声说：“是跟我合租的室友回来了，等我一下，别出声。”“喂，室友而已，不用整得像是偷情一样吧？”钢铁侠的脸色突然恐惧了，“难道跟你合租的人我认识？”灵境胡乱地套上细肩带的黑色睡裙，转过头去瞪了一眼：“叫你等着你就等着。”门已经开了半扇，才想起来什么，再回头道：“我们怎么不是偷情了，你还好意思说。”

“灵境——”外面已经传来夸张的嗓音，“朕回宫了，怎么还不接驾……”

“你也不提前说一声。”灵境赤着脚走进客厅，对着面前那个唇红齿白的漂亮男孩的肩膀重重敲了一下。对方却大吃一惊，倒退两步。

“糟了，你在鬼混。你看看你的眼睛里……”

“闭嘴。”灵境熟练地切断他的话，“你赶紧去洗澡，快点，我让屋里的人走。”

“Baby，你做人真是不友好，人家有权利见见娘家人。”但是他已经被灵境用力地往浴室里推了，一边挪动，一边冲着灵境的房间喊：“里面的兄弟，幸会，我是小潘……”“兄弟”两个字却说得无比柔媚。因为自诩貌比潘安，所以，“小潘”就成了他的名字。

是的，他就是那个PDF里的潘垣。

钢铁侠出门的时候，还没忘记留下一句：“你为什么要跟一个人妖合租？”

话音未落，小潘精致的脸已经露在浴室的门框边：“我听见了哦……”随即，不管不顾地嫣然一笑。灵境一边呵斥着让他隐回浴室去，一边愉快地想：不得不说，小潘总有办法让人如沐春风。

“我是不是在哪儿见过他？”钢铁侠有点不知所措。很多人在第一次见到小潘的时候，都有点不知道该说什么好。小潘相信那是因为他自己艳光四射，至于观众到底是出于什么原因——就不好说了。

客厅里终于归于寂静，灵境长舒了一口气，到厨房去给自己倒了一点点威士忌，加苏打水，然后蜷缩到客厅的沙发里。小潘当然是要用他的办法提示自己的存在，浴室传来淋浴喷头的水声里，夹带着小潘极为投入的歌声。他在声情并茂地唱一首猫王的老歌，嗓音特别，带着唱惯了爵士的柔软的沙哑，只不过把歌词略作了一点变动：“Fuck me tender, fuck me dear. Tell me you are mine...”用一个显而易见的敏感词替换了原本歌词里的“love”。但是经过他这么一唱，听起来好像也没有什么不合理。

灵境租住的小区在东北四环边上，不知为何，以云集着一群十八线艺人著名。而小潘，原本是他们中的一个——公允地说，小潘应该算是十六线。七年前，小潘参加过一个红极一时的选秀节目——虽然刚入十强就被刷下来，可是很多人记住了那个“美艳夺人”的男孩子。后来小潘签了唱片公司，也算是有过一段四处商演并且给拿着荧光棒的小姑娘们签名的日子，但是并没有得到发专辑的机会。解约之后，小潘开始思考人生，于是觉得去英国学设计比较适合——美艳的自己。他的家乡在某个盛产煤矿的内陆四线城市，他的土豪爸爸认为上学不管怎么说都是一条正路，并且用洋文念书当然不是一件容易的事情，因此，随他去任意留级好了——事实上，灵境自从在伦敦认识小潘以后，从来没问过他到底什么时候可以毕业——总有一些小潘这样的学生，隔三差五就要找个理由回北京度个假，于是他就成了灵境的房东，灵境只需要每年替他把物业和供暖的费用缴清，在一年的大多数时间里独自享用这间两室一厅的公寓。每逢小潘回来，二人就在深夜里相对小酌，指点江山，怒骂负心人，上演一下"孽海姐妹花"抱头痛哭的戏码，发誓彼此是对方生命中没有血缘关系的亲人。灵境再明白不过，小潘才是"姐姐"和"花"，而她这个"妹妹"，只是勉为其难被主角提携一下，放在"花"的行列里。

酒过三巡，他们才能对彼此承认，内心深处自然是希望成为别人的"孽海"。

"你总算是有个男人了，为你高兴。"小潘在腰间围了一条浴巾，给自己倒上一杯，也挤到沙发上来，被灵境踹了一脚，只好讪讪地盘腿坐在沙发前面的地板上。

"你知不知道你跟人合伙做的那个 App 都传到我们公司来了？"灵境懒洋洋地问，"真没想到，你之前说想做点生意，我还以为你打算在伦敦开个火锅店之类的。"

"太瞧不起人了。"小潘像埃及艳后那样侧过了身子，胳膊肘抵在沙发上，托住了头，“你坐正一点，半个胸都让我看见了。”

灵境一边恼怒地坐直，一边顺手丢了个靠垫砸在小潘脸上。

“都是关景恒的主意。”小潘镇静地把靠垫拨到一旁，“他跟我讲了一堆，说是一件有搞头的事情，是跟 IT 有关系的，他没钱开发 App，我就把我手头上的钱全拿出来了，就成了合伙人。”

“你爸爸知道了没有？”灵境笑了，恰好看到手机屏幕上有一封新邮件的提醒。她打开来，是小雅。

“你应该听过这个人吧，我们当年一起参加那个节目，我刚进十强就被淘汰了，他冲到了第五，关景恒。你怎么可能没听过他唱歌？”

小雅的邮件很简单：灵境，我和你看法一样，我已经跟 Tony 说过了，你们约粉叠的人见见面吧。主要是那个关景恒。

“你看，你看，”灵境把屏幕转到小潘鼻子底下，“连我们公司的人都看得出来，你是地主家的傻儿子。”

想要激怒小潘，也真没那么容易的。

会议已经持续了两个多小时，当然还将持续下去。

“总之我是看好这个团队的。”一支普通的圆珠笔在钢铁侠的手指间旋转腾挪，但是谁都知道，他只有在焦躁到了一定程度的时候，才会无意识地玩这个看起来炉火纯青的游戏。

“我觉得——”孟舵主终于不再穿羊毛衫，毕竟已经七月了，

“这件事我们得多听听女士们的意见，这个模式听起来倒是有优点，客户在家里下单，接单的美甲师上门来做指甲，应该还是有蛮多工作很忙的女性会欢迎的——虽然我也不懂为什么会有那么多女人在花钱买了指甲油之后，还要再把钱交给美甲师，但是……Sherry？”

雪莉略显迟疑：“我拿不准。对我来说，在手机上预约一个美甲师到我家里来，求之不得——可是对一些更年轻的女孩子来说是这么回事吗？她们几个朋友约着一起去实体店里做美甲其实是一种社交，做指甲的时间里聊天交换八卦——我不敢肯定有多少女孩子愿意放弃这种乐趣，选择让美甲师来家里……我们是不是应该重新做一个更具体的客户画像？他们的这款 App 最适合的是什么年龄层的女性……”

钢铁侠毫不掩饰地翻了个白眼：“要是世界上的所有决定都交给女人来做，二战估计还没打完。”

“女人才没兴趣发动战争。”雪莉面无表情，环视了一下四周，眼睛落到了灵境身上，“这屋子里的女人，现在除了我就只有你了——你也说说看。”

“我……”灵境看着雪莉的脸，在担心自己呼吸突然有点急促会不会被大家看出来，她忙着放下自己手里的 iPad，果然力道没控制好，听起来像是被扔在了桌面上。“我——没有多少朋友，也很少跟着朋友一起去做指甲，所以，我愿意美甲师到我家里来服务。可是我只是觉得……对于一个美甲师来说，她每天的工作时间如果要耗费那么多在去客户家里的路上，而做一单的价钱甚至比店里便宜——这笔账我没算过但会觉得……长远看，效率太低，所以，也许很多人一开始会觉得新鲜，不知道能持续多久。”

终于说完了，她垂下眼睛，手指无意识地在iPad冰面一样光滑的屏幕上划动着，她知道钢铁侠狠狠地盯了她一眼。即使没上过床，她也早就想说——能不能不要那么幼稚。

“我觉得她说得很有道理！”耳边是孟舵主惊喜的声音，然后室内寂静了几秒，她抬起头，正好撞到了雪莉一脸的笑容。孟舵主接着说：“那么这个项目，我觉得，我们还是再说吧……下一个？”

前台的女孩子敲敲门走了进来，在灵境身边耳语两句。灵境急急地起身，带着轮子的座椅在身后寂寞滑行了一点距离，就被邻座一只手抓住了。经过钢铁侠的位子，灵境俯下身子低声说：“今天约了关景恒，他已经到了，我先去应付他。”钢铁侠的脸庞僵硬地往旁边一转，不理她。

雪莉看着灵境的背影，眼睛突然一亮：“关景恒——就是好几年前那个选秀歌手？”

“过气的选秀歌手。”不知是谁补充了一句。

“过气？”孟舵主一脸的天真，“这么说他红过？那我得问问我女儿……”

“你好，我是朱灵境。”灵境拿着自己的名片，对着会客区那张唯一坐了人的沙发，颔首一笑。

沙发里的人早已站了起来。他面前的茶几上放着一个盛了半杯水的透明玻璃杯，他起身的时候，没有忘记把玻璃杯挪到茶几中间去。

“关景恒。”他看起来从容不迫。他穿着一件白衬衫。

就是，那种，很普通的，那种白衬衫。

她知道自己对他微笑了一下，不过却是几秒钟之后，才感觉到那个笑容的确轻轻落在脸庞恰当的地方,归了位。关景恒看着她，有点不知如何是好，因为她一直站着，他总是不好自己先坐下来。

“我在电视上见过你。”她说。这当然是谎话，但她知道他会相信。

果然，他笑了，却有点尴尬：“那都应该是好几年前了吧？”

“你要不要喝点什么？咖啡？或者……”她实在答不出来，能够频繁在电视上看见他的时候——究竟是几年前。

“不用。”

“你本人比电视上瘦好多。”话音一落她就后悔了，脑子里飞速闪过的，居然是小潘嘲讽的脸，看着语无伦次的她，似笑非笑的眼神简直是悲悯的。“Tony 还在开会，真不好意思，今天的这个会议比预计的长了一点。”

“没事的。”他淡淡一笑，眼光落在她的脸上。

这双眼睛看人的时候好像很用力。灵境觉得。

可是她不知道，他的眼睛好像在认真打量她的脸，其实在她胸前那条项链上停留了一瞬间。关景恒只是在想，聪明的女孩，因为每个人看起来都会比电视屏幕上瘦。所以，她知道说什么话是不会错的；所以，她应该并没有见过电视上的他。真正熟知他的女孩早已在第一时间说出他过去唱过的歌……而她，她看上去不是选秀节目的观众。她自然受过最好的教育，不然也不会在这个地方上班——不是说受教育程度高的人就不会看选秀，只是见多了粉丝之后，他自然有种直觉。她望住他，也许又打算笑一笑，头发像黑色缎子一样垂在脸颊两侧，不，以他的阅历，她算不上是美女，不过指甲修得很精致，一颗颗闪着晶莹珠光的粉色。即使只穿了颜色很旧的牛仔裤，她也丝毫不给人不修边幅的感觉。还有那条项链——拜托，能不能别再看了，他命令自己——省得人家女孩子以为他是变态。

是一条卡地亚的白金小钥匙。她察觉到了，右手手指轻轻捏住那颗钥匙形状的挂坠，食指无意地盖住了钥匙中央的小小碎钻。她终于笑了："我出国上学那年，我妈妈送我的——不是什么好东西，可是我习惯常常戴着。"

果然出自一个不错的家庭。他看见她的第一眼就明白了。

"有什么问题，你就问吧。"他的语气不知不觉间像是高中时代的学长。

"好吧……或者再稍微等一下，Tony 估计还要一阵子……真是太不好意思了。"她笑容里有一点点像是与生俱来的慌乱，花蕊一样藏在深处。让他一时间也弄不清楚：她究竟是确实没那么精明，还是演技已入化境?

关景恒当然知道，此刻，决定他命运的人是钢铁侠，不是她。可她毕竟坐在另一边的桌子旁，代表“权力”的那一边。既然已经代表了权力，那就索性当她并不单纯，这样，更容易接受。

可是……总之，朱灵境。他记住这个名字了。

他自然是不会知道，其实灵境的脑子里有个奇怪的念头飞速地滑过去。她望着那张清瘦的脸，以及在他膝盖上微微凸起、显得有力的指关节，她想的是：说不定有一天，他会喜欢我。

钢铁侠总算出现在视线里，她站起身，那个念头像只微不足道的昆虫一样，振翅飞走，翅膀是透明的。

4

灵境的公寓里，是寻常的夜晚。不过当小潘回来的时候，再庸常的夜晚也能荒谬地热闹起来。

她穿着睡衣蜷缩在一堆靠垫的夹缝里，地板上的烟灰缸已经满得像是正月十五的香炉。眼前横着小潘的后脑勺，她不客气地在那块反骨上拍了一把：“让开点，别挡着我。”小潘怨愤地挪了位置，胸前那只跳跳虎随着他的挪动歪斜出幼稚的狰狞。他像收拾行李那样，在地板上重新抓住自己的腿，在两个膝盖上按了按，似乎确认了这个打坐的姿势。随后，斜了灵境一眼，坏笑着把烟灰缸平移到了自己跟前。灵境刚刚直起身子，手指间夹着一支薄荷味的万宝路，本来在寻找打火机，看到烟灰缸已经远去至山海关外，恨恨地瞪着小潘，吐出三个字："不要脸。"

"不客气。"小潘笑容可掬。

面前的笔记本电脑在垫子上轻盈地一歪，她熟练地伸出手营救了它。屏幕上依然闪着那份看了无数遍的PDF——关景恒已经接受她的意见改良了一版。一只硕大的蝴蝶占满了屏幕，翅膀上是闪着银粉的电光蓝色。蝴蝶的下面是一句话："你挥动着小小的翅膀，掀起远处太平洋的巨浪"——这样的宣传语不能说没有煽动性，好像每一个看似只会含泪尖叫挥舞荧光棒的小女生，都拥有了左右自己偶像事业乃至命运的权力。白天，在公司里，关景恒是这么对钢铁侠说的："明星们能赚到的钱越来越多，跟五年前十年前早就不是一个量级，既然是这么巨大的利益，粉丝群体本来就功不可没，为什么不能更深地参与其中？我想把'粉丝'变成一个真正的职业，而且是能让年轻的孩子们实现梦想的职业。"钢铁侠面无表情，圆珠笔又在手指间漂亮地翻滚了一圈，可是灵境知道，他在认真地听，并且是有兴趣的。

客厅的大屏幕上，出现了关景恒的脸。前奏响起来，欢呼声渐渐减弱，屏幕清晰度够高，能够看到他拿着麦克风的手有极其轻微的颤动。那时候的他，的确比现在清瘦，脸上还有股隐隐的惊慌。灵境没有找到打火机，却摸到了遥控器，不小心按了暂停。少了音乐声，关景恒微闭着双眼的脸庞凝固着，显得有点做作。可毕竟，是张少年人清俊敏感的脸。

“他是怎么想起来要做这个的？”灵境发自内心地好奇。

“过气了呗，”小潘笑笑，“总得赚钱。看来大人们说得真没错，念书的时候成绩好一点，怎么说都比我这样的废柴强。人家就想得到这种路子。”

“你们比赛的时候，他多大？”灵境像是自言自语，但是见小潘真的保持沉默，又忍不住熟练地对着小潘的后背踹了一下。

“二十三？”小潘对记忆数字总是有困难，“你就不会百度嘛。他比我要大一点，那时候他已经毕业在上班了，没有前途的程序员……”

灵境当然早就记熟了他的资料——他比灵境大三岁，选秀那年二十四，某个如今已经倒闭的网站的工程师——为什么要多问这一句，她自己也不知道。

“当时我们其实都挺好奇的，他这样的人，为什么要来比赛——”小潘终于开始自顾自地话当年，也许这正是灵境想听的，“他们那个大学挺不错的，不至于吓死人，可是我就是念十年高中也考不进去——”小潘不好意思地笑笑，他羞涩的时候脸上划过一点媚态，“他唱歌的水平嘛，也就那样，节目组把他留到后面才淘汰，是因为喜欢他的人多，他的形象又是一个那种……爱唱歌的好学生工程师，对节目的宣传比较正面。”小潘突然捏瘪了手里喝空的啤酒罐，猝不及防地转回头，故意捏尖了嗓子：“灵儿，你跟师姐说实话，你是不是看上他了。”

“滚。”灵境作势要把遥控器丢出去，“了解他是我的工作。”

“一整个晚上你都在了解他，你把他当年的每一场比赛每一个视频采访都看了……我们姐妹认识这些年了，你啥时候这么勤奋过？”小潘的脸凑过来，几乎横在灵境眼前。

“小雅在休假，我的职责跟以前不一样。”灵境转过了脸，重新按下“播放”。

小潘像是深深叹了口气：“蜜糖，离他远点，他那个人想要的东西，比你以为的多得多。”

七年前的关景恒开始唱歌了。小潘最后那句话被淹没在音乐里。

他的声音——怎么说呢，你身边若是有一个如此水准的同事，年会的时候跟他一起唱K——你必然会惊为天人；可他毕竟不是你的同事，灵境听得出，他有才华，但那才华里恰好缺了一点点漫不经心的“神助”。总有人用鄙薄的语气嘲笑大众的愚蠢，但其实，大众对于那一点点神助，往往比“聪明人”敏感些。所以，他们会喜欢一个像关景恒这样的人，却不会为了关景恒而疯狂。

他选的大都是台湾的老歌——比如陈升、齐秦、李宗盛，也有一些自己改编过的八九十年代大陆的校园民谣……倒是和他一贯简单干净的造型吻合。那时候还没有所谓的社交媒体，论坛里粉丝们都叫他“学长”。节目组也很配合地把他的形象定位成“怀旧才子”。唱歌的时候，他的身体里膨胀着一种微妙的紧张，可是一曲终了，面对评委的时候，那种紧张消失了，他微笑的样子甚至有些迟钝，不过没有人会因为这种迟钝小瞧他——所谓“不卑不亢”，说不定对有些人而言，指的就是这个。评委言辞尖锐地说他哪里不好，哪里没有创意，他也依然这样一笑，让人觉得他好像有点累，可是一直在听。镜头无意中带到他垂在膝盖附近的手，他紧紧地，紧紧地攥着麦克风。

被淘汰的那一场，他唱的是《我是一棵秋天的树》。

将近凌晨三点，小潘打着哈欠从洗手间出来，一边嫌弃马桶的抽水声实在是难听，他总觉得自己这样美好的人，理应配置一种——更悦耳的马桶抽水声。然后他看见灵境像只闹别扭的猫一样，在沙发上睡着了。手臂垂下来，指尖眼看着扫在地板上，这让小潘没来由地心里一软。他走过去，想要推醒她，但是她转了个身脸庞冲着沙发的里侧，在熟睡中，猝不及防地微笑了一下。所以她完全不知道，她的手机屏幕上，有一条来自钢铁侠的信息在孤独闪烁着。钢铁侠在一个小时前问她：醒着吗？只是这信息像是石子一样，投入睡眠的深渊中听不见回响。小潘于是解下了围在自己身上的巨大浴巾，盖住了她。

屏幕上，关景恒在唱：

曾有对恋人在我胸膛刻字，
我弯不下腰无法看清楚。

回到床上，小潘迅速地给关景恒发了条信息：跟你说过吧，我室友就在 MJ 上班，好像你还见过她——要不要哪天一起约她吃个饭？

他犹豫了一会儿，点击了“发送”。自己也解释不了，只是隐约觉得这句话说出去了，会有什么事情发生。除了艳光四射之外，他还有个长处，对于别人的事情他总是有种惊人的直觉。只不过，在关景恒回复“算了吧，现在时候不大合适”之前，他就已经酣然入睡了。

这个夜晚，MJ 资本里只有那间最大的办公室还亮着灯。都是些即使下了班也没地方去的人。

“Tony,”一位同事抬起头，“灵境刚刚群发了我们一封邮件，她做了一个关景恒现在在社交媒体上的传播力和影响力的分析。”

钢铁侠没有坐在自己的办公室里，他随便坐在一个已经空了的位子上，盯着面前的 iPad。像是监考老师。

“看到了。”钢铁侠走到窗边，俯瞰着二十五层下面的路面——此时因为不再塞车，已经没有两个小时前那种璀璨了。“关景恒那个人当初怎么会红起来呢？我感觉——那是个极度自以为是的二货。”

几位同事惊悚地交换了一个眼神——其中一个刚刚离婚，另一个处在跟男朋友分手的边缘，再加上一个做暑期实习的小朋友——钢铁侠嫌弃另外一个人自以为是，这听起来怎么都像个段子。即使是实习生，也能领会此刻的幽默。

“不过——”钢铁侠像是在自言自语，“倒不能说他没有想法……”

“我也觉得，”一个声音在他身后响起，略嫌微弱，“一款专门服务粉丝们追星的 App，至少，我从来没见过。”

他转过身，身后一多半工位都笼罩在静谧的昏暗之中，让他突然想起小时候不小心闯进了母亲单位里的仓库，他不知道自己说话的语气就此变得柔软了：“明天吧，明天开会。对了通知小雅，上午十一点，让她把电话打进来参加讨论——你们都回去好好想想。”

“这个——”有人面露难色，“小雅说不定要喂奶……我还是早点跟她确认一下时间吧。”

“真是烦死了，好好的一个人为什么要生孩子？灵境呢……”他似乎已经忘了自己刚刚看了灵境的邮件。

“她——”实习生语气迟疑，“她走的时候问过您，今晚要不要留下来开会，您说，今天不用……”

“怎么可能我什么时候……”钢铁侠恼怒的神情突然凝固了，随后慢慢融化成了恍然大悟，然后他难以置信地问：“那你们都还在这儿干什么？”接着补充了一句：“你能不能不要总是‘您’长‘您’短的？我听着脊背都凉了。”

“孟舵主说……”那位刚刚离婚的盯着手机，“看你下周的时间，把那个关景恒约来，舵主想见他——还有他们团队。”

钢铁侠没有表情地点点头:“一起吃宵夜?”随即朝着实习生看了一眼:“没地铁了也不要紧,吃完了我送你回去。”钢铁侠心里想的其实是,把这个住在南四环的孩子送回家,再折回自己家——这段漫长的路程结束时,差不多凌晨两点,可以什么都不想地直接熄灯,不用再浪费时间犹豫睡觉前是看几页书还是看会儿新闻,甚至不用吃安眠药,只有当你运气足够好,一天才能如此干脆地结束。

他低头看了一眼手机,回复了一个无关紧要的信息。和芮辛几个小时前的对话又闯进了视线里。其实没什么新鲜的内容,无非是他说:春节休年假的时候,我们把该办的手续办了吧。芮辛回复他:好。他不敢相信这是真的,随后说:协议里面的条款,你不满意的,都可以商量。隔了几分钟,芮辛说:把我的孩子还给我,我就和你离婚——他看了,笑笑,他早该知道的,怎么可能那么顺利呢,在她暂时找不到什么东西倾倒恨意之前,她不会放过他的。果然,信息随后一条一条地涌进来,都是语音信息,她是那么迫切地想要辱骂他以至于打字的速度都跟不上了,每条语音的长度都在四十秒以上。那十几个红点一直在那儿,没有必要点开来听。

“Tony,走了。”他的助理突然出现在身后,手里晃着他的车钥匙,“还有没有什么东西,我去帮你拿。”

“不用。”他难得地对文娟笑笑,有点辛酸地想:其实她是个不错的女孩,虽然迟钝了点儿——怪谁呢,从她舅舅身上,至少看不到母系这一脉有什么优秀的基因。

一群没有去处的人总算又找到了一个去处，他们挤在钢铁侠的车里从地库欢乐地冲到路面上，被一辆猝不及防转弯的车逼得踩了一个急刹，两辆车的喇叭在夜空里交错着响，因为周围很静，这两辆吵架的汽车也变得从容不迫。车里的人谁都没有回头对着这栋他们每日出入的写字楼看一眼，疏疏落落的灯光就这样被忘在了身后。北京本来就是一个强撑着装作纸醉金迷的城市而已，从未真正做到过醉生梦死。夜会越来越深的，会渐渐地把整个城吞没成无边的旷野，所有象征奋斗者的灯光，都渐渐从很深的深处弥漫出一股萧条。

因为没有任何一个奋斗者能真的拥有它，他们最多能拥有的，是那种“拥有”的错觉，日子久了，活在幻觉里的人见多了，这城市其实也很寂寞。

小白龙每周都要洗一次澡，灵境实在太忙的时候，两周洗一次。洗车行就开在小区地下停车场某个转角的地方，并不是什么品牌的连锁，只是一对沉默寡言的夫妻在经营。灵境在这里洗了一年半的车，却从来没有和他们真的交谈过。今晚她实在累了，累到眼睁睁看着一桶水泼到挡风玻璃上，她仍无力地趴在方向盘上懒得动。两把硕大的刷子在小白龙的窗子上单调地运动，像是在耕耘。她的下巴已经按响了喇叭，刺耳的声音里她依然是迟缓地把脑袋抬起来。小白龙的四面车窗都变成了水帘洞，而她，就像童年暑假时那样，什么都不想地，凝视着窗外的瓢泼大雨。隔了一会儿，车门打开了，身材壮实的男店主不好意思地看着她微笑，她慌忙从副驾上抓起自己的包，急急地跨出来。

女店主也冲她温和地笑笑。随后二人又陷入默契的沉默劳作之中。车内吸尘器在小白龙里面带起一阵风声、尘土、污垢，泡沫渐渐散去，小白龙终于光洁如初。而她，为了不妨碍别人操作，只好站得远一点打量着整个过程，有时候她觉得此时的自己就像一个不得不把孩子交给牙医的母亲。男女店主合力展开一块宽大的抹车布，在小白龙的表层你来我往地擦拭最后一遍，动作遵循着某种韵律。

她没有注意到前方不远处有辆切诺基勉强地停在对它来说有点委屈的车位里。雪亮的车灯熄灭的时候，她才后知后觉，感到脚下的那一片地面突然昏暗了。抬起头，切诺基的车门正好打开，她看见了关景恒。就在几天前她看遍了他当年的比赛视频，然而七年后的这个人，突然出现的时候，依然是陌生的。

关景恒惊讶地看着她："是你！"随即，笑了。她努力地想从这个笑容里辨认出七年前那种强作镇定的羞赧。

"叫我灵境就行。"她也笑笑，"你是记不住我名字对吧。"

"怎么会这么巧……"他当然不能说完全记得她的名字，只是不确定该不该假装不记得。

洗车行的男女店主此时沉默地站在她身后，她恍然大悟："对不起。"也不知道是在跟谁说，手忙脚乱地在包里寻找着那张积分卡。好不容易，店主夫妻慢慢走回店铺里时，她终于像是鼓足勇气那样，借着把钱包放回去的机会，挺直身子看着他的眼睛，全然忘了无辜的小白龙还横在店门口。

“他们好像忘了给你钥匙。”关景恒倒不是没话找话说。

她转身的时候，正好女店主重新出来，含着笑将钥匙给她。“真是不好意思。”——女店主恐怕是头一回跟她说一句完整的话。当她重新转过脸来看着他的时候，已经是一副“丢人丢到底”的表情。“我要走了……”她像个小女孩那样用力地挥挥手。大众 CC 以夸张的速度冲了出去，不知道她是以何种尴尬的心态踩了油门。

只剩下关景恒一个人站在洗车行门口，这不是他想象中的剧情，此时他也没了章法。原本，他想借着“有事拜访老朋友和合伙人小潘”的借口到他们家，再“偶然发现”原来灵境“恰好”是小潘的室友。这样便能顺理成章地三个人一起晚餐，完全没有私底下讨好 MJ 资本的嫌疑。至少，能够接近灵境，知道一点“钢铁侠”们真正的态度。然后，也不至于让灵境去告诉她的老板们，他关景恒私底下是多么殷勤和主动。所有逻辑严丝合缝，可是，恰恰没有算到，灵境竟完全没有想到问一句他来这里做什么。女人对所有从天而降的巧合都全盘接受，那么接下来，他要走上楼去，再惊吓她一次吗？

想想还是算了。他重新坐回自己的车里，等了五分钟，发了一条信息给灵境：真没想到，原来小潘是你的室友——这点时间够她进屋，放下东西，再捡起手机看一眼。就当他在这几分钟里跟小潘确认过了这件事。

果然，她很快回复：是我房东。他自然是看不到，她犹豫了一下，没有在这句话的末尾加上一个微笑的表情。

片刻之后，他快速地在通讯录里找到小潘，问一句：你在哪？

小潘很快回答了：在簋街，你要不要过来？有好几个你认识的人。

他轻轻叹口气，再回复灵境：我今天原本约了小潘，可是他放了我鸽子。

灵境似乎是在一瞬间发来一只胖猫笑翻在地上打滚的图，随后说：他总这样，一点不奇怪。

他说：那就下次吧，我们三个一起吃饭。他缓慢地打出来“不聊工作”四个字，然后又删掉了，换成了“方便吗？”。

一句简单的“好啊”是三分钟之后回复的，她或许是故意的。

几天后，他们三人终究是坐在了一起。

“你认识小潘的时候，为什么会想跟这个神经病做朋友啊？”灵境直直地盯着他的眼睛。

小潘坐在她身边，不苟言笑地回答：“他对我一见钟情。”

“没问你。滚。”灵境斜睨着瞟过去一眼，驾轻就熟，让他们二人看起来就像一对初中时代的同桌。横在三人面前的火锅宁静得不合时宜，一点象征沸腾的涟漪都欠奉，灵境和小潘只好不停地吃饭馆免费赠送的花生，面前的桌子上迅速积起一堆壳，不仅是像同桌了，更像两只斗嘴的松鼠。

关景恒一笑："我们比赛的时候，有一段时间，住一个房间。"

"我断定他会早早出局，所以每天怀着同情心请他吃宵夜，"小潘有能力在任何时候吸引人专心听他说话，"结果，我被提前干掉了。"

这家火锅店曾经名噪一时，而今略显懈怠。只要有小潘在，不会冷场。小潘雀跃着说早就想要介绍他人生里最重要的男人和女人认识——他在很多时候都会说这种话，人人都是他最重要的男人女人，若是偶尔实在难以判断对方的性别，小潘就会用一种更简洁的表达："你知道吗你是我的神。"

整顿饭关景恒的话很少，小潘负责讲各种段子，关景恒负责——时不时悄然抬起眼睛，看一眼对面的灵境。一点点啤酒就让她变回了一个小姑娘，但不是轻浮聒噪的那种，她笑起来的声音非常淋漓酣畅，让人觉得——如果不陪着她一起笑，是件很不好意思的事情。"喂你少喝一点——"她用力推搡着小潘，"别高兴得太早了。"

"北鼻，相信我的直觉，你们公司两位当家的都喜欢小关，当然也喜欢我，我的美艳毕竟是次要的，最关键的是，他们喜欢我们的粉叠。总有一天，粉叠会被写进商学院教材里……"

"要脸不？"关景恒终于忍无可忍，"钱到账了再说这句话也不迟。"

"钱算什么东西？"小潘的胳膊支在桌子上，半边脸藏在手臂后面，生动地一笑——这样笑的时候他一定知道自己是“撩人”的，“咱们其实不是真的没钱，不是非得拿他们的不可——咱们还不是只需要他们给过我们钱这个故事？要不是因为我老爸瞧不起我……”

关景恒发现，灵境在对面静静地凝视着他，这让他意识到了，也许自己脸上已经挂着没有掩饰的嫌恶。也许是有某种洁癖吧，他向来讨厌喝到微醺时开始口无遮拦的人。他有点尴尬的时候，灵境挥挥手叫来服务生，多要了一罐饮料和一份生菜，言语间，偷偷地对他嫣然一笑。

这让他心生感激。

结账的时候大概九点多，小潘要赶场去不远处一个KTV继续鬼混，由关景恒送灵境回家。灵境的车那天限号——这也是她可以放心喝酒的原因。她用力地扣好安全带的样子让他觉得很好笑，像是在严格遵守小学生行为规范，但他还是借着转动钥匙的瞬间把眼睛移开了，他们一直没有说话，每一次踩刹车的时候他都会想，不然转过脸去跟她说几句什么。快要十点了，居然还是塞车，他轻轻地，像是自言自语地说：“可能前面有事故。”灵境完全没有反应，于是他只好继续安静着。

他很想问她，今天白天的会面之后，孟舵主和钢铁侠对他们团队的印象好不好，其实他也和小潘一样，直觉这次会面还是不错的，可这种事谁说得清——他没说出口，算了，用不了多久总会知道的。他犹豫着该不该放点音乐——可有了音乐，是不是她就更不会跟他聊天了?

像是听见了他心里的声音，她看着窗外，突然静静地说:“其实我觉得，你把那首张雨生的歌唱得很好，他们为什么要淘汰你呢? ”

她不明白，其实无论他还是小潘，或者是那一届节目的冠军——都不大愿意有人跟他们谈论那年的比赛。那让人觉得——这么多年，除了那场比赛之外，他们依旧没有任何值得人记住的地方。

“我这样的人……还是受众太有限了，不过现在想想，第几名又有什么关系……”他自嘲地笑笑，“现在我们的冠军在北海道开旅馆，那一届的人里混得最好的，也不过是在一大堆烂电影里演男四号。”

他又暗自埋怨自己这句话几乎堵死了所有她接话的可能。其实灵境只是在想，他说的那个“男四号”，自己倒还真的听说过——当然灵境不会去买票看他参演的任何一部电影，可是去年底，他因为被爆出跟一位一线女明星出轨的消息占据所有的娱乐版面，虽然女明星很快就恩爱地挽着老公出来见人，试图以此粉碎谣言——果然，没什么用。

“你开车的时候，会不会听自己的歌? ”她转过身子，盯着他的侧脸。

“不会，”他笑了，“在 KTV 里唱自己的歌都很别扭。”他上一次发单曲，其实是四年前的事。他们走到了霄云路上，沿路每一家饭店都在营业，可是不知道为什么，车轮轧过路面的时候，总是有种空旷的沙沙声。沿街错落的灯光也照不到那种声音的深处去，她安静得就像睡着了。距离她家只剩下最多七八分钟的路程，他不愿承认，这是件遗憾的事。

还好，路面一直很争气地堵着。

“那要是听着电台的时候，不小心，一首你自己的歌冒出来了，怎么办？”灵境认真地笑。

“就……凑合着听完，”关景恒也笑，“有时候，我的歌播完以后，紧接着会播一首特别不怎么样的，我听着心里还能高兴一会儿。不过要紧跟着是陈奕迅，就恨不能撞死在机场高速的护栏上。”

灵境笑得前仰后合，好像只要将安全带打开，她就能从座椅上飞出去。

“我知道自己唱得难听，你就那么高兴？”他侧过脸来看她。

“才没有，好听的，总想着跟陈奕迅比你还活不活？”

那是她第一次承认，他唱得“好听”。他愣了一下，身后的车在暴躁地按喇叭，他才知道前面的灯已经变绿了。

“你住在什么地方啊？”她终于忍不住问了，“经常要走机场高速吗？”

“不是。”他有点不好意思，“有时候夜里，我一个人绕到高速上去转转，这个说出来没人信……来北京这么多年，机场高速是我最喜欢的地方。”

“有什么不信的，我也是。”灵境的眼睛一亮，“机场高速多好啊，当然我是说不堵车的时候，尤其是夜里，只要开上去，就觉得所有的人都跟我没什么关系。”

他咬了咬牙，打了右转向灯，那一瞬间方向盘似乎发出钟摆的声音，他以为她马上就会疑惑地问为什么，他以为已经没有退路了，可是她浑然不觉。然后他真的转弯，盯着雨刷器，不敢看她的脸：“那咱们现在从这里转弯，上三环，然后绕到机场兜一圈怎么样？兜完这一圈，就没有这么堵了。”

“行呀。”她用力地点头，打开了他车里的收音机，她的手指尖略微发颤，她自己知道的。

提速的那一瞬间，她按下了车窗。风吹进来，切诺基变成了船舱，路面在她眼前微妙地起伏着。他们有的时候超过一辆车，有的时候被一辆车超过，所有车干干净净地沿着同一个方向，这个方向一直通往月球。世界终究在这个沉默的方向上实现了平等，每个人都以为这世上只剩下了自己，这反而有种真正的温情。他时不时地侧过脸来看她一眼，可是她的脸一直向着窗外，散落的几绺头发迎风飞着，他不得不转回头来直视着路面，安全驾驶是件很重要的事情。他集中精神，怕错过了她突然开口说话的声音，可是时速一百的时候，风声太大了，轮胎和风一路剐蹭着，在柏油路面上划出浪涛的声音。

“把车窗关上好不好？”他问她。她点了点头，却望着夜空，于是他按下了左手边的按钮，车窗缓慢升起来，宁静降临，他终于听见，她在小声地哼着歌。细细的声音，唱的隐约是：

我是一棵秋天的树，

枯瘦的枝干少有人来停驻。

曾有对恋人在我胸膛刻字，

我弯不下腰无法看清楚。

……

她突然像是意识到了什么，从那个旁若无人的某处回来了，不好意思地看着他的侧脸："糟糕，班门弄斧了……"眼睛里全是大惊失色的笑意。

她这些天独自一人的时候，总在听这首歌，所以不由自主地……这件事，不能让他知道。他对住她的眼睛看了一看，她在等着他说话，对于普通社交来说，他望住的这一眼有点久了。终于，他问："还有九公里就到机场了，从那里过收费站再回城里去，好不好？"

回家的路，倒是通行无阻。

"我跟你说哦，"灵境突然说，声音很轻，让他一瞬间有点恍惚，"差不多过两周吧，你肯定会收到邮件，Tony 会再跟你约一次见面，如果他把你约在我们公司楼下那间咖啡馆里，那多半是他们很喜欢你，可是商量的结果仍然是 no，或者还有什么很关键的情况，让他们还在严重摇摆；如果约在 Tony 的办公室，而且我也在场的话，那多半就是 yes 了。因为如果是 yes，那么接下来很多事情都是我来负责……当然了，"她看着他一笑，"大多数时候没这么复杂，都是简单发一个邮件说我们很遗憾……可是你可以相信我，你不会遇上这种情况的。我个人也很喜欢粉叠，我相信，就算MJ没这个缘分，你也一定能找得到赏识它的投资人的。”

车缓缓靠近了灵境的小区，他们回到了岸上。

他原本想说“谢谢”，可是话到嘴边，却变成了：“我明白了，只要能看到你在场，就是有好消息。”

她惊讶地笑笑：“可以这么说吧。”

她有点慌乱地下了车，关车门的力道会让不熟的人以为她在泄愤。直到站在电梯里翻找钥匙的时候，她才恍然大悟——她一直觉得似乎缺了点什么，就在刚刚，那个她说“可以这么说”的、云端一般的瞬间里。那个瞬间何以如此简单和澄明，以至于让她开始惶恐地觉得自己一定是漏掉了什么重要的东西。现在她知道了。

她居然完全没有想起钢铁侠。从她用力扣上安全带的那一刻起，就完全没有想起过。和关景恒的对话中甚至提到过那个名字，但这依然没能让她想起他。

她放弃了找钥匙，直起身子，手足无措地看着四面的镜子中，脸颊微微泛红的自己。

5

很多年前，在家乡，关景恒是非常出名的婚礼歌手。从十六岁开始。高一暑假参加同学表姐的婚礼，原定的歌手没能按时出现，他就这样被他的同学推到台上去，脑子太乱还没有来得及拒绝，前奏就已经结束了。他有种强迫症一般的怪癖，让一首歌空空地放着伴奏在那里等着，他会浑身不舒服。就像听见有人在用刀片划玻璃——一定要让自己的声音汇进背景音乐里去，才算如释重负——不管多粗糙的音效，只要他能把自己唱歌的声音倒进去，就觉得，伸手不见五指的夜里有月光照进来了。他闭起眼睛不看满室等着新人敬酒的人们，唱了一首 *Can You Feel the Love Tonight*，一曲终了，睁开眼睛，却见满室宾客惊慌地跑向某张桌子，新郎烂醉如泥，直直躺倒在一地的瓜子皮上。他不知道该拿手上那个麦克风怎么办，婚庆公司的老板若有所思地看着这个紧张而滑稽的孩子——他上台前匆忙地脱掉了校服外套，凝视着麦克风的样子就像那是一个手榴弹。他走上去，拿过这孩子手上的话筒，问他：以后，一百块唱一场婚礼，公司提成四十，做不做？关景恒愣了片刻，惶恐地说：可是还得上学。

他只是觉得不该让任何一首好听的歌在那里空等。

很久以后的后来，当他发现，自己能轻而易举地让女人们空等的时候，才意识到，他那种对每首歌曲与生俱来的忠诚，也许就是传说中的“天分”。

十六岁男孩的生活从此不同了。周一至周五在校园里循规蹈矩，一到周六，他会出现在小城各个星级酒店的宴会厅里，那是他的家乡人们眼界里最豪华的所在，他熟稔地跟乐队成员打招呼——简陋一点的婚礼没有乐队，就跟负责音响设备的师傅寒暄，一边换上婚庆公司老板借给他的、质地粗糙的丝绒面西装。越来越气定神闲，也就越来越相信，此刻的这个自己才是真实的，平日里那个在午后操场上跟伙伴们打篮球的少年，不过是大隐隐于市。

起初一百块一场，接着两百块，再后来一百块一首歌——然后有一天，轮到平时常办婚宴的那家酒店老板嫁女儿，厚厚的一个红包推到他面前："小伙子，你愿不愿意来我们酒店的西餐吧驻唱？"

高考前夕，他意识到自己已经存够了第一年上大学的学费。虽然他已越来越厌倦那个坐在教室里备考的自己，不过他没有真的放弃。他只有这一个机会，远离这个自己出生的地方，唯有远离，才有可能不做芸芸众生——很多出身小城的年轻人都曾有过这样天真的信念。家里知道他出去唱歌赚钱的事，也许最初，父母些微地表示过一点反对，但是……总之他已经不记得自己有没有花时间去说服他们，他成绩好，话也很少——或者说，就是因为成绩好，他在这个家里获得了不和父母交谈的权利——他们在他房间里进进出出的时候都无声无息，母亲甚至不敢动手替他收拾书桌，因为有一回，一本很重要的笔记被母亲放到了抽屉里，他发过很大的脾气。他们是一对平凡夫妻，随处可见的那种，沉默、辛勤、逆来顺受的中国人，抱着一种简单的信念：这个孩子脑子聪明，心气儿高，也会读书——还生得体面，所以，他必然能懂得他们夫妻所不能懂的事情。从他们那个年代过来的人，有一类，非常容易让自己臣服于某种畏惧，自然而然地，开始畏惧自己的亲生骨肉。

当然，他们是不会承认的。

拿到录取通知书的那天,他照旧去了西餐吧。那晚没什么客人，他唱的都是自己最喜欢的歌。

直到来了北京，他才明白曾经的自己犯了一个逻辑上的错误。当他坐在窗前凝视外面那棵看着他从小长大的树，觉得北京是一个遥远而必然灿烂的地方，可当他身处其中，“北京”成了街角人潮凶悍的地铁站，成了学校宿舍楼底下的早点摊，成了一打开窗户就闻得到的某种秋天的气味——他才知道，那个臆想中灿烂的北京，已经不在了。所谓象征着绝对权力的长安街，只不过是一个接一个看不到尽头的红绿灯。没有人认识他，没有人见过高中最后一场篮球赛他投进去的救命的三分球，没有人知道他是那个家住凤鸣路四号院的孩子。他和所有人一样没有了来历，有那么半年左右的时间他觉得似乎失去了张嘴唱歌的能力，走了那么远的路，坚持了那么久，原来只是为了让自己更加彻底地成为芸芸众生。第一个凛冬降临的时候，他已经旷课快一个月了。他问自己是不是应该打起精神来，从下周一开始，至少去上课。

大学总归是要毕业的，不然，就连凤鸣路也回不去了。

“给我讲讲你自己，你觉得你这个人最值得讲的地方是什么。”坐在关景恒对面的那个制作人静静打量着他，普通话不是很标准，也许是因为这个，他表达一件事情的时候通常有种奇怪的执拗。

关景恒不知道该从何说起，总之，面前这个人只曾经在电视里见到过，看着他，自然而然地就觉得，不能提起凤鸣路，提了也是没有什么用的。

大三那年的夏天，关景恒没有回家——他终于还是在北京找到了唱歌的地方。餐吧是没有暑假的，他一直唱到大学毕业，后来即使已经在格子间里敲代码，也依然会在周末过来唱。公司年会时，他们部门把他推出去表演节目，他的演唱自然是为部门赢得了最大的红包。微醺的程序员们此起彼伏地为他欢呼，人力资源部那些姑娘们大叫着巨星小关，彩色的碎屑自会场天花板上，如自然灾害那样坠了一地。他站在台上，任由那些碎屑掉在他身上，他想就这样把我埋了也好，他快二十四岁了，如果此生只能在这里做他们“会唱歌的小关”，还是早点死吧。原来，“北京”也不过是一个拥有无数条“凤鸣路”的地方，什么首都，什么紫禁城，都是骗人的。

“我……”他认真地略有窘迫地想了想，“我自己没什么值得讲的。”

“不可能。”制作人宽容地笑了，“你连故事都没有，怎么当明星？”

“我喜欢唱歌。”他也觉得这句话说得很蠢。

“说一些我不知道的。”

他犹豫了一会儿，像是下了很大决心那样，深呼吸一口。他从没想过有一天会把这些付诸语言告诉一个不熟悉的人。

只不过这个不熟悉的人，也许能改变他的命运。

“好吧，那我说说……”他有些慌乱地盯住自己面前那杯

mojito，“我其实有点不知道该怎么说——我从挺小的时候就觉得我不是我自己——我本来应该是另外一个人。不是说梦想什么的，而是……我一定得找到那个自己，我真的是个没故事的人，可是眼前这个没故事的人根本就不是我我不在乎这个人生究竟是怎么样的，认真勤恳地活着也好，穷困潦倒地凑合着也好，做谁的儿子老公和爸爸……都无所谓，我根本就不关心这些。”他端起杯子，没有用吸管，用力地喝掉一半，那片薄荷叶尴尬地沾到了嘴唇上，他用玻璃杯的边缘刮掉了它。

“很好，想要成为一个完全不是自己的人，是非常重要的一步。不要相信那些‘要做自己’的话——等你红了以后，那些话是说给歌迷听的。”

这样的对白之后，他就签了平生第一份经纪合同。参加选秀节目，就是合约的内容之一。从那以后，他便有种奇怪的迷信，凡是“面试”范畴内的事情，他坚信自己的运气总是不会太差的。

后来，他站在舞台上，光线太强。当你看不清观众席上任何一张脸孔的时候，很容易就会觉得他们都是——会发出呼啸声的无差别生命体。他曾经离“他”那样近，那个根本不是他但应该是他的人。可是选秀节目总有播完的那天，观众们永远等着下一季的比赛——甚至连下一季的选手都未必比他们幸运，因为总体的收视率很可能赶不上隔壁电视台的另一档选秀节目。本应成为的“那个人”依然蛰伏在某处，他离“他”只有一根手指的距离。幻觉结束了，他知道人生此时才正式开始。依然闻得见“他”的气味，活下去的意义全都在“他”身上，小关必须用这个平庸如超市食品袋的人生去找到“他”，找到真正的“关景恒”。

“你就是没那么爱我。”大学时代的女朋友曾经这样指责过他，“我们努力一点存钱不好吗？过几年，想办法买房子结婚，每个人都是这么过的，有那么多人想要和我这样过日子，可是我选了你……”

“你可以重新选一次，再选别人。”他这么说。

她打在他脸上的那个耳光并不是很疼，只不过热热的。

那时候他年轻，或者说更年轻——所以不觉得自己无情。反正，所有缠绵过的女人，最终都属于尘世里的小关。他从来不敢尝试着想象一下，若有一天，他真的成为了幻境中的那个人，会出现一个什么样的姑娘在那个终点等着他，他不允许自己想这么具体的事情——那意味着某种妄念被坐实，他的僭越在神明那里有了呈堂证供。

“你开车的时候，会不会听自己的歌？”朱灵境看着他的眼神总是有点好奇，偶尔她能够意识到也许这有点不妥，急急地把目光挪开，装作看了一秒钟风景，然后再像个大人那样，重新回来看着他。他在心里回想着她的每一个神情，每一句记得起来的话，他其实是在揣测她的来历，她应该也是在一个类似凤鸣路的地方度过了独属于自己的童年——会有那么一瞬间，他甚至问过自己，假设——当然只是假设，她能每一天都这样明媚地出现在他眼前，用力地把安全带扣上，他是否可以甘心地活在此处的这个人生里，把这具原本是寄居的肉身当成最后的去处？

一阵寒冷滚过脊背，他用力踩了刹车，险些闯红灯。

钢铁侠的办公室里有音乐声，这是一件罕见的事情。他的音箱里放着关景恒正式出道成为歌手之后的第一张专辑，孟舵主费力地在那张北欧风的沙发上坐下来，苦恼地看着对面的人说："我女儿真的知道他，可是我听起来，这首歌跟刚刚放完的那首根本没什么区别……"门开了，钢铁侠和雪莉诧异地看着小雅走了进来。"不好意思，"小雅笑笑，"我只能在这儿待两个小时。"她穿着很随意的开衫和牛仔裤，看起来倒是跟从前没有多大的变化。"不要紧吧？"雪莉迟疑地指了指自己的胸部，"两个小时之后会不会很痛？"两位男士疑惑地对望了一眼，大概也知道此时不方便提出疑问。"还好，"小雅坐下来，"两个小时以后从这儿走，不堵车的话回家最多二十分钟，正好来得及喂下一顿。""那就快点聊完长话短说。"孟舵主一瞬间正襟危坐了。

"我的想法早就表达过，"小雅一笑，"我觉得粉叠是个有意思的东西，所以我希望我们可以试试看。虽然关景恒那个人没有经验，但是……"

"我担心的地方是关景恒并不是一个真正的大明星，如果他知名度足够，炙手可热的那种，我们就什么都不用考虑了。"雪莉叹口气，"团队啊管理啊什么的，都可以帮他做，可是现在……值不值得？”

“他现在的团队，负责前端后端的那两人都是他过去的同事，还是同学？资历嘛按说也过得去……可是关景恒他现在还能管理这些人吗？他早就是个艺人了，想事的方式不会一样的。”孟舵主的 iPad 不小心掉在地上，但他没有去捡——因为不好意思让大家看到弯腰对他而言很困难。

“反正我快要休完假了，我可以有事没事去他们公司盯着。”小雅认真地环视着大家，“或者，等到初具规模的时候，说服他，换一个真正专业的经理人。”

“小雅你还真是喜欢他。”雪莉笑了，“不过说句题外话，我倒觉得那个小潘是个好看的男孩子，就是不中用。”

“如果真的决定了，我们现在就得替他们物色一个得力的做市场和渠道的人，他们现在的这个人只是手里有艺人资源而已，运营能力不行。”钢铁侠像是若有所思，“第二个隐患就是那个小潘，知名度没有，脑子更没有，就是因为出了最早开发 App 的那笔钱，占这么大的股份，创始团队里留着一个这样的人，早晚是个祸害。”

“以后想要把他边缘化有的是办法，现在，留着看看也是好的。”雪莉微笑着，用眼神咨询着小雅的意见。

“放心吧，灵境正好是他的室友，据说小潘这个人心思很单纯，需要他让一些出来的时候，只要好好聊应该没有问题……”小雅说话的时候总有一种愉快的语调，“而且，只要能具备一个过得去的用户数字，即使运营得有问题，地主们应该还是会对它感兴趣的。”

“现在就需要。”钢铁侠简短地说，“省得夜长梦多。把这个作为签 TS 协议的前提。”

“如果这项能谈妥，我就没什么问题了，他们要的是一笔小钱，最关键，对我们 MJ 来说，也是一个能在娱乐圈里做做宣传的事情……”孟舵主话没说完，听见外面传来一声沉闷的巨响，好像有什么东西摔在了门上，门应声开了。只见文娟——钢铁侠的助理正错愕地从地上爬起来，揉着膝盖，面无表情地道歉：“对不起对不起，手里东西太多，我以为我能抱得住……”一个纸箱子因为刚刚砸过门，无辜而笨拙地翻滚了两下，盒子上的图案是一个意大利产的手冲咖啡机。

文娟把箱子抱起来，在这间仓库一样的办公室里寻找空地。

“别忘了把发票给财务。”雪莉讪笑地看了文娟一眼。

“不用，”钢铁侠已经在搜索它的使用说明书，“你们喝不上咖啡的时候别来找我借就行。”

文娟尴尬地看着她幼稚的老板，感觉马上就要替他道歉了。

关景恒听到新邮件的提示音的时候，手指微微抖动了一下。还好身边没有任何人。他犹豫了一会儿，终于打开。钢铁侠约他在 MJ 资本楼下的咖啡馆，特别说明希望和他单独聊。他的心重重地跳了几下，然后沉下去。他对着灵境的微信头像看了好久，想问是不是她的老板们已经决定要拒绝他了，可是最终他还是丢开了手机。他不想让她看见焦灼的自己。也许，事情并没有那么糟，她说过——也许他们之间还没有统一意见。至少，他们都看得出，他才是灵魂所在。既然不能自乱阵脚，那就若无其事地单刀赴会，他还是只穿了清爽的白T恤和牛仔裤。

早上八点，咖啡馆还没有正式开门营业。钢铁侠坐在一堆空椅子里面，看起来有点荒诞。吧台后面睡眼惺忪的老板在慢吞吞地装着咖啡豆，距离他们点的东西端上来，恐怕还要一阵子。看到关景恒从只抬起来一半的卷闸门后面钻进来，随意地打了个招呼："你坐吧——要喝什么你去点，不过可能做得慢一点……"就好像他真的只是来一起喝个咖啡。

钢铁侠也许没注意到，关景恒几乎是没有掩饰地环视了四周。

"我开门见山，"他紧紧地看着关景恒的眼睛，"我们都觉得粉叠很有意思，本质上是一个社交类的社区，但是我也希望你知道，社交类的东西成功率其实非常非常低……"

来吧，不如痛快一点。关景恒挺直了脊背。

"当然，"钢铁侠话锋一转，"你的情况不大一样，你不是一个简单的创业者，你的号召力还是可以转化一些最初的用户……"好像在身后，卷闸门又是一阵细碎的响声。

灵境的声音从背后传了过来："对不起对不起，我在最后一公里的时候被堵了十五分钟……"

宛若天籁。

她说过，如果她会出现，那就代表着……她狼狈地抱着一沓文件夹弓着腰进来——迎面撞上了关景恒的眼睛。

她愣了一下。他看着她的样子，就好像看见大雨之后的天上，出现一道完整的彩虹。她从没见他脸上露出如此彻底的喜悦，这让她的心跳像是漏了一拍，故意把脸转开，到吧台为他们取咖啡杯。

关景恒在桌子底下握紧了拳头。其实他只是在想，但愿这是真的。

“我继续说，”钢铁侠似乎对灵境的到来无动于衷，“我觉得，你们目前的创始团队，最大的隐患，在潘垣身上。他的经验能力都不够。你是真正的leader，我想听听你对这个是怎么看的——我知道，你们是兄弟……”

“你希望我怎么做，我就怎么做。”关景恒平静地回答。

灵境背对着他们二人，撕开了一个糖包，却不小心撒了一半砂糖在空旷的桌面上。

“他现在在你们的公司里占据的股份太多了，跟他谈谈，压低到百分之十以下。你可以想想办法，把他最初帮你垫付的开发的钱还给他。我知道，这可能会让你为难，但是你相信我，你以后要带队打仗的日子很长，这只是第一步。”

“可以。”

“你打算怎么说服他？”钢铁侠认真地看着他的眼睛。

“这是我的事情，我做到了之后，再来跟你交流。”

钢铁侠笑了：“很好，够爽快。把这件事做到，你期望的钱数和估值，都没有问题。”

咖啡机在耳畔轰鸣着，整个世界都是香气。

傍晚，灵境刚出电梯门，就听到了自己家门后面传出的音乐声。走进去，再关门——感觉自己不小心闯进了一首歌里面，整个人像是一个碍手碍脚、被错误演奏的音符。小潘不知从哪个角落窜出来，冲上来跟灵境热烈拥抱。

“亲爱的，原来我除了美艳和有才华之外，还即将缔造一个互联网帝国——”灵境用力地挣脱了小潘，把音箱关上，不过小潘灵巧地闪到她面前，“你跟我说实话灵儿不要不好意思，你做我室友这么久，是不是早就在默默地暗恋着十全十美的我只是从来不敢表达因为你觉得自己一定没有机会……”

灵境没有表情地看着他，于是他自己也觉得没意思了。

“关景恒在楼下等着你呢，你们去喝一杯吧。”灵境拎着自己的鞋子，试图越过长沙发把它们直接抛进自己房间里，结果一只成功地飞了进去，另一只悲惨地打到门框摔在了地板上。

“怎么了蜜糖？”小潘若有所思，“你准头差的时候，一般都是心里有事。”

“我累了。”

“这么重要的时刻你不跟我们去一起庆祝？”小潘大惊失色，“是不是你又要去会那个野男人了？”

“庆祝什么呀，”灵境疲倦地笑笑，“毕竟老板们还没有最后拍板，还有拜托你件事小潘，”灵境转过脸，表情甚至有一点委屈，“永远别告诉关景恒你看见过 Tony 来我这儿，你不能告诉任何人。”

“天哪！”小潘双手举过头顶，表情夸张地绕着沙发开始转圈，“那天我看到的那个人就是Tony？你不说我根本不会知道——穿上衣服以后真的差别好大，后宫是从何时淫乱到这个地步的……”

灵境惨叫一声，蜷缩在沙发中，开始认真地怀疑人生。

“放心。”小潘的手依然停在耳朵两旁，“我一个字都不说。”他走到门口穿上鞋子——不过是由一双拖鞋换成了另一双拖鞋，“但是我提醒你哦，等他来你房间睡觉的时候，你还是把床单换一下。”虽然知道灵境手里已经没有鞋子可以丢过来打他，他还是维持着抱头鼠窜的姿势，夺门而出。

她知道用不了两分钟，小潘就会跳上关景恒的车，坐在她刚刚坐过的那个位置。他们会痛快地击掌，如同学生时代的球赛一样，在庆贺独属于小伙子们的美好时刻。关景恒会因为由衷地开心，而忘记他平日里那些深藏于心的、对小潘的不屑，当喝到第三杯的时候，就会百分之百相信，小潘是他情同手足的兄弟。这个时候，关景恒再把钢铁侠提出的要求推心置腹地一说，事情也许就成了——管他怎么说，那不是灵境应该过问的事情。

而小潘，不管喝了还是没喝，总是擅长装糊涂的。

任何人相处的时候，总是那个自以为更聪明的人，过得比较痛苦，可是男人们好像不大懂这个。

一条关景恒的信息又翩然送了进来：周末想请你吃晚饭，可以吗？这些日子辛苦你了。

她迟疑了一下，回答他：周末有事情，不然，周一晚上，我下班以后？

他想再多看一眼这条回复。但是就在此时有两条信息几乎同时挤了进来，铃铛的声音此起彼伏。一条来自父亲，另一条是母亲的。父亲说：以（已）收到。儿子你放心，很快就能赚回来。母亲说：你不要理你爸爸，你这几年也不容易，别给他钱。每一次阅读父亲发来的信息，他总是不由自主地想修改一下显而易见的错字。他能想象那个画面，母亲其实就坐在父亲对面，他们二人之间只隔着那张旧餐桌。然而母亲不动声色地垂下头，不会让父亲察觉她也在跟儿子说话。父亲认为来跟他要钱只是二人之间的秘密，就让他那么以为吧，母亲的嘴角纹丝不动。旧餐桌正上方的墙上，依然挂着那副镜框。那里面是三十年前的一张“见义勇为”的奖状。三十年前的父亲在陪母亲推着婴儿车逛公园的时候，想也没想就跳下人工湖救上来两个落水的孩子。镜框的角落甚至还嵌着小小的一方当年的剪报。父亲表情紧张，整个人僵硬，但是年轻英挺。他看着那张剪报度过了整个童年，他不知道那就是父亲一生里唯一一件值得回忆的事情。他也不知道长大以后他会长得跟父亲很像。

父亲会心满意足地倒上半杯酒，抱怨母亲买的花生或者蚕豆不够新鲜。然后再一次笃信着他很快就能把这点钱骄傲地还给儿子，不止这一点，这一次他会走运，连上年初的、去年的、前年夏天的……一并还给那个以为自己翅膀硬了的小子。想到这里他挺直了脊背，他多么希望能有一个听众出现，他愿意讲讲年轻生猛的时候是怎么跳进那个湖里的。彼时初春，湖水还有寒气。生活只会奖励小人，然后亏待像他这样的英雄。

关景恒默默地回复了母亲：没事的，我自己有数。

他不能把灵境带回凤鸣路四号院去，他已经想好了，绝对不能。

周一终于来到的时候，两个人倒是都没有像自己预想的那么紧张。关景恒看着灵境远远地走进来，还没来得及站起身，灵境就已经看到了他。她第一次把头发整个盘了起来，穿了件式样简单的小黑裙和圆头的芭蕾鞋。

“蒂凡尼的早餐。”灵境落座的时候，他笑着说。

“在奥黛丽·赫本面前东施效颦，不丢脸。”她可能没那么习惯戴珍珠项链，手指不由自主地扫弄了一下颈部。

“我可没那个意思。”他怔了一下。

“你干吗那么认真啊。”她瞪大了眼睛，不知不觉地娇嗔。

看着她满脸的粲然，他突然有点悲凉。只能承认，有的时候，他想要讨好她，尽管知道讨好又没有什么用，可是只要她出现在视线里，他就觉得她身后的空气里有一扇只有自己才能看见的门，门一开，里面就坐着孟舵主、钢铁侠，也许还要加上那个传奇一般的冯小雅。那几个人一人一把椅子，正襟危坐，就像当年宣布他能否晋级的评委——她不会知道这个，不能让她知道。想着这些，他有片刻的失神，而灵境只好低头看着菜单，有一点羞涩，她以为他只是有点忘形地看着她今天这身全新的装扮。

“我已经知道我要吃什么了，你点自己的吧。”她用力把菜单合上，像大学时代的教材那样抱在胸前——在他眼里这是她最可爱的地方，因为她浑然不觉。

“真有效率。”

“我最讨厌那些浪费很多时间点菜的女人，”她歪着脑袋，“女人被瞧不起，一半是因为混蛋男人，另一半的原因就在她们身上。”

“我哪敢瞧不起你。”他是认真被她逗笑了。

“没说你。我的意思是——”她眼中灵光乍现，“宏观层面上。”

那顿饭吃了将近三个小时，有好几次，他们的笑声成功地惹来隔壁几桌嫌弃的注视。他喜欢听她说话，希望她能多谈论她自己——她不是那种没完没了试图引起对方注意的人，即使是在讲述自己经历的时候，也尽可能地描述事情，而不讲她的观点——关景恒实在害怕那些大事小事都要发表观点的人，无论男女，一个人对世界的看法如果又完整又不高明——那就去当专栏作家吧，不要在日常生活里交朋友了。

服务生递过来 POS 机的时候，他正好可以不用正对着她的眼睛。他当然不会告诉她，他们公司账上的钱应该只够接下来两个月的，小潘那个土豪父亲拒绝支持儿子的“创业”，在他眼里那不过是这个不成器的家伙看中的又一个玩具。所以一开始启动的时候，小潘回老家去，卖掉了一辆曾经在小城里最为拉风的超跑——小潘当然故作轻松地表示过，没关系，过阵子他可以再回一次家，看看这回能卖点什么，总还有家当可以卖的。

他们走出餐厅的时候，夜色已流畅如水。北京的八月通常闷热得让人烦躁，不过那一晚的空气中，已经嗅得出一点点秋天。世贸天阶灯光璀璨,这点秋意让满目灯火都平静了下来。他们沉默着，都在等对方说话。

关景恒在心里默默地数数。数五下，他这么跟自己说，如果数过五下她还保持沉默，那就提议送她回家。他暗自嘲笑自己，然后自然而然地，从一数到了十。他转过身，看着她，对上她的目光的一瞬间，把自己逼到了——想象中的墙角。

十一。十二。你到底在干什么。

灵境却慢慢地说:“你想不想，再找个什么地方坐坐？”

“我得开车,喝不了酒。”他看到了她眼里有层飞速驶过的失望，“找间咖啡店怎么样？”

“这个时候喝咖啡，你不怕睡不着就好。”她已经不想掩饰所有的喜悦，“刚刚你已经请我吃饭了，咖啡让我来请你。”

“好。”他微笑的时候心里却在问自己，一定有男人对她轻而易举地说过“不”，即使面对着她这样粲然的笑容，也一定有的——那么他们究竟是些什么人？他们是怎么做到的？

他听见了一声手机信息提示音，他知道那是从她的包里发出的。

她低头看着屏幕，完全露出来的脖颈与双肩之间，有两道美好的曲线。他转过身，走上几级台阶，撑开咖啡店的门，再回头却找不到她。

“灵境！”他好像从来没有叫过她的名字。

她就停留在刚才的地方，十几步之外，刚才有根方形的柱子正好挡住了她的身体。她快走了几步，扬起脸，对他一笑：“你看看你的手机，现在。”

他伸手去掏口袋，咖啡店的门弹回来，被他的后背挡在了半路，他觉得自己一定显得很蠢，像是怕烫那样，急急地挪开了。一个小小的红色数字在告诉他有新邮件进来了，发件人是钢铁侠。他点开的时候，刻意不让自己去想任何事。

他盯着那封邮件反复看了几次。钢铁侠将这封邮件抄送给了很多人，其实正文只不过短短两行。他想再多看最后一遍的时候，一不小心，手指滑动，离开了邮件的页面。他迟钝地对着主菜单里那十几个颜色缤纷的小图标，忘了自己刚刚想要做什么。

“恭喜。”灵境的声音里有种微妙的颤抖，像是有光在一泓清池的表层缓慢滑动，“MJ资本的天使投资，三百万，post估值一千万，剩下的事情，比如准备合同、帮你们协调尽调……都是我的工作。请不要客气，任何问题都可以跟我说。”

他重重地叹了口气。看着她。她走路的时候像猫那样没有声音，停在他眼前，嫣然一笑：“其实今天中午他们就一致通过了，只不过，我不能提前剧透的，让Tony自己跟你说，比较隆重一点。”

从这一刻起，他再坐在钢铁侠对面的时候，也可以叫他Tony了。这很重要。重要到让他想马上喝一杯。“别叫我刘总，”那个自以为是的白痴单挑起一边眉毛，装腔作势地挥一下手，“叫我 Tony 就可以。”他是故意这么说，好欣赏着对面的人即使这样也依然迟疑着的窘态，他身上所有的盛气凌人都是这样，一点一点，从这些等待着被他挑选的人身上，从他们满身的谨小慎微里，剥夺来的。

他突然侧过头去，亲吻了灵境的脸。

“你才是天使。”他告诉她。她脸上的神情居然是种纯粹的困惑。于是他只好补了一句：“对不起。”

灵境慌乱地笑笑：“……让公司的人知道了，这是不是不大好。”

“是不大好，”他点头，“我的错。走吧……”他指了指身后咖啡店的门，“你要是……不想再进去坐着，我去帮你买，买好了送你回家——你想喝什么？”

“抹茶拿铁。”她脸上依然是那种困惑，盯着他的眼睛看了很久，才心虚地说：“大杯的。”

“知道了。”

他转身的时候，她突然抓住了他的手腕。然后踮起脚尖，寻找着他的嘴唇，怎么都找不到，不知如何收场了，所以她只好绝望地把眼睛闭上。

他帮她找到了。然后他们第一次紧紧地拥住彼此的身体，她的呼吸声直接温暖地回荡在他的喉咙里，他的脸贴住了她的面颊，整个世贸天阶的灯光就此安然熄灭。天阶夜色凉如水，原来指的是这个。

送她回家的一路上，他们默契地保持着安静。她认真地喝着那杯抹茶拿铁，直到车停稳，依然用力拨弄着细碎的冰块。

她听见了他打开安全带的声音，她觉得那像是逐客令。有种细碎的委屈涌了上来，她立即把手放在车门的把手上，却打不开。原来他把车门锁了。

他们都在等对方先说话，她只是在祈祷，他不要开口说“对不起”。

“关景恒，你就当作——刚才什么都没发生吧。”她说。这当然不是她的真心话，但是连神都知道的，有几个女人在这种时候会说真心话。

“被你的同事知道了，是不是会——对你不好？”他问。车并没有熄火，他打开车窗烦躁地点上一支烟。

“也会对你不好。至少现在……”她知道自己此刻很蠢。

“我听你的。如果会对你不好——那我，就当没发生过。本来，就是我不好。”他此时才发现自己的右手一直放在手刹上，却一直没有把它拉起来。

“你哪里不好了？我的意思其实是说……”她有点急了，“如果你愿意，我们先不要让任何人知道，也可以的。”

“我们各自回去想一想，你说好吗？”打火机从他的手指间失控地滑了出去。他懒得捡，烟雾缭绕，好像神灯里的仆人会马上幻化出来，为他们解决目前的尴尬境地。

“既然是这样，你什么都不用想，忘了我刚刚说过的。”她并没有特指忘了刚刚说过的哪一句——但是，他应该听得懂。这样的对话，就像两条金鱼在池塘里互相挑逗着游来游去，绕着湖底那簇水草。谁也不许让自己的身体碰触到水草，可是也同样必须假装自己没看见水草。触犯两条规则中的任何一条，都会——够了，只有人类才会如此愚蠢，为什么要拉上水草和金鱼。

“你不明白灵境，我得好好想一想，你……你不一样。”总不能说——你和那些逢场作戏的女人不一样吧，那也太失礼了。

“关景恒。”她轻轻地笑了，“我又不傻。”她终于还是打开了车门，回头加了一句：“过几天见。”

他用力地把一口烟喷至车窗外，跟自己说没有关系的，大事已经尘埃落定，他不必再这样习惯性地担心是否得罪了她。可是，好像不全是因为这个——他一想到也许她以后不会再坐在他的副驾上，一种恐惧就像是巨大的噪音，震得他心脏微微地发颤，像一堵偷工减料的墙。

他拿过手机，对着她的头像愣了半晌。他们傍晚时的对话，还在那里。她对他说：我出门了，如果堵车不严重，应该不会迟到的。他简单地回复她：不要急，我等你。只不过一顿晚餐的时间而已，他们之间似乎就再也不能这样对话了。可是他究竟该对她说什么？

我只是需要一点时间——太屌了。

现在我必须全力以赴地专心工作，如果我再不能证明自己一切都来不及了——所以呢？

我宁愿 MJ 不给我钱，这样我们就能轻松地相处——撒谎。

你知道我有多害怕你拒绝我吗——也许这句话才会提醒她微

笑着拒他于千里之外。

朱灵境，我没有一天不在想你——不行，不能说这句，因为这是真的。

他就像一个笨学生，绝望地盯着考卷上的解析几何题，铃声已经响了，但总得做点什么吧，哪怕写两个毫无意义的步骤……

于是他对她说：晚安。

“Tony。”灵境从一堆被子里慢慢扬起头，看着钢铁侠窗前的身影。他很喜欢站在高层建筑的窗户旁边往下看，在办公室里看满城的灯火，在自己家里——只好看看路灯底下坐着的那个人是不是喝醉了。

“我有件事要和你说。”灵境突然捡起地板上一件很旧的格子衬衫，急忙用它裹住自己。好像是觉得，说到一个比较严肃的话题的时候总得有点着装要求——至少不能什么都不穿吧。

“你说。”钢铁侠转过脸。然后静静欣赏着她难以启齿的表情。

“这是我最后一次在你这里过夜了。你……懂我的意思对不对？”

他长吁一口气：“吓死我了，还以为你要说你爱上我了要我离婚。”

“你怎么那么讨厌呢！”灵境笑着，拿起一个枕头作势要扔，她自己没想过，跟关景恒在一起的时候她从来没有如此轻松的感觉。

“那么为什么？”钢铁侠用力地拉上了窗帘，“你要辞职了？我操——告诉我，谁来挖你？”

“我不知道该怎么说。”她匆忙地笑笑，低头撕扯着衬衫的扣子，“简单点说就是——我恋爱了。”

“是什么人？干什么的？多大了？什么背景？”钢铁侠突然变成了一个喋喋不休的娘家人，“对了还有，本科是哪里毕业的？我跟你说，别管他后来在什么地方给自己镀的金，他高考能考进哪个学校很重要……”他突然意识到了什么，笑笑，“我是不想你吃亏。”

灵境轻盈地从床上走下来，赤脚踩在冰凉的木地板上，用力地给了钢铁侠一个拥抱：“谢谢你为了我好。你不用担心我，其实还没有正式开始……我只是……”她不想说“是他不愿意跟我正式开始”。

钢铁侠用力地盯着她，又挑起一边眉毛：“我懂，你认真了。祝你好运——可是，真的不能让我知道这人是谁？”他语气突然变得很紧张：“只要不是孟舵主，我就都能接受。”

很久以后，灵境才知道，像她和钢铁侠之间这样愉快的道别，并不是一件容易的事情。而此时，她还顾不上想这些，凌晨两点，她凝视着那句关景恒的“晚安”，有一点恼火，他当她是白痴吗？所以她故意一直不回复，直到此刻。她希望在这几个小时里，他能时不时看一眼手机，他的微信里会涌进好几条未读信息，但是没有一条小红标是属于她的。我就是想让你尝尝这个滋味，“盼望”

像一抹小小的亮点那样，快要烧完了，却总是没能真的熄灭。这么一点点亮光不会影响你跟周遭的人说话、谈事、碰杯、讲段子……但是你知道，就在这说话、谈事、碰杯、讲段子的时候，你整个人是荒凉的。朱灵境，她对自己微笑一下，不要自作多情。

“你这样一直玩手机，是睡不着的。”钢铁侠的声音从她背后传过来，吓了她一跳。

“那你怎么还没睡着呢？”她转过身，在黑暗中，脸颊贴住他的衣袖，“明早我就走了，你以后最好别在上床之前喝咖啡了，真的会失眠的。还有……你不会因为这个，不给我升职吧？”

“笨蛋。”他的手掌温暖地在她肩上拍了拍。

“还有，”她笑笑，“跟你说个秘密算了。公司里每个同事都笑你，在北京三环内开着一辆八缸的越野车，看起来特别傻。”

“纯属嫉妒。”钢铁侠气急败坏了，“还有，你记得，你可以先跟他说‘我爱你’，不用怕，但是，要是你真的已经太喜欢他了，不要让他知道。”

她哧哧的笑声很清澈：“你说啊，Tony，要是你能爱上我，我也能爱上你，会怎么样呢？”

他也笑了：“做梦吧你。”

没过多久，男人的呼吸开始舒缓而悠长。她在他的手臂中间，静静地睁开了眼睛，准确地在枕边摸到了手机的位置，在那句“晚安”后面快速回了一句：真不好意思，一回家就睡着了。谢谢，晚安。——然后又觉得“一回家就睡着”有点假，于是把“一回家”

改成了“刚才”。

明天他一醒来，便能看到。

也许他已经看到了。

Part 2 A轮

2013年10月—2014年春天

6

梦姨早就在负责二十五楼的保洁，从 MJ 还没搬进来的时候开始。

第一天来这栋大厦上班，梦姨的任务就是清洗入口处的一摊血迹。那是二〇〇八年的秋天，十四楼上一个据说是做期货的公司全盘覆灭，有个人安静地决定从顶楼上跳下去，直到那一声沉闷的巨响传出来——也许巨响的瞬间他已经死了。这栋楼的二层和三层之间，设计了一圈奇形怪状的“围裙”，延伸出来，正好像屋檐那样挡住一层的光线。马路对面的人看过来，总觉得这楼像是不小心把短裤褪到了脚踝处。尸体就躺在这圈围裙的某处，血缓缓地流下来，像雨水，倾斜着滴在地面上，汇聚成一个说不上是什么的图案。梦姨面不改色地清理着这摊血，尸体已经运走了，警察也走了，人们稍微骚乱了一会儿，各自散去，小心地绕过这摊血，进门，按电梯，十四楼的那个人就像蒸发了一样，再无痕迹。梦姨于是觉得，在这个看起来高高在上的地方上班，原来也有活不下去的时候——她想起在家乡县城读中学的女儿，于是下了决心，那也得尽力供她来北京读大学，既然都不过是死，好歹要看看世界。

起初，她叫得上 MJ 里每个人的名字——五六个人而已，又常常一起加班到很晚。现在，员工多了，生面孔来来去去，他们终于变得像是这栋大厦里随处可见的那种公司，不再像一群热火朝天赶着准备大考的学生（班主任是孟舵主）——只是梦姨若在打扫洗手间的时候听见了 MJ 的人聊天，总还是有点亲切。主要是因为这些姑娘们嚼舌头时候提到的人名，梦姨大都对得上号。梦姨的姓氏很稀少，总之她从来就没碰到过另一个姓“梦”的人。曾经，小雅睁大了眼睛笑道：“梦姨，你的名字听起来简直是琼瑶剧。”烘手器的噪音太响，梦姨听不清她接下来说了什么。

二〇一三年的冬天像北京以往的所有冬天一样，似乎一旦开始，就不打算结束。

梦姨拖着地板，抬眼看一眼小雅的娉婷背影，心里由衷地赞叹，这样的身材，谁看得出她几个月前刚刚生过孩子。随即，又有一点感慨——三年前小雅还特意跑到楼梯间里，塞给她一包喜糖，整层楼的人都知道这个姑娘嫁入了一个电视剧里才有的那种豪门人家。每个人都羡慕她，每个人又都希望她过得不好。无论如何，她有孩子了，总是好的。小婴儿躺在你胸前认真看着你，这让一个女人不再害怕失去任何人。

灵境走到洗手台前面的时候，梦姨仔细地让了一下。“谢谢梦姨。”灵境一笑。然后小雅回过身来发现了她。梦姨安静地后退了几步，隐到了一个个的隔间里。那个叫灵境的姑娘，她穿了件以前没见过的大衣——拖把在马桶边沿上磕磕碰碰了几下，她瘦了很多，最近应该是遇到什么事情了。

在北京，如果能选到一件合适的大衣，便能从十月末一直穿到次年三月初——除却严寒的少数日子必须裹着面包一样的羽绒服，剩下的时间，都靠它。一个冬天过完，便能跟大衣产生某种同舟共济的错觉。灵境对着镜子，抹了一层口红，身后相邻的洗手台边，还有个姑娘在刷睫毛膏。冯小雅走到她身边，开始洗手："新买的哦，好看。我也一直都很喜欢他们家的这一款，你是在北京买的还是找代购……"

灵境端详着镜子里的小雅："国贸。看到就买了，还是只会挑黑色或者灰色——都不觉得有什么区别。"

"走了。"小雅冲她挥手的样子有种很难描述的温柔。

"还想和你一起吃午饭呢。"灵境突然想起，既然快要去吃饭了，她为什么又涂上了口红。

"来不及了，得过去粉叠那边，等我回来一块儿吃晚饭吧。"小雅笑笑，"粉叠刚刚上线，乱死了，我要是不多对他们吼两句，还不知道成什么样，不然你跟我一起去好了。"

她摇摇头："Tony 下午要我开会。"

室内的暖气让她觉得热了，她把大衣抱在怀里，突然想这顿午餐不吃也罢。似乎把它重新裹在身上，再走出去等电梯，是一件无比需要勇气的事。抽屉里还有一个早上没吃完的三文治，其实够了——反正，又涂了口红。

她并没有刻意减肥。夏天过完之后，有一天她突然发现自己瘦了，这样也很好，所以就下意识地允许自己瘦下去。反正，除了她妈，人人都觉得瘦下来的朱灵境更漂亮——也许还有她奶奶。小潘经常在她清早准备出门上班的时候，做作地倚着门框冲她吹口哨："甜心，为什么你没了野男人以后，反而好看得伤天害理？"

她在关门的瞬间熟练地捡起拖鞋丢过去。可其实，多亏有小潘，她心里明白的。

小潘几乎不跟她提关景恒的事情，如果是聊到工作必须要提，他也尽量用"我们公司""我们大家"之类的词一语带过。"我们这几天都得拼命地加班干活儿，小雅好凶哦。"他会这么轻描淡写地跟灵境说。"星期五我们打算全公司聚餐去吃烧烤，你要不要一起来？"——所谓"全公司"，不过七个人而已。灵境淡淡地说："我不去，你们也不容易，省一点钱是一点。"小潘大惊失色："我还以为MJ会帮我们买单的！"总之，对话里，绝对不会出现关景恒的任何信息，虽然他无处不在。

文娟从一排办公桌里穿梭过来，意外地说："灵境，你还真的不吃饭啊。"然后感慨地摇摇头。"看来我也不应该觉得不公平……"说话间，像是下意识地，捏了捏自己的腰间。灵境扬起睫毛："哪儿至于的，你一点都不胖。"文娟轻轻笑了："这话你自己信不信啊。"文娟在试用期之后正式进入了小雅的team，当然，兼职做钢铁侠的助理依然是她的工作，反正暂时没有人愿意接替她。

“我昨天下载了一个粉叠，”文娟的黑框眼镜后面，第一次清晰地浮上来某种羞赧，“还是测试的版本，并没有正式上线，已经跟里面一个人吵起来了。”“注册测试版本的应该都是认识的人吧——你确定不是咱们公司的就好。”灵境惊讶地笑。“是也没关系，”文娟爽快地挥挥手，“我跟你说，那个人对周杰伦的理解完全是错的，也不知道哪里来的小孩子，年轻了不起啊，周杰伦改变整个华语音乐的时候她还在尿裤子吧……”灵境愣愣地把一支铅笔抵住了下巴，铅笔方头的那一端压出来一个浅浅的坑：“我以为粉叠的用户都是二十岁以下的小女孩，现在看起来……”文娟看似用力地眨了一下眼睛，灵境从未在她脸上见过如此生动的表情：“所以我觉得关景恒挺了不起的。”她俯下身子在抽屉里急急地找，拖出一个皮革封面、印着繁琐烫金花纹的笔记本：“看，前天跟着小雅去他们公司的时候，让关总给我签了个名。”那三个字就这样猝不及防地跳跃了出来，灵境微微地呆滞了一瞬间，无奈地笑笑：“本子好漂亮，是不是那些欧洲博物馆里卖的？”

文娟突然像是从椅子里弹了起来，灵境抬眼看过去，是钢铁侠急匆匆地走进来，冲着她们的方向微微点了个头，紧接着，办公室里传出来咖啡机轰鸣的声音。他从门边探出半个身子：“请你们俩一人喝一杯，要普通的美式还是浓缩？”文娟和灵境诧异地对看一眼，今天一定发生了什么特别好的事情，但是，说不准——有没有好到可以对他说，其实她们更想喝拿铁。

关景恒已经有两个月没有看到灵境了。他每天会在办公室里待二十个小时甚至更久。所谓的办公室，其实是他的家。一间近一百六十平米的单间，厨房跟卫生间都是勉强站进去一个人的大小，曾经所有的人都觉得，这个楼盘的开发商和设计师都疯了。能看上这种户型的人——必须不在乎种种生活需要，但是极度渴望在自己家里打羽毛球。可是偏偏，就有关景恒这样的人，对这间屋子一见如故。这个风格奇怪的小区，似乎是专门建造出来用于收容疯狂的业主们。但是没有想到，关景恒可以把他的床一气推到飘窗前面，完全没考虑任何审美的那种生硬的放置，像是泄愤——然后这个家，用作一个容纳七个人的办公室，居然感觉奢侈得很。每天晚上，他就在所有人寂静的工位后面入睡，像是一株办公室里的绿植。这样很好，节省了开支，又有种把自己逼上梁山的味道。加班自然是常有的事，有时候，他就那样一头滚在床上睡着了，直到入睡那个瞬间，耳边还有同事敲击键盘的声音。一种确实的满足感就在那里，刚好比睡眠来得早那么一点点。

他会梦到曾经的那两三年好日子。那些大城小城的巡演，跟小潘一起，在酒店的停车场或者货梯前面被粉丝们幸福地逮到合影——也许他们是存心的；第一次走进录音棚之前，跟小时候的偶像擦肩而过，就在那一刻，他心里难以置信地问自己：是真的吗？录音棚里的时间表格上，他的名字正好写在那个人的后面，这是真的，并不是童年时在黑板上的涂鸦；半醉之际跟身边那个姑娘慢慢地微笑一下，给她讲讲自己唱婚礼唱酒吧时候的那些事，因为酒，有的事情即使已经说过好几次了，眼眶依然会在讲到同样的地方时精确地发热，女孩子温柔的手掌贴在他的脸上，再过两个小时她就会跟着他进卧室，他们彼此都装作不知道这个……有一次，前奏眼看着就要奏完了，他却非常恐怖地脑子里一片空白，想不起歌词，甚至想不起他应该唱哪一首，他握着麦克风，指尖发麻，似乎是对乐队挥了挥手，然后对着场下说：对不起，我可不可以重新来一遍——底下响彻了欢呼声，那些挥舞着他的名字的手臂摇动得更加疯狂，有几个女孩的声音在整齐地喊："关景恒，我们爱你——"

"我们爱你"和"我爱你"是完全不同的两回事。

这个小伙子唱得不错，今天多给他两百吧……你迫切地想知道，那家酒店的老板现在过得好不好，你怀着某种自我陶醉的温存愉快地怀念着他。你不再是那个小伙子了，虽然所有这些粉丝都知道你来自凤鸣路四号院——然后有一天，突然发现已经半年没有进账，突然经纪人开始推荐一些曾经根本不屑去的演出，直到你卖掉了那辆拉风的跑车，你都还以为不过是暂时的困境。

小潘启程去伦敦之前，约过他喝欢送酒。小潘算是正式地承认了这个结局：本来就是从众人里来的，热闹一圈之后再回到众人中去。可是他不是小潘。他没有接受邀请。他知道如果去了就一定会醉，如果醉了就一定会被小潘抱紧，肩膀上被他蹭上鼻涕和眼泪——他不想特意跟一群失败的人感叹人生无常，那跟他那个父亲有什么不同？这都是他没法告诉灵境的事情，有时候，看着她对他粲然一笑的脸，他就会丧失所有回忆的勇气。

终于又想到了灵境——他觉得这应该不算是梦见她，因为她的名字总是在清醒的边缘像道光线那样降临，好像有人在他的睡梦里按下了电灯开关，雪亮的光线直直地洒到他的眼球表面，他不得已只能醒来。晨曦微露，做歌手的那些年他通常在这个钟点散了局坐上回家的车，带着一个刚刚呕吐过的胃，以及满脑子的自我厌恶。然后，就看见那两个曾经的同学、如今的战友、通宵加班的倒霉家伙，已经歪斜着横在办公桌旁的沙发上酣然入梦。他打开窗子，点上一支烟，熟睡得像狗一样的二人依然宁静地呼吸着污染过的空气。

关景恒，我们爱你。

关景恒，丧家之犬。

关景恒，你正在为了自己战斗。

关景恒，其实你不是不知道，真正才华盖世的人是什么样的。你并没有奢望过真正的不朽，你只是想亲手拆除人生里的每一条凤鸣路。

关景恒，其实——其实我以前从来没听过你的歌。她有点不好意思地笑了。“但是这个名字我知道的！”她扬起脸，等着他的吻。她根本不知道谁是关景恒，她要的就是那个凤鸣路四号院的男孩子，她只要那个坐井观天的骄傲的男孩子。

她匆忙地闭上眼睛，睫毛轻轻扑动，干净得完全不需要月光。你并没有梦见她，你只不过是刚好在快要清醒的时候想起她而已。

朱灵境，我现在每天都很忙，我害怕会再失败，但是我很有可能会再败的。每一个突然惊醒的清晨或开始想喝酒的傍晚，我都在想你。只能是清晨和傍晚，夜里不行，夜里我不敢。这种话，只有在微醺的时候，才有可能在脑袋里连缀成句。若是真的酩酊大醉了，说不定就发给她了。

门上传来钥匙转动的声音，现在公司人人都有他家的钥匙，就像大学宿舍。小潘带着一种兵荒马乱的动静走进来，却也没能把沙发上那两人惊醒。他赤脚踩在地板上，缓缓地转过身跟小潘挥挥手，算是打过招呼。小潘不可思议地看着他："早上八点，你就开始喝了？要是哪天喝吐了血，别弄脏我们的办公室。"然后小潘走上来，不由分说地拿走他手里的杯子，接着嫌弃地朝沙发那边瞟了一眼，压低了声音问他："下去吃个早餐？"

曾几何时，他们的人生里没有"早餐"这回事，小潘也绝不会允许自己胡乱裹着一件羽绒外套神情呆滞地坐在路边小店里。他随时随地会担心有人认识他，当然大多数时候都是多虑，因为永远有羞涩惊喜的小女孩凑过来问："请问——你是关景恒吗？"然后小潘非常厚脸皮地招呼人家：没错，亲爱的，可我是潘垣，你不记得我吗……

他从关景恒的烟盒里抽出一支，却没急着点上，只是静静看着他吃。

"你的表情像是被鬼追着。"小潘意味深长。

"鬼就坐在我对面。"他笑了，"还整天蹭我的烟。"

“你不要胡思乱想，粉叠内测的时候大家的感觉都还是不错的，这才上线三天，用户少也是正常的。”小潘难得说出这么正经的话。

“你要是不饿，你那份豆浆给我吧。”

“我就不懂你到底在较什么劲。”小潘叹了口气，“这真是皇帝不急急死太监……”但关景恒没有任何调侃他的兴趣，他只好自己圆场：“当然了这是你自己的事儿，可是——我觉得，灵境她，她真的很好。”

果然是不顾尴尬的沉默。

小潘叹了口气：“我还不知道你嘛，这几个月你根本不对劲——你总是把一点儿小事看得特别严重，没必要的……”小潘的笑容突然变得喜悦起来：“我真是替你们俩操碎了心，欸——你疯了吧你加进去的是辣酱，这还怎么喝……”

他站起身：“我去结账。”然后离开了桌子。

他心里很恼火。

“我跟你说……”小潘猝不及防地站到了他旁边，跟他一起盯着收款机上的绿色数字，他的心骤然提了起来，果然，也许吧，快点告诉我，灵境最近在干什么，有没有别的男人来邀请她约会，不过小潘像是自言自语道：“咱们是不是该给那两个通宵加班的家伙带点……”

他恼火地转过身，却真的看见灵境出现在了店门口。就像是海市蜃楼一样不可思议。

他的心脏重重地砸了两下，好像把身体砸穿了，带着惯性，破门而出跃进一口幽暗的深井里。小潘的车停在路边，灵境就站在那辆车前边的人行道上，她的声音一如既往地传进来："潘垣！你昨晚把我的车钥匙直接装兜里了没还我你知道吗——"

小潘笑嘻嘻地迎上去，在衣兜里胡乱摸着："你打电话，我给你送回去嘛。"

"你把手机也落在餐桌上了。"她的声音一如既往地清冽，就好像来自于遥远的回忆里。

她当然早就看见了他，却像是视而不见。他的眼睛只好落在她脸上，固执地等着她转过脸。终于躲不下去了，她看着他，嫣然一笑："关景恒，好久不见。"

她的手伸出来，那个手机微微地在发颤。小潘笑嘻嘻地接过，聒噪的声音正好盖过了他那句："是你太忙了。"

她无奈地摇摇头，眼睛没有落在他们俩任何一个人身上。

"灵境，你要不要上来坐坐？"他语气艰难。

"对啊对啊，上来我给你做杯咖啡——"小潘像是在为他解围。

她认真看了他两秒钟："不了，我还得赶回去上班。"

她不知道他盯着她的背影看了好久。直到她拉开出租车门，他才慌乱地转身去追小潘。

庸常的一天又要开始了。但是无论如何，总算看了她一眼。

其实灵境来过他的家，他的办公室——随便怎么说，总之就是来过这里。就是在那个刚刚过去的夏天。他们彼此都装作若无其事，好像从没有一起去过世贸天阶。那天的月亮圆得已经不再漂亮，一定与这诡异的满月有关，他像是随口邀请了她一句，愿不愿意到他的办公室来看看。她走进来，端详着，欣喜地惊呼了一声，看准一张崭新的钛白色的桌子，跳上去坐好，桌上的台式电脑跟着颤抖了一下。她有点不好意思地看着他："是我太重了。"

他突然说："也就是这样的……就这么小，都看过了，你想不想下楼去喝点什么？"他躲闪着她的眼睛，艰难地补充道："冰箱里已经什么都没了。"

一丝冷笑在她脸上隐约一闪，她说："什么都不用喝，等一下我就走。"

有一些事，他永远不想让她知道。那是在他们第一次见面后的某个晚上，他、小潘和公司其他两个人一起喝酒，他们在热烈讨论着究竟能不能拿到 MJ 的投资，小潘当时已经半醉了，半醉的小潘故作媚态地用手托着脑袋，惹得其他同事都想拿酒杯砸他。

"要是灵境说有戏，就应该有戏——"小潘诡秘地挤了挤眼睛，"灵境就是我室友——她跟那个钢铁侠……"小潘凑到他耳朵边，"你可不能传出去，要是在 MJ 里面传开了，她可就要倒霉了。"

"你说她和刘鹏……"关景恒压低了声音，用力地摇头，"我不信。"

"我本来不该告诉你，不过你也不是外人，至少，我在她手机上看到过，刘鹏凌晨两点微信问她有没有空，还真挺关心下属的——"

小潘夸张地一饮而尽，“你听听就算了，也许只不过是刘鹏想泡她而已，我不过是想告诉你，有她在MJ，对你我不是坏事，原来上天安排我和她成为室友，是为了让我们互为对方的吉祥物——”

他也喝干了自己的杯子。

好吧，从一开始，他就知道，她是不能碰的。即便她不是钢铁侠的女人，只要钢铁侠真的想要她，他就应该知趣地站远一点。

但是她坐在他的台式电脑旁边，像小女孩坐在双杠上一样晃着双腿。她的手臂在空中一划，纤长的手指指向身后：“你的床在这些桌子后面，你想看电视的时候要怎么办？”他也不知道该怎么办。他想过无数次了，到底该怎么办。他其实早就不怎么看电视了可是，该怎么办。为什么偏偏就把床和办公桌放在一起了，到底该怎么办？这个房间因为这一排一模一样的桌子，莫名有点像童年时的教室。而她就在此刻冲他一笑，指着门口的方向说：“你应该在那边墙上装一块黑板，这样味道就对了。”

接着她轻松地从桌上跳下来：“回去了，我的包在你身后你能不能拿给我。”

他却脱口而出：“我是打算在那边的墙上装一块白板，开会的时候用，你怎么知道的？……还想顺便买一张老师用的那种讲桌。”

她怔怔地看着他：“你——送我回家？”

“不送。”

“哦——那，我自己走了，再见。”

“不行。”

她轻轻地伸出手指，戳戳他衬衫上的衣扣："你又不是小孩子，干脆去黑板那个位置罚站好了。"然后她咬了咬嘴唇，挑衅地看着他。

他像是得到了莫大的鼓励。他紧紧地抱住她，她似乎并无抗拒。床为什么偏偏离得那么近呢？

钢铁侠又能拿他怎么样？到目前为止他没有违反协议里的任何一项条款，刘鹏你又能拿我怎么样？

"等一下。"她费力地推开他的肩膀。

他马上就要压下来，此刻他的双臂便撑在她身体的两旁。他的呼吸里还有一点隐约的粗重，是刚刚突如其来的热吻留下的痕迹。他不知道自己的左手无意间做了一个握拳的动作，拳头陷进雪白的床单里。

"你这样可不怎么厚道。"扬起眉毛是他的习惯动作。

"你是好人吗？"她认真地盯着他，她自己也知道这很丢脸。但除了继续丢脸下去，好像也没什么办法。于是她加上一句："我不跟坏人睡觉的。"

他承认，从没遇见过这样调情的女人。他凑近她的脸，在她耳边说："你不试试，怎么知道？"

然后他开始轻轻吻她的脖颈，任由她的膝盖准确地夹住他的腰。

"算了，你来吧。我不怕了。"她闭上眼睛，漫漫长夜就随之降临。他不知道她此刻的脸上，为什么会有一丝真实的痛苦。并不是忧伤，她的五官甚至有些微的扭曲——这让他有点恼怒。

可是她的身体就像琴弦，他闯进去的时候相信自己听到了某种共鸣声。后来他感觉自己的身体里也开始盘旋着余音绕梁的颤动，是她传染的。

再后来，有滴泪从她左眼的眼角滑下来，被他的手指拦截在半路。这时，他脑袋里的眩晕慢慢散开，世界的酒也醒了。万事万物在逐渐恢复秩序，他端详着她右边的太阳穴——她眼睛睁开了，有点不好意思。

“我有时候会这样，”她解释着，“在这种时候，眼泪会自己出来。”

“哪种时候？”他笑了。中文果然伟大。

“特别好的时候。”她的胳膊紧紧环住了他的后背，好像他即将远行。

“所以我是坏人。好人——哪能让你这么好呢？”

那是他们的第一个夜晚。他们都不知道，就从那个夜晚开始，他们已经陷入了妄想之中。他妄想着日出之后，对他而言，这还是一个和平的世界；她妄想着不管中间会经历什么，她到最后都可以平静痊愈。就好像一定会有一场瓢泼大雨仁慈地从天而降，雨过天晴之后，每个人的任务就只剩下笑着闻到树叶湿润的香气。

那个时候，他还在为了这个妄想可笑地努力着。夜深人静，他身边的枕头上还残存着她的香气。他告诉自己他一定有办法像个成年人那样解决这件事情。

灵境坐在出租车里，裹紧了大衣。她有些后悔出门的时候没顺便穿好上班的行头，也没拿今天必须带给小雅的资料。现在这个路况，估计迟到是大概率事件了。一定要来跟小潘要钥匙吗？打车去上班又不会死。地铁还更快。没错，小潘没拿手机，一整天都会很不方便，难道不是他活该吗？

不过是想看那个人一眼，承认吧。

即使在那一夜之后，第二天盂舵主的聚餐上，他身边就站着一个浓妆艳抹、戴着美瞳、头发染成麦穗颜色的姑娘，而他，向盂舵主和钢铁侠平静地介绍："这是我女朋友。"那一瞬间，让灵境恨不能咬舌自尽的，其实是小潘大惊失色的表情。

即使是这样，你也还是想再看他一眼，对吧？

7

朱灵境也会问自己，究竟是从什么时候开始的。没错，最初她觉得也许对面这个人会喜欢她——但是那并不是认真的念头，只不过是跟体内的另一个自己开个玩笑。前所未有地盼望着夜晚，她得以名正言顺地蜷缩起来，被子制造了一个比窗外更彻底的黑夜，伸手不见五指，可以假装自己已经睡着了。那一晚，小潘咚咚地敲着门："我跟你说灵境，那个不是他女朋友，那姑娘叫幽幽，当年是我的后援会长，姑娘自己都跟我承认了，根本就没有谈恋爱就是答应了帮关景恒一个忙，灵境，你出来好不好……”她从床头捡起一本厚厚的时尚杂志丢在门上，门外只安静了一秒钟左右，小潘仍然不肯屈服：“相信我，我的后援会长从没有试着想跟我睡觉，却跑去上关景恒的床，那绝对绝对是不科学的，灵境……你别吓我……”她忍无可忍，跳下床把门打开，小潘吓得倒退几步，见到她脸上干干的，只是一脸怒气，反倒放了心。“我现在就上吊去，”灵境的声音略微沙哑，“你给我滚远点。”门已经重重地关上，她却听到小潘一声长长的叹气。

她用力地靠着门，小潘叹息的声音像是被她的脊背吸了进去，引得她重重地一抖。因为有地暖，木头地板坐上去温温的很舒服，舒服得让她很想叫小潘进来一起坐着，可是有点不好意思。小潘不明白，他刚刚说的那些事让她的感觉更糟了。关景恒宁愿随便找来一个女孩冒充他的女朋友，也要离朱灵境远一点——让这句话在自己的脑子里清晰地浮出水面，也是需要很大勇气的。她抱紧了自己,膝盖正好对准了心脏的位置。她总算想起来那个瞬间了。钢铁侠坐在一堆乱七八糟的空椅子中间，问他：“你们目前的创始团队，最大的隐患，在潘垣身上……你是真正的 leader，我想听听你对这个是怎么看的……”也许钢铁侠还在斟酌字句，关景恒已经简单地回答：“你希望我怎么做，我就怎么做。”只要想起那个瞬间，她就能闻到满屋子的咖啡香。

就是那一刻，她感觉到了那种痛苦——痛苦在日后被放大了无数倍，可起初只是一点蒸汽一般似有若无。她当时却以为这是无关紧要的事，因为她清晰地看见了他的渴望。这其实是平常事，她在上班时间已经见识过了很多人的渴望，她已经习惯地把这当成工作的一部分。只不过，当这种千篇一律的渴望被丢到关景恒眼睛里，星星之火，可以燎原，一瞬间将他映照成了一个截然不同的人。她想要再好好看看这个截然不同的他。比起那个舞台上清秀紧张又小心翼翼把自尊捧在手里的新人歌手，这个他要动人一百倍。因为他好像终于飞起一脚把那一捧自尊踹得粉碎，然后安然无恙地注视着眼前的征服者。可惜，一切已经转瞬即逝，这样的一个关景恒与她无关。

她迅速地站起身来飞奔回到床上去，紧紧地把自己塞回到被子里，就像童年时的夏夜，窗外打响一个炸雷那样。我不是不知道，人生原本就是白驹过隙，我并不是不知道。

现在她经常早早上床，本来带着电脑，打算先回复一些邮件，却在某个奇怪的时刻没有征兆地滑进黑洞里。这样的睡眠却又不可能完整，就像此刻，骤然清醒，怀着希望以为离天亮已经不远——然后看到了不过才凌晨一点半。她打开门，到厨房去找水喝，她希望微信里会有一堆依然没睡的同事，此起彼伏地在工作群里聊些正事或者废话，这样她就可以加入他们，装作一切都好。

客厅里，小潘在跟一个陌生人谈笑风生。她恍惚以为又来了一个新的房客。小潘指着面前的电脑屏幕，前仰后合地笑着。陌生人转过身来，非常礼貌地对灵境欠了欠身："Hi，灵境。"一时间灵境不知道该做何反应，自己这一身小熊睡衣实在是太尴尬了。

陌生人倒是不以为意地站起身，一副已经非常熟稔的样子，走到厨房去拿了一罐啤酒。其实他不是陌生人，他是韦明江，MJ特意帮粉叠找来的CEO——只不过当灵境在办公室以外的地方见到某些工作中打交道的人，总是在一刹那有点恍惚。与粉叠的投资协议最终签订的时候，MJ追加了五十万人民币，作为韦明江第一年的年薪——对于韦明江来说，这已经是打过友情折扣的价格，可他的薪水已经远远超过他的两位老板之和，也就是说，粉叠最好在第一年的时间里争一点气，不然，就没有钱在第二年的时候跟这位CEO续约了。“我刚刚去见了个人，聊着聊着就这么晚了，我得回公司去拿东西，结果他们已经锁了门，我只好到潘总这里来拿一下钥匙……”从来没听人这么称呼过小潘，灵境感觉头皮都发麻了。

小潘一脸坏笑着，抱了几罐啤酒出来，自然而然地丢给了灵境一罐，又被灵境丢了回去。“这个钟点关景恒不在家，”小潘意味深长，“大韦你说他能去哪儿呢。”啤酒罐在地上百无聊赖地滚了一段路，灵境弯下腰还是捡了起来，弯腰那个动作正好能缓解此时心里那一阵带着些微刺痛的怯意。“我在想会不会他睡着了，”大韦笑道，“可是灯都开着。”“算了吧，谁信……”小潘兴奋地把电脑拖到灵境面前：“你看看这个亲爱的，我美不美？”

屏幕上是一个小潘巨大的特写镜头，小潘的头发乱如鸡窝，裹着一件随处可见的羽绒服外套，站在寒风里瑟瑟发抖，灵境按下了“播放”键，一副很可怜的打扮的小潘动了起来，开始露出傻傻的微笑——真是作孽，即使这样糟蹋自己的形象，你第一眼看到的仍然会是他那双轮廓完美的眼睛。骚货。这是一段只有两分钟长度的小视频，但是不仔细看的话，很多人会忽略这其实是个宣传片。粉叠的logo和二维码被放在片尾一个小小的角落里，并不好找。剧情很简单——如果那能称得上是“剧情”的话，所有的剧中角色都是小潘一个人演的，第一个小潘裹着一件旧大衣瑟瑟发抖；第二个小潘戴着高高的厨师帽在忙碌的大厨房里颠勺，火苗蹿起来差点烧到他的帽子；第三个小潘从写字楼里出来慢慢地朝着地铁站前行，也不知是不是太恍惚走成了一条弧线；给客人送完外卖的小潘；抱着一堆设计图纸戴着一副夸张的大眼镜挨骂的小潘；踩着滑板从高处漂亮地俯冲下来果然重重摔倒的小潘……音乐节奏变快了，一瞬间碎裂一样的灯光之后，形形色色的“小潘”云集在了一个硕大的体育场里，准确地说，是体育场观众席的最前排，身后欢呼声如潮水一样渐渐拍岸，你很容易就能相信，那片只有影子的人山人海里，每个人都长着这张小潘的脸。然后，一秒钟的绝对寂静，满场倒数五、四、三、二、一——焰火升腾，巨星出场，巨星当然依旧是小潘，这个巨星的造型略为夸张，比几年前舞台上的小潘的样子更为妖艳。镜头拉远，观众席上，荧光棒渐次闪亮成了一个巨大的蝴蝶的形状；在镜头给到巨星特写、乐曲前奏开始的时候，巨星摘下了彩色假发丢进人群里，欢呼声剧烈得带上了杀意，他再用一个非常轻巧的动作在脸上抹了一把，卸掉妆的脸冲着镜头迷人地一笑——是小潘常常对着镜子练习出来的那种微笑。他将麦克风放在嘴边，作势要开嗓却又没唱，只是甩掉了外套，露出里面简单的纯色 T 恤——他终于开始唱了，观众们听见的却是万人的合唱。观众席前排的所有“小潘”都甩掉了外套，甩掉了暗示他们职业的外衣，每一个观众“小潘”都不再分得清彼此，台上的巨星“小潘”跳了下来，非常自然地融入到了这些“小潘”里。合唱声渐渐变弱，屏幕上升起一行字：“那个闪闪发光的人，其实他离不开你。”灵境相信，不管观看的人有没有注意到此时右下角的二维码，他们都能记得住屏幕上这无数个小潘。

“虽然后期还没做完，不过我好看吗我好看吗？”小潘越是问得急切，灵境便越不想承认。她故意说：“背景音乐倒是真的很不错。”

“我也觉得，”大韦把啤酒罐捏瘪了，像是用金属声表示赞同，“这是关景恒自己写的，很厉害。当然，也是为了省钱。”灵境知趣地保持沉默，她不知道该说什么。“不是我说，”小潘索性把电脑抱起来，换个角度欣赏自己的面部特写，“当年发专辑的时候，他号称好几首歌的编曲都是他自己，那个时候他要是能拿得出这样的东西，他们公司也不至于那么快放弃他。”

因为他并不是那种真正的艺术家，他只是不小心捡起了上帝从指缝间滑落到草地上的才华。他懂得这个礼物的珍贵，却并没有被赋予“创造”的任务。这也许就是他所有痛苦的源头。你们并不懂得，灵境想，我懂，不过，懂得又有什么意义呢？

“我们过几天打算在微博搞一个活动，你看最后那个镜头——

小潘走进了观众席里，”大韦对她解释着，“我们推送这条视频的时候，就问一个问题，最后的那张大合影，究竟哪个才是巨星‘小潘’本人。答案在这儿，你看，这个‘小潘’手上的那个手环没摘下来……”“原来是找不同游戏。”灵境笑了，“很妙呢，说不定真的会有很多人转发。”

“保证足够多的人转发，不就是我的工作嘛。”大韦想要继续说的时候，关景恒终于回电了。

“我就是得拿我的电脑，明天一早得带着它跟人开会去……你就在附近啊？那你来潘总这里让我搭个顺风车……”大韦总是对关景恒直呼其名，却非常正式地称呼小潘为“潘总”，小潘虽然不表露，可是他对这点其实是受用的。

“你叫他上来嘛，就上来一下，我把这段片儿给他看看，他还没看过……”小潘得意地凑了过来，灵境刚好后退了几步，把大韦身旁的位置空出来。

“不然你上来一下？”大韦问，“今晚住公司——其实我也想，可是明天要开会我得换衣服……”

“你穿他的就行了！”又是小潘的嗓音，“他的衣柜在厨房里，你随便选。”

灵境像是怕冷那样，迅速地走回房间关上了门。也许等一下就能听到小潘开门，然后就是关景恒说话的声音了，为什么要这么慌呢？真该永远被钉在耻辱柱上。她钻回被子里，为了快点逃避这个满心羞耻的自己，迅速关上了灯。在黑暗里，听听他的声音就好。这一点点念想跟喜悦，足够撑着她过完这个星期。似乎已经等了很久，却只听见大韦出门时，跟小潘道别的声音。

关景恒不知道自己在车里坐了多久，直到手指已经冻得僵直的时候，才恍然大悟一般地打着了车，暖气升温需要一点时间，他就是在这时发现韦明江的未接来电的。是半个小时前的电话，他的手机静了音，浑然不觉——在车里这样坐着有四十分钟了吧，也许，他的车就停在小潘家小区的某个入口附近，不是正门，一条相对僻静的内街。在这里，能很清楚地看见灵境房间的窗子。他不记得是从什么时候开始的了，好像是一个周六的下午，难得的天气晴好，临时需要来找小潘，无意间开错了路，绕错了路口，发现小潘拿着电话在八楼阳台上对他奋力地招手……后来小潘告诉他，用来招手的那个阳台，属于灵境的房间。

平日里他都是天色微明的时候过来，就是这个位置。他坐在车里，看着她的窗子，灯亮起来，或者暗下去。这条偏僻的小街醒得比较晚，他渐渐靠近路边，不小心碰到了双闪灯，他的车像条搁浅了的鲸鱼，在黎明将至的片刻宁静里，等着这城市涨潮。整栋楼，一格一格的窗子依次亮起来，就像是版本很老的俄罗斯方块。有时候他想要不要上去敲门，邀小潘一起吃个早餐。不过每一次，都是坐在这里挣扎一会儿，把那个念头生生地压下去，再把车开走。早高峰开始之前，顺畅地驶进四环路，这辆切诺基——他忠实的老伙计，对此没有任何意见，一直守口如瓶。

大韦问他："不然你上来一下？"那一刻他心里简直是被喜悦

涨满了，是大韦和小潘要他上去的，多么不露痕迹的理由。即使她在房间里也不要紧，只要看一眼她挂在门口的外套。她窗子里的灯却熄灭了。如此准确。她应该记恨着他。让她安心睡吧。于是他说："算了，还是你下来，我在小区的正门口等你。"如果明明知道见不到她，就不要进那间屋子了，他害怕自己会像个白痴那样，死死盯着她的门。

黑暗之外，一切归于沉寂。灵境对自己悄然一笑，眼泪沿着太阳穴滑进鬓边的头发里。关景恒，你怎么不去死啊。她紧紧地抱住自己的膝盖——可以哭五分钟再睡，我允许你了。

类似这样的夜晚，好像渐渐成为寻常事。有一天，窗外突然绽放出了焰火，灵境怔怔地盯着窗子看，手背无意地抹掉了下巴上的眼泪。满眼绚烂，不会有任何奇迹发生。二〇一三年就这样结束了，二〇一四年就这样来了，她仍然爱他。

新年伊始，小潘不好意思地告诉灵境，他要回伦敦三个月。因为那个美好的视频如他们所希望的那样，成功地传播了一圈。讨论度和热度也足够理想。虽然关景恒跟小潘在娱乐圈里并没有多少真正有号召力的人脉，可是全力以赴地集结起来，宣传的效果总好过一些普通的营销——讲得再通俗一点，即使攀不上真正的大明星，一堆三四五线艺人集结成团友情转发，还是有声势的。再加上，有很多驻足观看并参与转发的小女孩是真的不认识小潘，她们只是单纯被那个妖娆又夸张的男生吸引了，这令小潘心里五味杂陈。小潘曾经的经纪人原本消失已久，最近突然开始频频致电，因为那个经纪人的手机号码，是很多想要邀请小潘商演的商家能找到的唯一联络方式。这对于粉叠来说，自然不是坏事。小潘四处演出了一圈，惊喜地发现几年之后他的报价很轻松就得到了上涨——再回到公司里，发现随着用户数字每天的增长，专业人士的工作越来越多，他这个吉祥物反倒碍手碍脚了起来。关景恒建议他，不如索性回去把拖了太久的两门课重修完——当然主要是因为马上要有新的员工来上班，小潘的桌子能及时空出来是最好的。“需要做重要决定的时候，我一定叫你回来开会的。”关景恒这么说。小潘脸居然红了：“我能做啥决定嘛，你们开会说的那些话我早就听不懂了。”

“小关那个人啊，其实也挺义气的。”小潘看似不经意地提起他，顺手打开了冰箱，可以不用看着灵境的表情，“他一定要跟我签一份合同，把拍那个小视频的钱付给我，而且钱还给得挺多……我都说了不用……”灵境对着天花板翻了个白眼：“你没见过这点钱？”“既然拿了钱，那我今晚请你吃饭！咱们去吃个贵点儿的地方……”每一次，小潘兴高采烈地宣布请她吃饭，结果都是，当他们抵达餐馆的时候，那里已经有六七个人在等着——有一次，连菜都点完了。

“喂，我走了，你一个人自己当心。”小潘原本是想拿一盒酸奶出来，结果选择困难症犯了不知该拿哪个，于是将四盒一起放在了餐桌上。“也别只顾着工作，找个正经的男朋友陪你——要是实在寂寞，不正经的也行，总之……”

“你有完没完？”灵境其实舍不得他走，只不过，他知道了会更得意忘形。

“你相信我，都会好的，连我这样的咸鱼都能翻身，何况你。”

真是贴心的祝福。

每一周，灵境都会收到一封来自粉叠的邮件，邮件里是最新的用户数字；韦明江本人会亲手发另一封更为详细的汇报邮件给钢铁侠和小雅。用户数每一天都在增长，而且一部分忠实用户在线的时间越来越长了，图表上的曲线看上去美妙轻快，值得配一个更好的颜色。看起来所有事情都处于“欣欣向荣”的区域，只是“欣欣向荣”的隔壁房间，住的究竟是“成功的幻觉”，还是“真正的成功”，还是“一个笑话”——没人想过。至少灵境觉得，在粉叠里，没人想过。有时候小雅会叫她一起去粉叠开会，如果一起吃午饭的话，她总会拍一张两个人的合影，以及几张桌上的沙拉或蛋糕发到朋友圈里，据说——是拍给她先生看的。那个连她生产的时候都会消失不见的男人，最近听说了她整天跟两个开始创业的过气明星打交道，突然间就紧张了起来——在他眼里，可能过气的明星也是明星。小潘同时坚持认为，这全都是那个视频里太好看的自己造的孽，他应该为自己的美向小雅致以诚恳的歉意。

男人真是蠢。小雅嫣然一笑，小拇指习惯性地一挑，她的指甲永远整齐精致，基本上不超过三周一定会换一个颜色，从没见过哪怕一次的斑驳。接着她转过脸说，哦，我是说大多数男人，没说你，关景恒。最近几周，几乎每一次来粉叠，都会有一个女孩子羡慕地凑近了端详着她手指间那颗五克拉的钻石——她们都是最近招来的负责市场、推广，以及媒体渠道的姑娘。少了一个小潘，关景恒的这间屋子却拥挤得像——周五傍晚超市的收银通道，估计过完春节，就要做出选择，究竟是公司搬家，还是他自己搬家。

容纳小雅和灵境坐下来的这张桌子上，被各种颜色的文件夹以及各种奇怪的东西堆满了一半，这桌子似曾相识——曾经居住在小潘和灵境的厨房里，后来因为大小合适，被小潘搬来充当了大家的会议桌——已经很长一段日子了，灵境和小潘都是在客厅茶几上吃饭。灵境打开自己的电脑，果然不小心碰到了某盆多肉植物。“对不起。”她条件反射地对着花盆道歉，因为不知道它的主人是谁，看起来像是怕它疼。

小雅难以置信地环顾四周：“如果你们需要约一个人到公司来见面，这里方便说话吗？”关景恒还没回答，一个清亮的声音接了话：“大部分都约在楼下那间咖啡馆，那里就是我们的会议室——上一次 Tony 来的时候，他们俩是在厨房里开会的。”说话的人正是幽幽，小潘隔着门告诉过她这个名字。眼看着幽幽拎着楼下咖啡馆的外带纸杯，小雅便笑：“谢谢老板娘啦——”话音还没落，她立刻感觉到了周围某种微妙的气氛。

幽幽倒是淡然地冷笑一下：“一个多月以前就分手啦。”屋角有个不知是谁的声音细细地传出来：“小雅姐，你还真是一点都不八卦。”那几个工程师互相对视了一眼，此刻周遭的对话对他们来说毫无意义，他们脸上的表情就像看到了写得非常垃圾的代码。此时，幽幽的目光有意无意地，落在灵境身上。关景恒从一堆外带纸杯里拿出一杯，仔细地看着店员写在杯身上的字母，问:“谁的拿铁？”小雅认领了之后，他再拿起第二杯，大韦自己认领了。然后是第三杯，他不声不响地把它放在灵境面前。他从来都知道她会点什么，除了灵境自己，也不知道还有没有人注意过这个。

你是特别希望有人看出来吗？想象中的小潘从脑海里跳出来大声嘲笑她的幼稚。

“这个是白千寻的一些基本数据，你先看一眼？”大韦把自己的 iPad 推到小雅面前。“不必，”小雅笑了，“我知道谁是白千寻。直接说主题吧。”“连我奶奶都认识他了。”幽幽补了一句。

人们都说，近半年来，白千寻的走红是一个奇迹。他原本是个被韩国公司淘汰的练习生，回国以后，起初仅是在一个 cosplay 的小圈子里爆红的:某个漫展，他扮成《千与千寻》里的“白龙”。“白龙”原本是一个很质朴的少男形象的河神，可是他的扮相却让所有人记住了那点惟妙惟肖的仙气，他“白千寻”的名字就是这么来的。紧跟着他在各种漫展上演唱日文动漫主题曲的视频也被疯狂地转发。再然后，他的每一个 cosplay 的扮相都能引得众多小女孩疯狂尖叫，任何一个角色到了他身上，都会有一种说不出的微妙神似，或者那么一点点画龙点睛的生动。他去日本参加漫展的时候身后跟了一个长长的队伍——都是自费自愿的粉丝们，默契地分了工：

有人订机票，有人负责给他做日文翻译，有人负责跟日本主办方沟通……到这一步，也还可以说，仅仅算是一个小圈子里的知名度。去年夏天，他被某个选秀节目组找到，参加了一档甄选歌手的节目——当他终于卸去所有的cosplay装扮的时候，他曾经的粉丝们却发现，他已征服了更多人——他唱得有那么好吗？未必，唱功恐怕也就是当年小潘那个水准，可是他是天生的伶人，身上就是有种恰到好处，引人想要多看他一眼的脆弱。基本上，他一个人救活了那档节目。游戏商家们愿意不合理地砸钱找他来代言，大品牌的广告商们也惊喜地发现，当他好好配合拍硬照的时候也充满了锋利的硬气——这硬气里自然还带着满满的钱的气味。六个月过去了，某家著名的娱乐媒体在盘点过去一年艺人们的年收入时，白千寻的数字让他们面面相觑，据说那位主编气急败坏地说一定是算错了。因为当这个完全不好归类的年轻人动了很多人的蛋糕时，他甚至还没有真正发布属于自己的第一首单曲。一时间，很多不过比他出道早了两三年的艺人，提起他都瞬间浮现出一副老艺术家的嘴脸："这个市场疯了吧，他没有任何作品呀。"

"六周以后，就是白千寻发第一张专辑的日子，这张专辑是数字形式发行的。主打歌随便听，不过想听整张就要付钱。其实，他的团队现在也很紧张，他们害怕万一白千寻自己的作品让大家失望了，对他现在的热度来说反而是种伤害。这关系到他身后几千万甚至更多的广告收入——也许，我们的机会来了。"

大韦像在宣布一件非常庄严的事情。

灵境把电脑屏幕往外推了一下，正好跟键盘成了九十度角，挡住她的脸。这让关景恒无法装作不经意地，看看她的眼睛。满桌子的人都质询地看着他，关景恒这才如梦初醒，只能在心里暗暗握了一下拳头。小雅冲他悠然一笑，又重复了一遍："所以你们刚刚说，粉叠保证一百万张数字专辑的购买，白千寻那边就承诺，来跟我们粉叠的用户做一个线下的小范围见面会……可是一百万张，会不会压力太大了点？""不是一般地大。"大韦笑了，"在国内，数字专辑……不好卖。""可是关总，粉叠现在注册的用户总共不到七万。付费用户就更是不如忽略不计……"小雅即使在非常焦虑的时候，也依然对每个人都有种发自内心的客气——当然也有可能她内心深处并不焦虑，只是觉得该礼节性地表示担忧而已，"一张数字专辑卖五块五，一百万张就是——""音乐平台那边，因为我们的协议，给粉叠的价格是一张四块八。所以，假设真的那么倒霉，我们自己买断这一百万张，四百八十万，也不是绝对亏不起……"关景恒笑了，"我和潘垣可以继续变卖家当。"

小雅倒抽了一口冷气，反倒畅快笑起来了："你是不是已经忘了我代表资方？有些我听了会吐血的事，不用说出来。"

"我倒觉得，"灵境从屏幕后面歪了一下脑袋，"卖掉一百万张，不需要一百万个用户。白千寻的粉丝都像是信众一样，只要告诉她们，加油花钱送白千寻上排行榜，我们粉叠就能给你一个跟他近距离接触的机会，我觉得行得通，只要宣传做到了。”

“就是这个意思。”关景恒冲着小雅点点头，“我们已经跟白千寻的团队提出了，能不能把粉丝见面会改成——我们会在粉叠的用户里选出一个粉丝，给她两个星期去白千寻工作室实习的机会。他们说还要商量一下，主要是出于安全的考虑。”

“选一个在买专辑的时候砸钱最多的姑娘吗？”小雅饶有兴致。

“不能公开那么说，否则就会有人来骂我们的价值观了——”大韦笑笑，“我们可以说是随机抽签抽中的一个粉丝，当然也不排除我们让白千寻的团队自己选一个，总之，解释权在我们。”

“小雅姐，你信我，”幽幽不知何时已经坐到了关景恒的床上，熟稔地把穿着长靴的腿盘成打坐的姿势，“知道有机会到她们家白千寻的团队里去打杂，哪怕是帮白千寻订一张机票，都会有人愿意砸五位数进来，眼睛都不眨的。”

“五位？”不知是哪个女生在表示鄙夷，“如果真的只要五位数就可以了，反而会激怒一些粉丝，好像我们在看不起她家偶像，只值这点钱。”

小雅用手中的笔用力地戳了戳自己的太阳穴，苦笑道：“看来大一的时候学的经济学原理都是错的——或者是，我没有认真听讲。”

“书没错——只是好多的粉丝并不觉得自己是消费者……所以这不是一个商品和市场的关系，我不知道该怎么说……”灵境为难地笑了一下，大韦顺畅地替她找到了合适的词：“很多粉丝不觉得自己是消费者，她们一边花钱，一边觉得自己是白千寻的老婆，所以跟白千寻是利益共同体。”

整间屋子里弥漫起一阵轻轻的笑声，几个程序员再度没有表情地对视了一眼。“我现在花钱，是为了让我老公赚大钱，这个事情你能理解吧？”看小雅用力点了点头，大韦加了一句：“至于她们的‘老公’赚到大钱之后究竟跟她们有没有关系，那是另外一个问题。”

“时代说到底还是变了呀。”幽幽托着腮，那一声幼稚的叹息里听得出真实的伤感，“我们那个时候的粉丝没有今天的这么有钱，给关总和潘神拉票的时候，真的是打人海战——长得好看的负责到人多的地方去举牌子，能说会道的负责说服路人过来投票，我们也没人敢对着他们叫老公——那时候觉得这个词儿好刺耳，潘神不应该是任何人的老公，就应该永远做我们想象中的男朋友。”

“孩子，”关景恒摇摇头，“醒醒吧，那已经是八年前了。”

“八年”两个字一出口，他自己心里倒是慌了一下。然后片刻停滞中，来不及躲闪，撞到了她的眼睛。她装作无意地挪开了视线，眼光落在幽幽身上。他好像听见小雅问大家有多少预算能拿出来给这一次的活动做宣传，还好大韦解救了他：“如果说好了要背水一战，留下来一点接下来两个月发工资的钱，能拿得出两百万吧。安全一点的话，拿出一百五来做这次的营销，没有问题。”

“怎么可能还有那么多啊！”小雅瞪大了眼睛，“你们这几个月都是怎么过的？”

“除了大韦，还有三位工程师，我们每人拿的都是基本工资，潘垣不要钱，”关景恒用手指往幽幽的方向一扫，“这三个孩子是跟了我和小潘这么多年的粉丝，她们都签的是实习合同，自愿的，连社保的支出都省了。”

“太辛酸了吧。”小雅却大笑了起来，“我回去一定要告诉舵主他们……”那几个女孩子眼睛里洋溢起了希望，没想到听到她说：“叫他们也开开心。”

“这有什么可开心的？”一直坐在墙角沉默的某位程序员突然发出了声音，这是件让所有人始料未及的事，“一个人一个月的薪水在北京可能连吃饭都不够，有什么能让你那么开心？”

“我是说……”小雅脸似乎红了，灵境急急地站了起来：“对不起对不起，我们 MJ 遇到过很多创业公司花钱一点数都没有，碰到你们这样，拿这么少的钱，工作的氛围还这么好，这是少有的——她讲的我们大老板会开心，是这个意思，你真的多想了……”

在关景恒眼里，她此时的眼神就像一只遇上紧急状况的小鹿。

大韦皱了皱眉，轻轻对着墙角道：“你的事情都做完了？要是很有时间，等一下你帮大家点外卖。”小雅暗暗地递了一个眼色给灵境，充满了感激。她的电话就在这时候有如神助地响了，她接起来，面无表情地听了大概五秒。随即她扬起脸跟大韦说：“不好意思，公司有点急事我必须先走一步，剩下的会议灵境会跟，然后我看她传来的记录——我相信你们打得赢的。”

她语气真挚，只不过神情真的很急，连灵境跟她挥手都没有回应。她离场之后，公司里的这群小女生立刻活络了起来，两袋打开的零食迅速放在灵境眼前——这是一个很重要的邀请。果然幽幽笑容可掬：“你是潘神的闺蜜，就是我的自己人。”关景恒不声不响地，很自然地坐在了小雅空出来的位置上。灵境不自觉地把椅子微微挪动了一下，挪远了大概五厘米——就好像有人特意搬运过来一盆仙人掌。

“我跟你说啊灵境，”另一个女孩子从她身后凑上来，顺便探出手臂，从灵境面前的袋子里抓走一把开心果，“你的老板她不懂，她以为任何事情都必须砸钱才能解决问题，其实，也不一定的。”

“我们是没有多少钱来给这个活动造势，但是呢，七八年前的那些经验，也不是一点用都没有的。”幽幽单手托着腮，一绺已经说不好是什么颜色的卷发沿着脸颊滑下来，“我们只需要锁定两三个阵地就足够了。白千寻最老的那批粉丝都是二次元圈子的日漫粉，白大人去日本漫展的时候都是她们在跟——可是白大人有很多的新粉，这些新来的粉丝很多都不看动漫，只是喜欢听他唱歌，那拨老粉丝经常在各种地方跟新粉们斗争——最常用的理由就是‘你们根本不懂白大人好在什么地方’。所以呀，我们公司在白大人的老粉和新粉群里都有卧底，只要告诉他们，那些老粉确实太欺负人，粉叠以后就是白大人新粉们的阵地，挑事儿的老粉丝来一个打走一个，不用花一分钱，会凝聚一大批人过来的。”

“还可以这样？”灵境叹为观止，“简直就是新教徒遇上了天主教徒。”

大韦大笑了起来，拍拍幽幽的肩膀：“你当她是加尔文就好了，没错的。”

几个女孩面面相觑，没人知道灵境和大韦在笑什么。关景恒静静地听着那个别来无恙的笑声，看似若无其事地问墙角的程序员们：“差不多了就点餐吧，晚上你们想吃什么？”

他其实是不想再听着他们笑下去了。“灵境你也不要走了，留下来一起吃盒饭吧。”这可能是幽幽的声音。灵境自然而然地回头道：“好呀。”然后看着他，一笑：“今晚我来请大家吧，也不是我，是 MJ 请。”周遭响起一片或真或假的欢呼声，他发现，很久以来，这是第一次，她这样毫无痕迹地注视着他，用寻常的语气跟他说话，就好像一切都是梦境，他们不过刚从第一次见面的那间会议室里走出来，他从没有载着她回过家，她也从没有暗自哼唱过他的歌；她从没见过他吃火锅的时候要在酱料里撒一大把白芝麻，他也从没听说过——她不和坏人睡觉。可能女人就是这样吧，平时为情所困的都是她们，但是说忘也就真的忘了。

灵境裹紧了外套和大家道别的时候，已经熟稔得像是一个一起日夜奋战的同事——就连程序员都会热忱地对她笑。这是她与生俱来的天分。他把整个公司一白天的垃圾倒进一只硕大的垃圾袋里，丢在门口，对她说：“我跟你一起出去，把这个丢了。”女孩子们的笑声又一次此起彼伏，尽管她们已经转过头去对着各自的电脑屏幕：“辛苦关总啦。”如果小雅还在这儿一定会笑他，笑他一点都不像是个老板。

电梯从十五层一路下到 B2，中间停过一次，它沉重地呼吸着，缓缓张开门，门后的楼道里却没有人。于是门关上，继续下沉，像个反应迟钝的老人家。他们俩一路无话，也许是三个，还有那只巨大的黑色垃圾袋，也没有一丝声响。跨出电梯的时候他简直不知道该拿它怎么办了，因为垃圾道明明就在十五层的某处，他却一路把它带到了这里。万幸的是，她完全没注意到这个，她脸上浮起一种认真的困惑：“糟了……”

“你是不是忘了把小白龙停在哪？”他的语气变得愉快，“等我，我把这个扔了，和你一起找。”

她看着他飞奔而去，片刻后再飞奔回来。停车场里的灯光很奇怪，但是她可以安然地等待。他还记得谁是小白龙——当然不打算让他知道她对此很开心，他们将一起去寻找这个暂时失踪的白色小家伙，这一次，关景恒不会失约。

不过话说回来，他们之间，其实从没有真正约定过什么。

后来。很久以后的后来。关景恒总能想起那天的停车场。灵境站在行车道的正中央，焦糖色的围巾堆在她脖子上，衬得她的脸惨白。也许是停车场里那种腐败的灯光所致。他丢完那只巨大的垃圾袋，身后不知哪里传来一声巨大的撞击声。灵境惶恐地一回头，就好像那条车道上马上会有一辆车全速地冲向她，并且打开雪亮的灯。

就好像，为了按照约定等候他，她就必然会遇到什么不好的事情。

自成年以后，关景恒就像是迫不及待地离开了家。十几年，他从未后悔过，也从来谈不上对那里有什么怀念。他其实一直不大理解，为什么一个人出生成长于某处，就必须爱它。他总是掩盖着这种不理解，假装像别人一样，会在看到来自那里的小吃，或者无意听到那里的方言的时候，露出某种惊喜的表情——稍微一点自我训练便能够做到，显得自己跟别人一样，是为了少一点麻烦。但是，那天晚上，在那个瞬间里，他看到灵境神情惊慌地骤然转身的时候，他好像总算是有点明白了，人们常说的“乡愁”，在大多数时候是个心照不宣的谎言，可偶尔，是真的。

他全速地跑到她面前，站住。他并没有像头脑里预演的画面那样，紧紧地抱住她。她浑然不觉地说：“我应该是停在了一个有转角的地方，可是我也不确定……”他用尽了力气，对她做出一个平常的微笑：“没事，总能找到的。”

当你内心深处的弱点不小心掉在了外面，并且看似无辜地行走在这片肮脏的灯光里，你除了装作没有认出它，还能怎么办呢？这个停车场太荒凉了，就像记忆里的家。

8

那一天，灵境醒得很早，缩在被窝里看完了一集美剧，才不过六点半。十八个小时以后，也就是午夜零点，就是白千寻的首张数字专辑开售的时间——她知道刚刚过去的那个夜晚，粉叠应该无人入眠。她决定躲过拥挤的早高峰，现在起床去上班。抵达停车场的时候还不到八点，她愉快地想，咖啡馆是不会开门的，此刻开始营业的，应该是地面上不远处地铁出站口的煎饼果子。

所以起初，她并没有在意眼前的那一幕。

有一辆兰博基尼横在某条车道当中，准确讲，车身呈一条斜线。另一辆银灰色的车迎面开过来，只好停下。两车的车灯都挑衅一样地亮着，却没人按喇叭。彻夜狂欢过后，宿醉未醒的人是遇到过的，所以灵境远远地躲着他们，找了一个安全的位置停好了小白龙。寻找电梯的时候才看到，兰博基尼的门终于开了，一个男人走出来；银灰色的车门也开了，下来的人，是小雅。她终于模糊地明白了那个人就是小雅的先生，他们应该是见过一次。

那男人抓住了小雅的手腕，小雅在静静地用力挣扎。灵境知道，此刻令她头皮一紧，脊背上滚过一阵寒战的东西，就是恐惧。她离他们其实有大概七八十米的距离，可是她做不到就这样把小雅丢在那里。停车场是一个阴森的所在——也许不过是夫妻吵架而已，可是有那几根巨大的、遍布划痕的水泥圆柱做背景，她就觉得那人说不定要掏出凶器了。有一个停车场的管理员靠近了他们，但是被男人高声吼了回去，他说："我跟我老婆说话关你什么事儿滚远点儿——"吼得行云流水，就好像已经这样熟练操作过一百次。为什么有的人就能这样毫无障碍地冒犯甚至羞辱别人，这是灵境至今无法理解的事情。管理员居然就这样安静地走了，她只好强迫自己朝着兰博基尼奔跑几步，小白龙的钥匙有节奏地敲打着口袋，她已经能听见他们俩的说话声。

小雅用尽力气压抑着厌恶："等我下班再说你放开我。"结果当然可想而知，她被男人再用力一拖，就像个布娃娃那样没有形状地跟着挪动了一段距离。也许是没有全力抵抗吧，小雅最担心的永远是失了仪态，可是就那么巧，她嫁了一个以丢人为乐趣的丈夫。"你不要以为我查不出来那个人是谁！"他试图使用一种威胁的语气，"上他妈什么班跟我回家！"再把小雅塞进自己车里，可是听起来像在耍赖。

"你放开她！"突如其来的声音让灵境也吓了一跳，不过她当然知道这一声是她自己喊的。她举起手机，像是举起一面不怎么管用的盾牌，挡在她和那男人的视线之间。"你要是敢打她我现在就报警！我有证据！"其实她的手已经在抖了，颤抖的手指完全没能力把手机调到拍摄视频的模式。"灵境你上楼去。"小雅转过身，虽然手腕还被那男人死死地攥着，她的脊背已经挺直成在办公室里的样子，"这儿没你的事儿，听话。"她的口吻就像在劝慰一个目睹着父母厮打却毫无办法的孩子。恍惚间，灵境又回到了那个莫名其妙被推进去的产房，那个让她像兽类一样为小雅把守的洞口——坚定让她骤然间清醒了一些，闻到了一点若有若无的酒气，她把微微摇晃的手机收回掌心里，开始拨号："那好吧，我现在打给交警，告诉他们有人酒驾。"

小雅的车神奇地开始往后倒，像是终于决定按照自己的意志行动一次。倒了十几米，远光灯打开了，每个人都条件反射地遮了一下眼——也就是这两三秒的时间，银灰色的小车全速前进，一声闷响，兰博基尼的车灯应声碎了。再倒车，再前进，这一次，兰博基尼的车门凹进去一块。车窗降下来，文娟的脸从驾驶座里愉快地伸出来："灵境，报警呀，酒驾以后的确出了车祸。快点拍照。"灵境相信，自己的眼睛就像童年时那样亮了，好像看到了期盼已久的礼物。刚才消失的停车场管理员终于又回来了，还带来两个大厦的保安，三个人速度不同，走成一道勉强的弧线，围住了他们。小雅倒退了几步，然后发现，自己的手腕终于自由地垂了下来，灵境从身后扶住她的肩。那男人悻悻然地回到车里，发动机的声音很大，转弯时险些真的撞到墙上。

文娟的声音中气十足："好啦，师傅们散了吧，两口子吵架没什么的——""小雅，"灵境迟疑地往身边望着，她不知道该说什么，也不知道该怎么说才能看起来像是什么都没发生，她只好装作认真地俯身看了看，"没事的，其实撞得不严重，不过这片刮掉漆的地方……"她放弃了，不再试图圆场，小雅在哭。眼泪沿着她姣好的脸颊迅速地流下，她用力地注视着某个虚无的点，不想让自己的表情看起来扭曲。文娟像是愣住了："真不好意思小雅，我也是急了才撞了你的车——反正有保险的——你不至于吧，你们豪门还用得着在乎这仨瓜俩枣儿的……"灵境知道自己不该笑，可是文娟此时这句非常干脆的北京话自带着一种不自知的滑稽，小雅终于抹了一把眼泪，嘴角也翘了上来。“你去帮她停车吧，”灵境看住文娟，敬佩之情点到为止，“你怎么会在她车里啊，吓我一跳，像见了鬼一样。”文娟已经完全恢复了平日里那种反应略迟钝的模样，刚刚的英勇好像是个不该宣扬的秘密，她答非所问地说：“她下车的时候太急，没拔钥匙，我从副驾上跨过去——差点闪了老腰。”银色小车安静地随着文娟启动，轮子转起来，去寻找合适的车位，身上带着荣耀的伤痕。

“上周末我带着宝宝搬出去了，还有阿姨——”小雅说话的语气很平静，“我们搬完家第二天，带着宝宝出门，在小区里看见了文娟——我一时慌了，就跟她说了搬家的事儿。她今天早上帮了我一个小忙，我就说顺路载她一起上班……结果，”一抹嘲讽的冷笑浮了起来，“我们搬走了四天，他终于发现了。”

“等一下，”灵境总算是找到了一个不评价老板私生活的话题，“你搬到哪里去了？”看到小雅眼睛里瞬间闪过的一丝迟疑，她赶紧补充道：“我的意思是说，你搬到了她的小区——这么说，孟舵主真有可能是她舅舅？”小雅一愣，随即恍然大悟地笑了：“对哦……要不是我这几天心里太乱，我早就应该想到的。”

文娟已经站在通往电梯的路口，冲她们挥手。灵境知道，以小雅的冰雪聪明，怎么可能没有想到这么简单的事情。若真的没有想到，怕是今天早上也不会让文娟搭顺风车了——这种事情，灵境也是想想就好，她都能理解的。电梯门缓缓打开，灵境和文娟习惯性地等着小雅先跨进去。小雅转过头，眼眶依然微微泛红，但已经可以嫣然一笑。新的一天，总算要开始了。刚才的那一幕，MJ 里不会再有人知道。

那天她们都是准时下班的，小雅的车已经被送去修理，她原本只是想搭灵境的小白龙回去——后来，事情就变成了，文娟也开心地坐上了小白龙，她们三人最终坐在灵境家客厅的地板上，一个喝空了的红酒瓶倒在一旁，灵境正奋力地开着第二瓶。“算了吧，”文娟看了一会儿灵境笨手笨脚的惨状，叹口气，“还是我来。欸我问你，上学的时候，你们班大扫除做清洁卫生什么的——是不是总有男生抢着来帮你把什么事都做完了？”“才没有！”灵境脸有点红，“中学的时候我们班的那些班花又不是我——不过，大学的时候倒是总有男生来抢着替我干活儿，可是……那是因为我爸是系主任。”承认这个总还是有点丢脸的。文娟用力地翻了个白眼，小雅一边笑得前仰后合，一边急急地阻止文娟：“别！要先醒一下。”

整瓶酒被小雅轻巧地倒进醒酒器里，流畅得像是褪去一件暗红缎子的睡衣。

文娟熟稔地躺到了地板上：“灵境，这瓶酒不会是潘垣的吧？”

“当然是他的。”灵境笑了，“这一瓶的价钱是我一个月的薪水——你说我们惨不惨，”她捏了捏文娟的脸颊，“听起来，每天睁开眼睛直奔 CBD，耳朵里听着的都是什么人一夜暴富跻身排行榜，可是自己……”“自己一个月各种开销之后手里能剩下三千块就该庆祝。”文娟替她接了话，“而且办公室里还总进进出出着那种豪门怨妇。”她们二人将空杯子用力地碰了一下，脸上写满了豪爽。

小雅举起自己的杯子，一口气喝干了剩余的杯底，接着神往地往后一倒，满头秀发直直地铺在乳白色的靠垫上，转过脸对着文娟的眼睛：“我已经记不得有多久没有这么轻松过了。这儿真好啊。”“只要小潘没回来，随时收留你啊。”灵境用力地盯着醒酒器，好像那是一个记录行刑时间的沙漏。“我不是那个意思。”小雅的脸微微侧过来，一只手支起了脑袋，“我是说，要是我没结婚的时候，能跟我的朋友合住一个这样的地方，该多好。”“你看，”文娟认真地盯着小雅，推了推灵境的胳膊，“她真的好美呀。”“你怎么那么没见过世面。”灵境用力地推了回去。

“不过，”小雅诡秘地笑笑，“你跟潘垣那么好看的男孩子住在一个屋檐底下，你就从来都没有想要发生点儿什么？”

“怎么可能啊！”灵境差点呛到，“我们是家人——你会对你表弟有非分之想吗？大概就是那个意思。”

“要是我表弟真能长成潘垣那样，”小雅的神情突然认真了起来，“我至少会让他经常在我面前脱一脱上衣。”

三个女孩子笑得东倒西歪，余音扰邻，酒杯歪歪斜斜地碰到了一起，总会有一两个这样的深夜，让你觉得人生是真的有值得留恋的地方。文娟脸上似乎有点不好意思，她用询问的语气说：“一直这样喝会醉的，要不然叫个外卖，吃点下酒的东西吧。”然后迅速地低下头寻找自己的手机，害怕被嘲笑。

只是灵境似乎没有听见这句话，她认真地俯看着小雅的脸，就好像她马上打算低下头来吻她，她低声地问：“小雅，你当初，为什么要嫁给他啊？”

文娟发出了一声短促的冷笑：“他有钱啊笨蛋。”

灵境用力地摇头：“你这么美，又这么能干，想要的东西你都能靠自己赚回来，何必要这么委屈呢，还是你真的想要那么多吗？”她像是突然意识到了什么，也停下来，一饮而尽，“当我醉了吧，我自罚。”

小雅的眼睛里渐渐有了一层遥远的雾气。“那个时候，我觉得他爱我。我以为我可以幸福。”她轻轻地一笑，坐了起来，抱紧了膝盖，“我知道你在想什么。你想说，这哪儿算得上是爱，他只许自己四处放火不许我多看一眼打火机——全是占有和控制。可是灵境我告诉你，有很多人，他们骨头里就不高级——你怎么指望他们给别人高级一点的爱呢？对他们来说，爱就是这样不断地不断地不断地往对方身上倾倒垃圾，可是，他们不明白问题在哪里，他们还以为自己是杜鹃啼血。”

“那你离开他好不好？”

小雅只要认真凝视着某个人，就像是含着眼泪：“我还没想好。”

文娟像是在自言自语：“糟了，这家居然十二点以后就不送外卖了。”

小雅如梦初醒地坐直了身子：“天哪我得回去了。”

“怕什么，你的宝宝三小时前就睡着了，你现在回去无非是为了你的良心。”灵境坏笑。

小雅已经围上了围巾，又悻悻然地垂下了手。“白千寻的数字专辑应该已经开售了对吧？”她寻找着自己的手机，“已经没电了，怪不得它安静了这么久。”她仰起脸对灵境说，“你的手机给我用一下，我打给关景恒，总得表示一下支持。”

“不行。”灵境脱口而出，“我是说，我的也马上就没电了。”她尴尬地想，自己的表情会不会像是刚刚踏空了从楼梯上滚了下来。

可是小雅已经从一堆靠垫里找到了她手机的藏身之处：“还有百分之十的电量，足够。”

小雅站起身,走向阳台。灵境知道自己的手指尖又开始发颤了，她无法想象关景恒在手机屏幕上看到她名字的那一刻。我才没有打给你,我只是把电话借给别人用。她把脸埋在了宽大卫衣的袖子里，想要装作自己不在。

“你们信不信，”小雅折了回来，脸上的红晕尚存，眼睛里却已没有了任何醉意，“现在是……零点十一分，刚刚，在零点零八分的时候，粉叠的用户们已经把白千寻的专辑买到了一百万张。八分钟，上帝呀。”

“服务器现在还好吧？”室内寂静了几秒钟，文娟突然问出了这个。

“他们现在都快忙死了，没来得及多说。”小雅把围巾重新解下来抛到沙发上，“来，你选好外卖了吗？不回去了，我也要吃点。这八分钟过完，关景恒从此就不一样了。”

“真了不起。”文娟由衷地赞叹，听起来像是因为牙疼在吸气，“我就说嘛——关景恒不是个普通的艺人，现在真的要叫关总了，欸灵境，你站在那儿发什么呆啊？”

灵境抓起那个被遗忘在地板上的醒酒器，重新倒了三杯：“是不是该干一杯？”她知道自己一点都不擅长假装高兴。幽幽她们已经把信息发给了她，在刚刚过去的七十二小时里，粉叠的新增付费用户是三十万人。在那传奇的八分钟里，售价五块五一张的数字专辑，有两个白千寻的疯狂粉丝一个人买了二十万张，另一个人买了三十万张——剩下的五十万张由其他的用户瓜分。粉叠策划了一场成功的战争，买二十万张的那位，来自跟着白大人去日本的那群动漫粉丝，专程前来挑衅叫板，最终还是输给了那位三十万张的新粉——或者说，输给了新粉们的钱。据说粉叠的留言区火热得就像是突然需要负重运转的服务器。粉叠已经正式成为了白千寻新粉丝们的官方大本营——用不了二十四小时，所有的科技、财经，乃至娱乐媒体上都会出现关景恒的名字。

是的，承认吧，你就是不高兴。不只是不高兴而已，你的心里疼得不得不用力深呼吸。你当然希望他好，只是你总算确定了，从此以后，他真的渐渐与你无关。那个零点零八分由你的手机打给他的电话，就是最后一个，然而说话的人甚至不是你。

小雅举起了杯子，又突然想起来什么：“文娟，你的手机借我，我要打给Tony，马上需要开始讨论粉叠下一轮融资的事情了。”

“姐姐我求你了，天亮再说。即使是Tony他也得睡觉——”

文娟拍了拍前额，把杯子举得更高，“灵境，来呀，一起，敬粉叠！”

杯子参差地碰在一起，声音玲珑有致，敬粉叠。

还有你。要敬你。敬我永远的秘密。敬关景恒。

二十四小时之前。

关景恒坐在床边，打量着这间越来越像教室的房间——而且还是人人都在忙着准备大考的教室。幽幽的围巾像条彩色的蛇，松松垮垮地盘在她的椅子上，好像下一秒钟就要吐出信子，表示不满自己被遗忘在了这里。大韦的笔记本电脑又一次地没有拿走，打开着，沉默地放置于冰箱顶部。他们定制的那个代表粉叠的大蝴蝶就悬挂在他身后的墙上，两小时前，他把所有人都轰了回去，理由是明晚需要彻夜鏖战，每个人都该早点休息，所以今夜不许在公司里涮火锅。

而事实上，他约了一个人。对方已经迟到了一个小时——这间屋子已经很久没有这么寂静过，以至于当他终于听到了门铃声，还以为是幻觉。

白千寻比他想象中的更瘦小一点。开门的那一瞬间他不知道该怎么打招呼。这个引得无数小女孩尖叫、无数卫道士谩骂的年轻人，对他一笑，只穿了一身最普通的黑色卫衣和牛仔裤。他径自地走了进来，似乎想要躲避走廊里的灯光，然后他回过头对跟在身后的助理说：“你去楼下车里等我就好，我很快下来。”

“不好意思关总，”他站在屋子的正中央，就像是种本能的习惯，他身后就是公司出纳的办公桌——这个刚毕业的小姑娘把白千寻的旧海报贴在自己隔间的板壁上，“我本来以为十一点能结束，可是没想到对方那么啰嗦。”他粲然一笑，舞台下面的他，看起来不过是清秀而已。

“我该谢你。”关景恒不卑不亢，“喝什么？”见他摇头，于是拎出一罐罐装咖啡给自己，“谢谢你，允许我们粉叠的粉丝去你工作室实习，我知道其实你没必要这么做的。”

“客气啦，”白千寻随意地坐在了桌子上，摘下了鸭舌帽，“你们公司的人说得对——我需要做点什么来对新粉丝示个好，一碗水总得尽量端平。”他的脸很白，微笑起来眼神会跟着虚掉片刻，就好像笑完之后马上就要挥手道别。你的视线的确不自觉地就能停留在他脸上。停留一下就好，偶像和普通人，也无非就是那零点三秒的差别。

“这几天粉丝们预付款的情况不错的。我有信心。”关景恒看着他。

“我不在乎那个，”白千寻笑着挥了挥手，用力的程度就像是在驱赶蚊子，“我今天约你不是为了那个。这么说吧，我很喜欢粉叠……”

“谢谢。”关景恒一时抓不住重点。

“所以你可以把它卖给我吗？”白千寻扬起脸，神情近乎天真。

“你的意思是说……”

“三千万，够不够？”白千寻四下环顾了一圈，随意从桌上拿起一瓶矿泉水，也不管有没有人喝过，拧开盖子就喝了一口，“我是不大懂买一个公司需要什么程序，这个倒没那么重要，我不是一时兴起——”他停顿片刻，紧紧地盯住关景恒的脸。

“不行。”说出这两个字的时候，关景恒不确定自己有没有思考过。

“你看啊，”白千寻突然挺直了脊背，舒展地伸了个懒腰，“我从来没有见过一个像粉叠这样的东西，我觉得我以后也用得着它。那我不如趁现在就把它变成是我的……我哪懂得怎么经营，还不是你说了算。在中国，还没有一个明星完全拥有一个可以为自己说话的平台呢——我也是为了我自己，而且如果粉叠变成了我的，或者说，有一部分变成了我的……我当然会拼了命地去宣传它，把它变成一个更厉害更有影响力的东西，这对你也不吃亏呀。五千万？”

“我听得懂你的意思，”关景恒顺势在幽幽的椅子上坐了下来，坐在那条斑斓的围巾上面，“我的意思也很清楚，我不卖。”

“这个……”白千寻显然没有想到还会遇到这样的困难，他抓了抓后脑勺的头发，“我觉得吧，你也不要这么急做决定——虽然我不懂公司经营的事儿，但是，你的公司并不全是你一个人说了算吧？你是不是也需要征求一下你投资人的意见？”

“不用，这件事，我一个人做决定。”咖啡的空罐子被关景恒抛到了空中，划了一道轻盈的弧线，优美地葬身于垃圾桶。

“关总，你这样……”白千寻苦恼地笑了笑，“你这样会不会太轻率了……学长？”

“你叫我什么？”关景恒的眼神突然凝固住了。

“学长，那时候我们不都是这么叫你的吗？”白千寻无辜地把脸侧向一边，也许这些让他看起来很撩人的动作他早就已经烂熟于心，幻化成为某种下意识的反应，“八年前，我初中毕业的那个暑假——在南京战区，给你拉票的后援会副会长就是我啊，我就知道你一定不记得。”

关景恒沉默了片刻，突然觉得，此时自己应该保持一点适当的幽默感。这个孩子为何会在此时出现在这里呢——也许就是为了跟他一起分享一个残酷故事的结局，究竟谁是芸芸众生，谁是被选中的——你猜。

“六千五百万，学长，真的不能再多了。”这个理直气壮的孩子就像是在掩盖一张考砸了的试卷，“去年一年我赚了多少报纸上都写了的，虽然多少夸张了点儿——可是你看，你总得给我留一点钱过日子啊。”

“我的意思是说，”关景恒突然往前倾了倾身子，双手放在他肩膀上，重重地按了一下，“你买不起粉叠。明天这个时候，我们把你专辑发售的那一仗打完，就不一样了……”他心里七上八下得就像一口时刻等着木桶来取水的井，可是他只能使用这样坚定的语气，没有选择，“不相信，你就看着，三个月之后、六个月之后、明年的这个时候，粉叠会值多少钱——你以为六千五百万很多，没错，你还年轻，你没真的见过钱，对你来说足够多了。可是粉叠会值六千五百万的十倍、一百倍……孩子，总有一天，你也会笑话今天的自己的。”

白千寻轻轻甩开了他的手，站了起来，似乎完全没有被激怒，只是好奇地注视着他：“好呀学长，那你就加油吧。”他看似无意地再往四周扫了一眼，“你们那一届的选手里，我最喜欢的就是你。后来我去韩国了，还拜托同学去帮我买你的专辑——我真以为，你会红呢。”

他们没有互相说再见。关景恒一个人呆坐了很久，好像是需要一点时间来弄清楚，他刚刚拒绝了什么。就像是一场梦一样，来了一个不速之客，一个苍白清秀、前程似锦的少年人。这少年人看起来春风得意，就像是把灵魂卖给了魔鬼。他也很想知道魔鬼的联系方式是什么，但是无论如何，他都不可以从少年人的嘴里知道。在见到真正的、属于魔鬼的诱惑之前，总还要维持一些属于人间的骄傲。

二十四小时之后。

“朱灵境”三个字在他的屏幕上亮了起来，这真是一件难以置信的事。在那奇迹一般的八分钟过去之后，他还以为，又一个奇迹索性跟着一起来了。

小雅的声音清亮而愉快：“情况还好吗——我的电话没电了。

借了灵境的手机。还好她存着你的号码……”

“还——可以吧。一百万张已经卖完了，现在还在继续。”

小雅深深地吸了一口气：“天哪，你自己高不高兴？……对了，公司账上现在是不是没多少钱了？我明天就去跟老板汇报，下一轮的估值虽然现在还说不好，不过……”

他没有听见小雅接下来又说了什么。他在哭。

9

二〇一四年的情人节，和元宵节是同一天。这一天，也是孟舵主的生日。

每一年的二月十四号，MJ 都会办一个派对，集体给孟舵主庆生——其实孟舵主本来是习惯过阴历生日的，在 MJ 成立的第一年，他的阴历生日恰好撞到了二月十四号，于是钢铁侠就把这个日子定了下来，作为孟舵主的官方生日，每年的这一天，都举办邀请所有员工出席的派对——那一年也正是钢铁侠的婚姻名存实亡的开始，所以他怀着一种愉悦的心情宣布这条他定的规矩。当然，孟舵主会一再告诉所有人，生日派对完全不强求每个员工出席，需要约会的人尽管去。可是大多数人都还是会有一番暗地里的取舍，每年，都只有两三个特别有种的人告假去过节——钢铁侠自然会记得这几个名字，倒不是会有什么报复行为，不至于的，只是他会格外关注他们究竟什么时候分手。

孟舵主的家离鼓楼不远，位于西城区某个胡同里，一处两进的四合院——在灵境的概念里，这里不能叫作“家”，应该称为“宅子”。平日里，灵境对北京的概念，基本以东长安街为最后的界限。涉及西边的任何地名，对她而言都不具备太多的真实感。即使她时常需要穿城到海淀去——十号线，从东到西，很多时候甚至不用换车——尽管如此，每一次去海淀她都错觉自己是出了趟差。这城市起码有二分之一的疆土，对她而言都在五里雾中——孟舵主的这个院子，怕是云雾里唯一一个雪亮的点。她至少知道，站在那个看起来逼仄的胡同口，不远处，隐隐的就是鼓楼的轮廓，在天空里勾了几笔，一百年前的人眼里的鼓楼，同样是它，至于一百年后——这个地方对于想要停车的人而言，充满了恶意。

舵主站在门厅里笑盈盈地欢迎各位——灵境相信，对于这样的建筑而言一定有一个专门的、更为优雅的词来形容“门厅”，可惜她实在不知道。当听说文娟请假去吃二人烛光晚餐的时候，孟舵主非常礼貌地表达了祝福：“她有男朋友了？真是没想到这么快……”几位同事互相对看一眼，当然，一个人新交往了男女朋友，没让舅舅知道，也是人之常情。最宽敞的那间客厅里已经摆好自助餐，派对公司的侍者们个个训练有素地穿梭于人群中，问每一位新来宾要喝什么。与这些专业服务生相对的，是孟舵主家的阿姨霜姐——这个院子里，除了舵主，常住人口就是霜姐了。这是灵境第三次来参加生日派对，已经对横眉竖目的霜姐习以为常。

她不跟任何来客打招呼，只是时不时地呵斥一下那只很喜欢往人群里凑热闹的拉布拉多——它是家里的第三个常住人口。有一年，拉布拉多友善地去蹭钢铁侠的裤脚，被霜姐轻声但是威严地喝住："笨笨！回来！不像话！"大家都以为这是在常规地训斥不懂规矩的宠物，但是有两个站在走廊上的人不小心听到了，霜姐一边牵着笨笨往院子里走，一边说："跟你说了多少次了，陌生人都是脏的都有病菌，你什么脑子……"这件事迅速地在员工中传为佳话，每到钢铁侠骂人了之后，员工的聊天群里一定会有人发一张笨笨的照片——是走廊上的那二人抓拍的，抢到了笨笨无辜而不舍地向屋里回头的神情。然后霜姐的威严声音又突然响起："拜托，讲点公德，给孩子拍照，不要用闪光灯。"

于是人们开始乐于传播关于"门神霜姐"的段子，有人说霜姐曾经给一位上上个时代红成传奇的大明星做过很多年保姆，直到明星移民美国才转投至孟舵主门下；还有人说霜姐怕是唯一一个除了孟舵主本人以外，把他的三任太太全见了一遍的人——这个传闻的真实性倒是有的（孟舵主的老父亲罹患阿尔茨海默症多年，所以没有把他算在统计数据之内）。灵境很难想象，若有一天，"门神霜姐"突然开始对所有人笑靥如花——那一定是MJ快要倒闭了吧。她默默地走到饮料桌那里，整排整排的玻璃杯预示着某种晶莹的仪式感很快就要被摧毁殆尽。服务生静静地倒了一杯起泡酒给她，她才发现她原本想喝杯橙汁，可是错拿了杯子——但是起泡酒也不错，她懒得换了。室内的音乐听起来有点奇怪，可能是派对公司的人认为，应该放点老歌，一不小心选的都是孟舵主他爷爷年轻时代的曲目。屋子一角的大屏幕上滚动着十几张彩照，都是各种场合里的孟舵主。拉布拉多乖巧地从大屏幕前面经过，沾染了一身斑斓的色彩，它又从那一摊色彩里走出来，恢复了白色，软塌塌地卧在一个明代式样的卧榻下面。立即有几个女孩围了上来，抢着摸它的头，孟舵主在一旁耐心地解释，笨笨最近不大舒服，患了肠胃炎，也许是年纪大了。真遗憾，霜姐居然没有及时出现阻止细菌的传播。

客厅旁边的一个小房间里爆发出一阵笑声。钢铁侠他们几个坐在里面，从附近路过都能闻得到那里飘出来的兄弟会的气味。灵境认得其中一个人，蔓越莓的创始人——话说回来，这一年里，谁不认识他呢？钢铁侠把酒杯往小茶几上一放，腾出手来拍了拍此人的肩膀："真的多亏了你，要不是蔓越莓争气，我估计孟舵主至今所有的项目里——回报最好的依然是这个院子。"他的音量不小，很轻易地传出来，于是屋里屋外的人哄堂大笑。小雅站在门边，热情地冲着院子里鱼贯而入的三个人挥手，第一个进来的人看起来很眼熟，灵境应该是在财经杂志上见过他；第二个进来的是位着僧衣的活佛，立即有两三个人站起来，围上去双手合十地鞠躬；第三个，是关景恒——小雅径自地无视前两位，走上去迎他。

该死。怎么会没想到，关景恒当然会被邀请。白千寻那一战之后，粉叠已经成为二〇一四年开年的话题之一。灵境尴尬地想钻到那张榻底下跟拉布拉多待在一起，于是她只好佯装欣喜地凑上去，弯下身子，再一次摸摸笨笨的脑袋。果然，小雅拖着他走进里间去，热烈地向所有 VIP 们介绍他，此起彼伏的寒暄里，好像关景恒基本保持着安静，至少灵境没有辨认出他的声音。笨笨漆黑的眼睛认真地看住她，好像她的窘态已一览无余，又毫无意义。她不由自主地把手伸到拉布拉多的脖子里揉搓着，笨笨的神情看起来很满足……霜姐的声音总算是在身后响起了："不要那样摸它，最近一有人摸它就容易吐。"灵境像是触电一样闪到一旁去，看着笨笨乖乖地被霜姐牵出来往门外走，霜姐面无表情地长叹一声："这么多生人，看把我们吓得，只能藏椅子底下。"霜姐身后，自然是响起一阵轻轻的笑声——不知道是谁说了句："看着霜姐，我就能相信《红楼梦》里说的都是真的。"又有人接话道："我也看过杨幂演晴雯的那一版，我怎么都没什么印象。"然后是雪莉难以置信的声音："你们现在的这些年轻人真的都是文盲。"

又有一位沉默的服务生来给灵境倒满了一杯香槟。那只拿错的杯子导致每一个服务生都不由分说地斟满酒给她，她知道那是在惩罚她最初不愿费事换杯子的懒惰。于是她就这样自暴自弃地一杯杯喝下去。屋角的屏风后面坐着以活佛为中心的小团体，她试图坐在他们附近装作自己也有人聊天，可是他们在说去年夏天在林芝的事，她甚至不太确定林芝在哪儿，实在无法加入话题；自助餐桌边三三两两分布着的人们有很多生疏面孔——奇怪，MJ 明明有将近三十个人，今晚来了一多半，为何此刻像是散落在茫茫人海之中了呢？她终于看到了一个自己公司的同事，因为喝了两杯，这个平日里沉默寡言的同事在大声地询问一个 MJ 投资的创业者：“喂，我老婆拜托我问问你，你说说——你们一个教人怎么做手工做拼装的 App，为什么强迫每个用户输入自己的详细地址和电话——难道她做得不好你们就要派人来上门打她吗？”话音未落，灵境也跟着大家笑得弯下了腰，手一颤，新添的那杯酒就开始摇晃，洒出来一点点，为了不让它再洒出来，只好一口气喝掉。这样也好，遇上好笑的事情，跟着众人一起笑一笑，看起来就不那么独来独往地碍眼了。剩下的时间怎么打发，就是她自己的事。香槟酒在手指间还是有一点黏，她去往洗手间的路上不小心撞到了礼品桌的桌角——一堆精致的小纸盒像圣诞节纸杯蛋糕那样堆成花坛的形状，每个盒子里都是一个可以拆开的手工拼装的木偶——那个“也许会上门殴打用户”的品牌 logo 就像重影似的闪了满眼。

洗手间藏在一条安静的小走廊深处，灵境一直很喜欢一幅挂在那个走廊里的钢笔画——据说是一个十九世纪传教士的素描，他画的是一个带着小孩的清朝妈妈。她拧开水龙头的时候，恍惚觉得身后有人叫她。

像是关景恒的声音，在叫“灵境”。她骤然转过脸，身后一片寂然，那幅钢笔画平静地看着她。她愣了一会儿，也许真的是醉了。她往脸上拍了一点水，大厅里人声聚集，他们开始切蛋糕了——灵境不想去凑那个热闹。每一年都是一样，推出来的蛋糕上插着“36”这个数字的蜡烛——孟舵主年年三十六，永远盛年——这种节目也许能逗第一次来的人开心，看上三年，怎么也笑不出来。

关景恒不记得他是什么时候开始在那个 VIP 聊天室里如坐针毡的了。他早就想站起来离开，却又拿不准到底什么时机合适。在钢铁侠又开始话当年时，他终于做了决定，悄然闪出门的时候，钢铁侠正好在说：“我那时候才二十五岁，晚上十一点从办公室走出去——他们说第二天就能把两百万打到我账上。十一年前嘛，我一个人走出来，我就想，已经没有地铁了，哎我为什么不能打个车呢我已经有两百万了啊我是不是傻逼……”一片笑声中，他还在继续：“可是，两百万又有什么用，金宝街上一辆空车都他妈没有。我就又一想，不对呀刘鹏，你果然是傻逼，隔壁就是保时捷的 4S 店，天亮以后你就可以进去逛一圈了。但我总不能坐在店门口等天亮吧？就算这都是真的，我也还是不敢花不敢真的把保时捷带回家，我自己都觉得像是偷的……然后，我就拿出来兜里所有的钱，一共七八百吧，我就在金宝街上一路走，看到一个人从我身边走过去，就给他一张，有一个派出所的小警察还拿了我一张，他要追着还给我，我冲他吼，车不是我偷的！”他突然安静了下来，“我那天真没喝酒，可是就像是醉了。”

“你现在真的醉了。”小雅宁静地拿走了他的杯子。也不知道究竟什么时候才会有人来问他一个问题：你真的认为你自己只在十一年前才是个傻逼吗？

关景恒终于自己站在一道空空的走廊上，他盯着一幅钢笔画看了半晌，他听见水龙头拧开的声音，然后看见了灵境。发愣的时候，灵境突然转过身来。他赶紧后退了两步，退到一只硕大的柜子后面。他不确定自己是不是真的叫了她，应该没有吧，不过是稍微想了一下。客厅里人声和笑声开始聚集了，他也安全地沿着走廊里的阴影,汇入到喧嚣中。孟舵主已经发表完简短的致谢辞，现在该来宾代表致祝酒辞了，代表所有人的，自然是蔓越莓——关景恒记不住他的名字。蔓越莓先生常规地感谢了这个，感谢了那个，感谢了所有人尤其是永远三十六岁的孟舵主对他的支持和厚爱，顺便说了两个完全不好笑的笑话。然后他突然在人群里四下环顾，无线麦克风发出一阵细微的噪音，他接着说:“我还想特别地感谢小雅，小雅，你知道，我以前一直以为，男人和女人之间，最珍贵的感情，不过是谈恋爱，不过是一起养大孩子——可是我现在才知道，还有一种感情，也是珍贵到可以有承诺的。比如说，你成全了我。所以你记住，不管你以后遇到什么样的糟糕事，我都永远在那儿……”众人的欢呼在屋里盘旋了一圈，就像海水退潮那样，齐齐地为女主角让出一条通道，小雅大方地走上来，与蔓越莓先生紧紧地拥抱了一下。配合着四周的掌声，小雅投入地闭上了眼睛。她眼里真的闪过了一丝泪光，关景恒看到了，也许小雅正是需要遮掩这点泪，才要像等着接吻那样把眼睛闭上。然后他无意中一转脸，正正地撞上钢铁侠的目光。

钢铁侠死死地盯紧了拥抱着的蔓越莓先生和小雅，他没有跟着鼓掌，只是用力捏紧了手里的杯子。即使是已经撞到了关景恒的视线，他也没有任何想要掩盖的意思。关景恒知趣地看向别处，他也需要一点时间来想想，自己是不是真的看到了某件他不敢相信的事情。

这时候响起了音乐声，听起来是一段熟悉的前奏，此时人群中笑声又一次闷闷地扩散了，还伴随着口哨的声音。大屏幕上开始播放MV的镜头，哄堂大笑的声音是在歌名显示出来的时候爆发的：《可惜我是水瓶座》。孟舵主一脸疑惑，在周围已经略嫌失控的笑声中，问身旁的人："我……是水瓶座？"得到肯定的回答之后，他又指着屏幕上杨千嬅的面部特写问："那她是谁？"钢铁侠拿起了麦克风："这首歌是大家给你选的，今年的主题曲。虽然你是倒霉的水瓶座，还是祝你生日快乐，早日找到第四任老婆。"话音一落，两瓶香槟嘭地开了，泡沫如礼花一样四溢，掺杂着女孩子们半真半假的惊呼声。孟舵主笑得又欢畅又羞涩："算了吧，结婚这种事，我真不太擅长。"麦克风把钢铁侠的声音传送到屋外的夜空里："你要是不找了，那我岂不是要给你养老送终？"杨千嬅自顾自地倔强地唱歌的声音似乎已无人注意。

众人笑累了的时候，蔓越莓先生突然从孟舵主手里拿走了另一个话筒，对准了关景恒："关总，你是专业的，给大家唱一个吧。"立即有稀稀落落的掌声从自助餐桌后面响起，有一个服务生都停下来脚步回头看。"对呀对呀……""怎么没有想到！关景恒在这儿欸！"他微微倒退了两步，好像那个麦克风里会飞出来蜜蜂："这首我不会。""什么叫你不会。"蔓越莓先生笑了，"你随便跟着唱两句都比我们强啊……"关景恒依旧摇头，脸上的笑容快要僵住了。"关总，"蔓越莓先生认真地盯着他看，"给舵主的生日唱首歌，是让你丢脸的事儿吗？”

“我早就不唱歌了。”他总算接过了话筒，这句话经由话筒传出来，满屋子顿时寂静。众目睽睽之下，他往前走了几步，把话筒放回到大屏幕下面，那个专门安置麦克风的架子上。“如何笨到底，但到底，还是我；谁人待我好，待我差，太清楚……”他的手微微发抖，以至于话筒差一点掉下来。他在心里习惯性地对那首歌道歉：对不起，真的不好意思，跟你没有关系。

什么叫你不会。很多年前，曾经有喝多了的客人这么跟他说过。他还以为那已经是上辈子的事情了，至少在上一辈子，还有酒店的领班会出来替他解围。一声清脆的、玻璃碎裂的声音，灵境夸张地尖叫一声：“对不起对不起，我没看清楚，那个托盘动了一下……”立即有人围上去，清理乱流一地的饮料。一个服务生一脸羞涩地靠近他：“关老师，我姐姐以前特别喜欢您的歌，可以给我签个名吗？她会高兴死的。”他看着这个有些紧张的年轻人，恻然地笑笑，说：“当然可以。”

短暂的混乱之后，灵境在长餐桌后面找到了一把非常矮的凳子坐下，这让她看起来像是打算钻到桌子底下去，她总算在多年之后又可以用童年时代的视角打量满桌的食物——或者食物的狼藉。有一杯完好无损的红酒就在她眼前，似乎无意中被人放在那里，没有任何人动过，而面前的这一截桌子上，因为那个盛满果汁的玻璃罐子被她打碎了，显得非常空旷。她抓起这杯红酒喝下去，她听得见，红酒愉快地汇合了血液的声音。醉卧沙场君莫笑，她对自己放肆地笑了笑，可是你们谁都不可以为难他。

有一杯白水被推到她眼前。她慌张地扬起脸，看到了公司的律师。

“梁浩。”她放松地一笑，“谢谢哦。”

“你喝得有点多了。”梁律师说话的时候总像在想其他的事情，“你可能是容易上脸，你看，脸都红了。”

“我怎么看？”她笑容可掬。

又是一阵尖叫声和掌声，梁律师有些厌倦地往人群的方向扫了一眼，然后拖过来一张同样很矮的凳子，于是他们就成了两只守着餐桌的鼹鼠。大屏幕上，MV的图像有了变化，不知是谁做的手脚，每句歌词都配上了一张孟舵主的照片，引得一浪赛过一浪的笑闹。

我就回去，别引出我泪水——孟舵主在京都某个老字号寿司店，专注地调芥末。

若然道别是下一句，可以闭上了你的嘴——孟舵主不知在哪里，将一个巨大的汉堡塞进嘴里，被抓拍了一张特写。

要是回去，没有止痛药水——孟舵主在跑步机上挥汗，表情艰难。

拿来长岛冰茶换我半晚安睡——某次出差，赶上航班延误，孟舵主在深夜的候机厅里酣然入梦，身边一位同行的同事对着镜头做夸张的鬼脸。

“梁浩。”灵境像是灵光一闪，“你帮我，去跟那个调酒师说，调一杯长岛冰茶给我行吗？”

“你确定啊？”梁律师的眼睛还停留在屏幕上，冷漠地摇摇头，“马屁拍到这个份儿上，他们工作还真是努力。反正我下个月要离职了。”

“长岛冰茶！”灵境用力地重复，“我有点儿馋了。”

“那好吧，不过，我有个事想先跟你说。”

“你不会是说你离职了以后想约会我吧？”她托着自己发烫的脸颊，语气近似天真无辜。

“我听说，你在英国的时候，上过 Antony Giddens 的课，是你自己说的有一回我在会议室外面听见了——我是 Giddens 的粉丝，他的书我几乎全都看过，我就想问问你有没有他的邮箱？”梁律师的表情总算是跟他说话的速度匹配上了，原来眉飞色舞对他来说是那么不容易的一件事。

她顺势把脸庞在臂弯里用力蹭了蹭，蹭掉了那个不可思议的微笑：“你赢了，那个时候是我在吹牛行了吧，我只是听过他的讲座而已，还是那种阶梯教室里站在后排的——所以，帮不了你了。”

“明白了，”梁律师的脸上却并没有太多遗憾的失望——当然，也许是这个表情还没及时跟上来，“你等着，长岛冰茶等下就来。”

眩晕是突然而至的，她甚至怀疑是被自己笑出来的。她的脸紧紧地贴在大腿上，试图隐藏在那一小块黑暗中。有一股洪水把她推了起来，似乎要直接推到天花板上。她用力地深呼吸，咬牙用最后一点意志强撑着自己，站起来，走成直线，不要让别人看到自己晕船，推开门，转身关上不要弄出声响——洪水又一次来了，她认准了小院子中央那棵寂寞的石榴树，她抱紧膝盖坐在石榴树下面，石榴树应该是岿然不动的，只是树下的自己一定是在疯狂地打转，像个陀螺。无论是闭上眼睛，还是睁开，眼前都是一片黑暗了，只是睁眼闭眼这种细微的动作，都能引起胃里那一阵翻腾。她把自己抱得再紧一点，北京的冬夜已经无法让她冷却下来。我绝对不可以吐在这里。这是她脑子里仅有的念头。

她听到一阵细碎的铃铛声靠近她，没有力气抬头，胃里的那股力量似乎要把她整个人从里到外翻个面，她知道一定是笨笨发现了她。笨笨潮湿的鼻子在轻轻拱着她已经冻僵的手，她在心里跟笨笨商量着：万一我真的吐了，你等下承认是你做的，好不好？笨笨突然朝着某个方向吠了起来，一定是不同意——有一双手有力地抓住她的胳膊，几乎把她从地上拎起。她丧失了所有方向感，直直地撞到那个人胸口上，被一双手臂箍住了。她感觉自己又开始绕着石榴树规律地飞舞了起来。

她当然知道这是谁。她闻得出他的气味。

院落里有个小房间一灯如豆，霜姐站在门边轻轻喝了一声："笨笨，别叫了，回来。"笨笨叮叮当当地走远了，霜姐望住石榴树下那一对紧紧拥着的人影，叹了口气。来这院子里二十年了，大大小小的宴席不知道经过了多少，轮番出现的生面孔，总在重演着一样的事。

灵境终于抬起头，寒冷让她略微清醒了一点，她用力地深呼吸了两下，眼睛里突然涌上了泪。她艰难地说："我辞职，行不行？

我离开这个公司，是不是就可以了？”

她知道他知道她在说什么。

他脱下自己的羽绒外套，抓住她的手臂帮她穿上，然后裹紧了。他说：“你不能再喝了，回家。”

“可是我的包还在里面。”她顿时变成了一个听话的孩子。

“我会回来给你拿。”他牵起她的手，穿过了院子，这个宅院的后门正对着一片稍微宽敞些的空地，勉强停得下两三辆车。可是，已经有人比他们提前到达了那里，逼仄的三辆车的空隙中，有两个缠绕在一起的影子。

——我就想抱你一下。

——你能不能像个大人一点。

——那个王八蛋都可以抱你凭什么我不行？

——会有人来发现我们的。

——冯小雅你到底在怕什么？

——你怎么一点都不听话呢。

关景恒缩回了自己已经放在门闩上的手，他转过身去，食指放在嘴唇上，灵境愣愣地看着他，然后用力点了点头。他们顺着另一个方向走进漆黑的胡同里，没有可能再去开自己的车了。她安静地、深一脚浅一脚地跟着他，她的左手很暖和，右手很冷。这条短短的胡同里，除了两家孟舵主那样的宅子，还有一个餐馆、一个小酒吧，剩下的，还是在这里住了很多年的人们。这里应该是北京最中心的地方，整个城市的盛宴却看似与这里无关，杯盘狼藉的时候，这儿的人反正不知道曾经有过筵席。这城市的内核永远冷硬，烈焰与烟花都奈何不得。有多少璀璨的灯火，就有多少无所谓的苟活。闪着空车灯的出租车划过路面在他们面前停稳，像是从远处带来海浪的声音。

过第一个红绿灯的时候，她就靠着他睡着了。以至于在下车的时候，他很费了一点劲才把她挪动出来。他横抱着她进电梯的时候，电梯里其他乘客脸上的表情精彩而生动。他还不得不装作若无其事地对人家说：帮我按一下八层，谢谢。

所以他不知道，衣袋里，他们两个人各自的手机上，都已积攒了二十几个未接来电。

小潘去英国的时候，给过他一把他们的钥匙。

总算是把她像一袋面粉那样丢到了床上，拽走她靴子的时候，她也只是轻微地抗议了一下。然后她迅速蜷缩成小小的一团，像是水母。

他从地板上捡起他的外套，可以走了。走之前，替她关上了所有的灯。

他重新把外套丢在地板上，他折回来，他站在床边，听了一会儿她均匀的呼吸声。然后他躺在她身旁，侧过身子，从身后抱住她。也许他就这样待一会儿再走，也许他会就此也陷入熟睡。“朱灵境。”他的嘴唇找到了她的耳朵，于是他轻声地说，“我没有一天不在想你。”

他长叹一声，总算如释重负。

片刻之后，她在黑暗中睁开了眼睛。

她不敢动，她不确定这是不是梦。

10

被酒精扰乱了浓度的睡眠中，我好像是梦见了你。夜空下面，有一个巨大的、灯光璀璨的摩天轮。我坐在里面，缓缓地升至最高点。摩天轮是城市中性情最为温和的巨兽，它完整地把我吞下去，我一点都不怕它。它托起我，像按一颗图钉那样，把我悬挂在寥寥几颗星辰的正下方。然后我在地面上的人群里看见了你。那怎么可能呢——可是，反正，我像是拥有了蝙蝠一样的视力。你挣扎于尘世之中，你也知道那种傲慢必须尽力隐藏，可我全都看得出。摩天轮寂静地转，我开始下降了，我不知道等我终于抵达地面的时候，你还在不在。我从未拥有过你，可是我解释不了为什么，我一直恐惧着失去。少年时，我会因为这种恐惧的驱赶，做出来很多出格的事情，都是自尊作的孽。现在啊——我随它去，我打不赢它，可我也死不了。天地开始晃动了，剧烈地摇晃，我知道可能摩天轮要塌了。它是个庞然大物，但它也有命运。灯光和星辰纷纷在我眼前跌落粉碎，熄灭于陆地上深渊一样的黑暗。我闭上眼睛，所有的璀璨依然零星作用于我的视觉，我抓紧了冰冷的钢铁的栏杆，和一颗流星一起飞速下坠。这是一个不怕死的梦吧——至少我知道，即使我此刻死了，也不算数。

即使是劫后余生，你也是我在那个废墟一样的“余生”里，唯一的乐趣。

摩天轮终于坍塌。她醒了。

她坐起来，头痛欲裂。难以置信地挪动着四肢，抱住自己的膝盖，肢体酸痛僵硬得就像刚刚松绑。身边已是空荡荡的，她盯住那只平时完整如雪地的枕头，此刻留着一个浅浅的凹痕。但她暂时不想去想经过了昨晚，接下来的事情该怎么办，她的理解力像是已经丧失。首先应该知道的是此刻的时间，但是她不确定她的手机是不是遗落在了孟舵主家——这一部分的记忆的确已经丢失了。她费力地起身，开门，走到客厅里去看时钟。

客厅里出现了一样更加让她时空混乱的东西。小潘那个硕大的银色行李箱躺在地板上，旁边是那只他最常用的旅行袋。箱子完好，旅行袋已经打开，并且一片狼藉。小潘安静地从厨房里走出来，手里拿着一杯酒——宿醉让她看到那只杯子胃里就微微一阵翻腾。小潘已经看到了她，却依然无话。

她拿起离她最近的一瓶矿泉水，走到小潘旁边，和他一样席地而坐。他们中间隔着那只无辜地张开大嘴的旅行袋。她贪婪地喝掉了小半瓶水，喉咙总算又有了发出声音的能力。她知道应该是发生了什么事情，她等着小潘告诉她。

“你为什么不接我电话？”小潘问。

她茫然地看着小潘的眼睛，好问题，她上一次看见自己的手机是什么时候？

“我从昨天下午到一个小时以前，给你打过三十多个电话。”

“昨天下午……我和小雅在一起，我们一起去孟舵主家，孟舵主过生日嘛……路上特别堵，我可能是静音了，后来——”

“算了。”小潘疲倦地摇摇头，“小雅也没接我电话。你喝多了，你连昨晚的衣服都没换下来。你在孟舵主家有没有看到关景恒？”小潘笑笑，“他昨晚不会是睡在这里的吧？”

“你胡说什么。”她又用力地把矿泉水喝掉三分之一。

“灵境你别骗我，我现在根本不知道我该相信谁。”小潘的眼睛里全是血丝，他一向是在七八个小时的飞行中也舍不得摘掉隐形眼镜的。“昨天一大早，我是说我那边的一大早，我收到一封粉叠的邮件，是讲下一轮融资的事儿的，我没太在意。可是我点开才发现，附件里面有一个表格，是粉叠现在的股权结构——我的持股比例是百分之四点五，我以为是他们打错了多打了一个小数点，结果我仔细看了一遍，还是百分之四点五，我跟关景恒当初成立公司的时候我的股份是百分之四十，我当时还没有想得那么糟，以为这肯定是有什么误会——我打给关景恒，他没接；我再打给 Tony，Tony 说这个改变是我签字同意了的——然后，你和小雅也都联络不上了——我就回来了。我要当面问关景恒到底是怎么回事,所以,灵境我得知道,我能不能相信你。你是站在关景恒一边的,还是站你老板那边的，还是——你能为我说话……”不知不觉间，小潘已经喝完了一杯，想再倒上一杯新的。

“股权变更是要你本人签字的呀，而且需要签不止一次。”灵境觉得头更痛了，“这又不是演电视剧，没有那么容易，有好几个环节——你看，我们从头想一下这个过程……”

小潘把 iPad 丢在他们中间的旅行袋上。它险些跌进那一堆杂乱无章的衣服里，灵境迅速地抓住了它。“你看，我在飞机上收到的邮件，是粉叠的人发我的。瞧那帮杂碎怎么跟我说话——说是关总交待的，把全部相关文件扫描给我，也顺便抄送给所有人查询……妈蛋，已经开始用这么公事公办的口气跟我说话了。她们的关总交待的——”

灵境仔细地逐页看着附件中的每一页，其中文件签字的时间大概从去年的秋天一直到年底，也就是小潘这一次回去伦敦的日期之前。从扫描的文件来看，所有的签字都是小潘的笔迹——“去年下半年,”灵境无奈地叹口气,“你想想看，关景恒有没有让你在什么文件或者合同上签字，可能你自己没好好看过？”

“这叫什么话,”小潘一激动差点碰翻了杯子,“他几乎每隔几周就会有什么东西让我签个字，你又不是不知道我——我相信他，我向来是看也不看就签的。”

“如果是合同，有十几页的那种，我信你没看，没注意到，可是你看——”灵境把屏幕放在他眼前，“股权变更的时候涉及到的文件都长这样……一张 A4 纸上只有短短几行字，你怎么可能注意不到这是什么……”看着小潘越来越无助的表情，她的心直直地往下沉。

“我真不记得了，”小潘委屈得像是马上就要哭出来，“有两回他直接把文件夹带到我们喝酒的地方——你别骂我啊现在骂我也没有用了。”

她静静地站起来，银色箱子重重地撞到了她的小腿，她也没觉得疼，小潘惶恐地看着她，直直地走到窗子边，她用力拉开了落地窗，冷空气像一群鸽子那样惊飞了，从四面八方涌过来，纱帘微微扫着她的脸。“喂你干吗呢，”小潘的声音在她身后，“现在想跳楼的难道不应该是我吗？”

眼泪像是拼尽全力想从她身体里挣扎出去，她跟它们搏斗了好一会儿。突然间她想到了一件事，那应该是最后的救命稻草。她平静地转过脸来，问小潘：“你们当初成立粉叠的时候，你出了多少钱？”

小潘像是陷入了极为痛苦的回忆。任何关于数字的记忆对他而言都是酷刑——所以他甚至学不会打麻将。

“我是说，既然做了这样的变更，他就应该按照比例把你出的那份钱还给你——如果没有，那你就照样有理由去申诉这个变更不能成立……粉叠的注册资本是一百万，那么从百分之四十变成百分之四点五，他应该退给你三十多万，你还有没有印象……”

小潘眼睛里刚刚燃起了一丝希望，却在一瞬间又被灵境的表情冻结住了。灵境的手指点住了一份邮件里附加的截图，是银行转账记录的照片：“看起来，在去年十月，国庆节假期刚刚过去的那周——粉叠把这笔钱打给你了，你不至于连这个也不记得吧？”

“没有！”小潘像是被烫到了一样，猛地站了起来，握紧了拳头，“粉叠的账户是给我打过一次钱，可是那是我拍那个宣传视频的劳务费……”

“你想想看，”灵境认真地看着他，“一个刚起步的公司，总共才拿了三百万的天使投资，然后付给你三十几万的报酬，只是为了拍一个两分钟长的视频，这合不合理？”

“我以为他只不过是讲义气，按照现在的市价给我算的……”声音越来越低，后面几乎听不见。

一阵沉默之后。灵境终于在冰箱旁边看见了自己的手机，那里有一个插座，关景恒离开的时候，应该是细心地替她把手机接上了充电器。四十九个未接来电的数字还是形成了一种震撼的效果，这其中，有三十个是小潘打来的。其余的，分别来自小雅、文娟，以及关景恒。情况更糟的是微信。未读消息里的第一条是文娟的：他们都说，昨晚关景恒把你带走了，是真的吗？

他们都说——他们。这简直不能更精彩，把“他们都说”换个讲究一点的说法，也许“津津乐道”是个合适的选择。

第二条来自钢铁侠：酒醒了之后，来我办公室。我全天都在。

“灵境，”小潘艰难地问，“你和我说实话，关景恒是不是已经把我从公司里赶出去了？”

她用力地抱了小潘一下，她在他耳边说：“你先去睡会儿，等我回来，我现在到公司去，我去替你想办法，你相信我。”

她会为她刚刚说的那句话后悔。一直后悔。

二十五楼上是寂静的。她想象中的那种——所有人一看到她会瞬间静下来的场景，并没有出现。因为是星期六，再加上昨晚的狂欢，过来加班的人很少，所以灵境愕然地望着一排又一排空椅子嘲笑自己的自作多情。正打算敲钢铁侠的门的时候，一个从复印机那里往回走的实习生跟她打了个招呼。很好，看上去，这个孩子看她的眼神照旧，流言暂时还没有真的扩散到人尽皆知。

她很少看到钢铁侠如此端正地坐在台式电脑后面。她知趣地站了一会儿，知道他不会友好地寒暄。一串键盘的声音暂停之后，他直截了当地问：“你和关景恒，是酒后一时兴起，还是认真的？”

刹那间，某个沉淀于混乱记忆中的片段以高清画质在她脑子里一闪而过。她决定赌一把，答非所问地说：“昨晚，在舵主家后门那条巷子里，小雅和你，我看到了。”

他没有表情地紧盯着她的眼睛。她知道自己赌赢了。几声敷衍了事的敲门声在她背后响起，钢铁侠的脸上闪现一丝窘迫，他低声说了句：“晚上跟我吃饭。”她还没来得及回答，雪莉和小雅已经走了进来。

雪莉的语调里倒是有种愉悦："灵境来得这么快啊，看来是酒醒了。"小雅微微一笑，转移了话题："所以，我们这几个人都接到了潘垣的电话了。"

钢铁侠习惯性地冷笑一声。雪莉立即无奈地笑笑："就算是走个过场，也不能不核实一下各方的说辞。我是仔细看过粉叠那边发来的邮件了，法务那边的人还没回复我，不过我自己是真看不出有任何问题。我有点难以理解，潘垣为什么要在这么重要的时候闹这么一出。他自己不知道如果闹大了传出去，影响的是所有人的利益吗？包括他自己……"

"他的智商根本不足以让他理解到这一层。"钢铁侠的表情有种难得的真挚，"你现在告诉他，事情传出去，变成创始人之间互相欺诈，影响的是粉叠下一轮的融资，我敢跟你赌十万块——他根本听不懂这是什么意思。而且，即使他懂这是什么意思，他满脑子想的也只是你不让我好过我就毁了你们所有人的好事，智商低的人就是这样，脑子里只有敌人和自己人，你让他假设一下一件事情关系到甲乙丙三方的利益——估计他只能想到3P。所以我才在一开始的时候就跟关景恒说，早点让他出局……"

话没说完，已经被雪莉和小雅此起彼伏的笑声打断了，雪莉的食指朝着钢铁侠的方向用力点了两下："你这张嘴……"小雅似乎有点不忍心这样笑下去了，她朝灵境看了一眼："可是——怎么说，我刚刚跟他们俩都通过电话了，当然是各执一词。潘垣反正咬死了不承认任何股权变更，可是关景恒也讲得好诚恳，他说他完全不知道潘垣为什么要在这个时候跳出来咬他，之前他们都是很愉快地谈好了的。说实话，我相信关景恒不至于刻意地骗小潘签字——成年人也没有那么好骗的，但我也真不相信潘垣是那种恶意诬告、无中生有的人……所以灵境，你跟小潘那么好，我也想听听你怎么看。”

“灵境进来之前，我也是刚刚放下关景恒的电话。”钢铁侠的身子往后一倒，引得椅背轻轻一颤，“他各种保证，说他们之间在去年八月底就友好地达成了一致，各种签过字的文件为凭据，还有退给潘垣的钱，银行记录也没什么问题——所以，现在起，别再让这两个人私底下有任何接触了，小雅，你代表 MJ 来处理这件事吧，别让潘垣胡闹。”

“好——”小雅再一次用询问的眼神看了看灵境，“灵境，你要和我一起去跟小潘聊聊吗？我觉得有你在可能会好一些……总之，也别刺激小潘，现在的事实反正是没有任何依据支持他说的话，就看我们自己心里相信谁了。”

三双眼睛，有意无意地，齐齐盯住了她。她一直站在那里，感觉像是小学时代考试作弊被抓进了校长室。后来，灵境也问过自己很多次，在那个瞬间，心里有没有过一丝挣扎或者犹豫，每一次，她都只能诚实地回答自己，有过犹豫的，可是没有挣扎。她坦然地望着小雅，轻声说：“我觉得有一种可能。小潘签字的时候，是喝多了的，他当时并不记得。所以他觉得自己只是口头上答应过放弃那些股权，可是并没有真的完成过手续。”

小雅眼睛一亮，立刻和雪莉对视了一眼，雪莉点头道：“解释得通。”但是雪莉随后又难以置信地拍了拍自己的脑袋：“人怎么能糊涂成这样？看来，长出那样的一张脸，真是需要付点代价。”

钢铁侠深深地注视着灵境：“你可以自由活动了。”

她踩了三次油门，小白龙莫名其妙地吼了几声，她才发现档位还在P上面。她颓然地跟方向盘对视着，手指发抖，心里惊讶着自己的愚蠢。随后她打开车门飞奔了出去，也许还是地铁稳妥一点，此刻的自己——估计还没见到关景恒就已经因车祸死在三环上。

春节之后，粉叠总算是搬家了，终于租到了像别人家的公司那样的办公室。关总整天为所有员工丢垃圾袋的日子估计已成为历史。灵境其实并不知道他们的新地址，不过，当她想起这个的时候，她已经站在那部再熟悉也没有的电梯前面，按下那个数字。那个数字一直沉睡在她心里，或许就镌刻在主动脉与右心室之间的某处。门并没有锁，也许搬迁的工作还未彻底完成。她惶恐地闯进去，却只看见室内洒满了阳光。

那个大得有些尴尬的单间此刻竟是这样地空。搬家的工程也许还没彻底完成，墙角堆着两排整齐的纸箱子。可是所有的办公桌都不见了，地板上惬意地睡着几只塑料袋，一盆无人认领的植物戳在窗边——好像所有刺眼的光都是由它制造的。厨房的门口横着那张牛仔布的小沙发，关景恒就坐在里面，准确说，他的身体以一个奇怪的形状卧在那里，头偏向了光芒的方向。他睡着了。虽然他的衣柜依然放在厨房里，可是整间屋子里终于只剩下了他自己。

她走到窗边去，拉上了窗帘。他似乎并未被这些响动惊扰，呼吸依旧舒缓。她走到了沙发旁边，仔细凝视着睡去的男人。所有的愤怒与杀意都在她胸腔沸腾着，她弯下身子，右手的指尖轻轻碰了碰他的脸。他脸颊上有一块很明显的淤青——小潘应该是已经来过了。他活该，他疼不疼？他舒展了一下身子，然后缓缓睁开了眼睛。她迟疑了片刻，终究没有把手从他脸上拿开。

“我有件事要问你。”灵境说。

“我也有件事要问你。”关景恒支撑着身子从沙发里坐了起来，肋骨那里牵得一痛。两个小时之前，他完全没有反抗，甚至没有躲避小潘的拳头。

“你先说。”灵境垂下眼睛，盯着地板上的纹路。

他轻轻抓住她停留在自己脸上的手：“如果我想问你，可不可以做我的女朋友，还来得及吗？”

她直起身子后退了几步，像发愣一样看着他。她不敢相信自己险些就要说“好”，那股脱口而出的冲动被生生按回去，直直地滚烫地冲到她眼眶里。她匆忙用手背蹭了一下眼角，她问：“昨晚的事情，都是真的，对不对？”

“你要问我的事，就是这个？”关景恒觉得他迅速地被一层喜悦笼罩了。那棵老宅子里的石榴树说不好是有什么魔力，当他看到她独自在那棵树下蜷缩成小小的一团，就发誓再也不允许自己失去她——也许，是当他们在后门发现了钢铁侠和小雅的秘密之后，这个誓言才真正坚定起来的。

“我想问，小潘说的那些事，其实都是真的，对不对？”灵境用力地看着他，是完全不退缩的眼神，“Tony 和小雅他们都更倾向相信你，我知道——那是因为他们根本就不相信小潘能笨到这个程度。都是你做的，是吧？骗小潘在一堆文件里签字，里面夹上一两张关于股权变更的文件，太容易了。”

“所以你是来代表小潘向我兴师问罪的。”他冷笑。

“我只想你不要骗我。”她真恨自己，为什么直到此时，在他神色冷下来的时候她心里还是会害怕，“我知道你是怎么做的，你在需要退还小潘那三十几万的时候，跟他签了那张拍视频的合同。合同的酬劳也许只是几千块而已，但他根本不会去仔细看，于是粉叠的账户先退还了他那笔股权的钱，视频拍完的时候再打给他这几千块，收到这几千块已经是年底了，当时他在四处忙着演出，根本不会费心去核对一笔这么小的进账，并且会一直以为你真的这么大方，是按照他的行情价钱请他来拍摄的——回答我，我说的对不对？如果我是你，我也只能这么做。”

“我对 Tony 是怎么说的，我就是怎么做的。别的，我不会承认。”

“我只是想知道，你为什么不能好好跟小潘谈呢？你怎么知道他一定不会同意退出来呢？他心里一直那么佩服你觉得你什么都懂，你现在不仅是把他从粉叠赶了出来，你还——”

“我没有把他从粉叠赶出去，”关景恒打断她，表情里似乎有种难以置信的激愤，“他依然是粉叠的股东，只不过是占的利益少了些，你平心而论，我们大家都在拼命工作的时候他在做什么？粉叠的估值现如今不同以往，我说实话，就连这百分之四点五，我也不觉得是他应得的，早晚有一天，我会把他彻底清除出去。不然，对于其他兢兢业业的人太不公平了。”

“所以你算是承认了对不对？退一万步讲，你觉得他不配做公司的大股东，你也不必让他像是个跳梁小丑一样，所有人现在都在看他笑话——甚至是所有人都觉得他人品有问题他在诬告你——你怎么可以……”眼泪从她下巴上颤抖着滴下去，她觉得此刻的自己很丢脸。

“灵境，”他似乎对她的眼泪视而不见，“没有用的。不管怎么样，我都不会承认你要我承认的事。我就想知道你现在是不是在工作？你到底是代表你的好朋友，还是代表 MJ？”

她难以置信地盯着他，然后恍然大悟：“明白了。我可以告诉你，我没有录音，你放心，你今天跟我说的话只限于你我之间，MJ 不会握住这个把柄好在下一轮融资的时候要挟你，MJ 的人最关心的是粉叠的估值，不会像我一样关心你有没有坑你的朋友。话说到这个地步，你自己觉不觉得难看？”她把自己的手机拿出来，交给他：“你自己检查，录音的软件有没有开。”随后，她把外套脱下来，在他面前用力地抖了几下，公交卡掉了出来，小白龙的钥匙也清脆地跌在地板上。“看好了，大衣里也没有录音机，什么都没有。”她再把她的包用力拉开，每一样东西都倒在地上，空空如也的包丢在他身上弹了回来。他站起身来想拉住她的胳膊，被她狠狠地甩开了。

“满意了吗？”她挑衅地问，不知为何她也不熟悉这个终于开始战斗的自己。关景恒的眼神里渐渐浮上来一种悲凉，至少这让她甘之如饴。“还不放心是吧？”她迅速地脱掉了羊绒衫，“来，看看，文胸里面不可能有窃听器的，又不是演电影哪有那么容易。”他再一次地注视着那具美好而纤细的身体，黑色的抹胸下面，她的肋骨因为急促的呼吸而一条条显露了出来，她满意地望着他的表情：“关总现在放心了吧？”她手伸到腰间，试图解开牛仔裤的扣子：“还是要继续？”

他紧紧地抱住了她。他用力地把她按在自己胸前，他胸口处那片黑暗笼罩着她的视线，她所有的挣扎与厮打都无济于事。在她终于因为累了所以安静下来的时候，她听见他在耳边说：“别这样，我心里很难受，你别这样。”

她总算开始专心致志地哭泣，暂时没有精力分散出来对抗他。所以她任由自己像盆植物一样，被抱起来，再安放在沙发的中央。他捡起那件揉成一团的羊绒衫，为她穿上。她很不配合，不肯伸胳膊，这个问题被他强制性地解决了。然后他蹲在她面前，笨拙地，一个接一个地为她扣上了扣子。“你是不是后悔了？”他问她，盯着最末端的那个扣子，不敢抬起脸看她的眼睛。

“是。”她抹了一把眼泪，再用力地点点头。她不敢问他所谓“后悔”指的是什么。

“那怎么办？”

“不知道。”她很诚实，因为真的不知道，所以哭得更惨。

“如果我当初跟潘垣实话实说，那很有可能就没有粉叠了，等不到这个App真的做出来，他就已经因为我不够义气跟我翻了脸，你承不承认这是很有可能发生的事情？”

“这都是坏人的逻辑。”

“可是这个坏人爱你。”

“你当然必须爱我。”她倔强地直起了身体，“我刚刚已经在老板们面前替你圆了谎，我现在是你的同谋，你倒想不爱我，你做梦。”

也不知道，两个共犯有没有感谢上帝的资格。只是，此时，坏人和坏女人都像是同时听见了一个来自于苍穹深处的无奈的声音：

你们可以接吻了。

11

“我们尽量在一个小时之内把这顿饭吃完。”钢铁侠像是在交待会议流程，“之后，我知道你有安排，我也得去跟Sherry碰个面。”然后他盯着灵境：“你想好要吃什么了吗？还剩下五十八分钟了。”

因为日子久了，所以灵境非常熟练地装作没有听见。她转过脸去对服务生随便说了两个菜，服务生询问她要喝什么饮料的时候钢铁侠已经不耐烦地皱起了眉头，估计是嫌服务生效率太低。

“你在非工作时间去见 Sherry，其他同事都会觉得很奇怪的。”灵境微笑。

“因为我今天把舵主狠狠地惹到了——”钢铁侠苦笑一下，随即挥挥手，“不说这个。我开门见山——你跟关景恒的事情，我其实觉得无所谓，不过为了避嫌，你不能再接触粉叠这个项目。你从周一起撤出小雅的 team，调入冯斟的组……”他像是突然发了呆，“我想不通，怎么会有父母给自己孩子起名叫‘风疹’，到底在想什么。”

“可是冯斟是负责游戏的——我对游戏的概念还是小时候的超级马里奥……”灵境瞪大了眼睛。

“那就学习。你们现在的年轻人怎么这么惧怕学习？”

“让我去 Frank 的组行不行？他年前还跟小雅提过想调我过去，我之前本来就是做 PR 的——”灵境自己也知道这是垂死挣扎。

“当然不行。冯斟和小雅一样，要向我汇报工作，可是 Frank 是跟 Sherry 汇报的，你跟小雅称得上是有私交的朋友，我可不能把你放到夏雪莉眼皮底下。”

“好吧。”灵境已经在心里过了一遍之前与冯斟打交道的所有画面，遗憾的是这些画面都太模糊了，她只能恨恨地说：“不过啊，你们以后也最好小心一点，我是不会对任何人说的，可你真的别以为只有我一个人知道——人多眼杂，能让我撞到搞不好就有别人也会看见——我才不是担心你，我担心的是小雅。”

“不会有什么以后，你操心你自己吧孩子。”钢铁侠喝干了自己面前那半杯加了柠檬片的白水，非常不甘心地把服务生叫回来，重新要了两杯酒。“我知道你来真的了。”钢铁侠无奈地摇摇头，“你为了关景恒撒谎的时候连眼睛都不眨，这就是女人。”

灵境低下头努力切着自己盘子里那块肉，如坐针毡。

“当心一点，谁喜欢谁，这个确实是不可抗力——可是，你得记得，谈谈恋爱可以，他不是一个能托付的人——他对自己的兄弟都做得出这样的事……对，你不用这么看着我，你以为我真的看不出来谁撒谎？小雅就是太天真了，”他像是在躲闪她的眼光，“早晚有一天，她的这种轻信会让她在职业判断上出错的。”

他说这句话时的神情，让灵境明白了，他是真的爱着小雅。一个人谈起另一个人的时候，语气里那种微妙的不自在，眼神里某种一扫而过的羞涩，以及整张脸上瞬间散发的期盼与忧伤——不会有女人能认错这个。这让灵境心里陡然间柔软下来。他们之间曾经有过的那些浮光掠影的往事，其实她都记得。都是见不得人的丢脸事情，但是那与缠绵无关，不牵扯到男人与女人之间毫无理性的妄念和渴望——对于那些将男女之情等同于饮食男女，甚至等同于生儿育女的人们，自然是觉得该杀。

喝掉三分之二杯之后，钢铁侠自己率先忘记了一个小时的时限，并且把灵境面前那杯没有动过的酒自觉地平移到自己这里，而灵境做出一个“早知如此”的表情，宽容地倾听着。钢铁侠顺畅地提起了芮辛，他自己也惊讶为何所有的回忆都如此行云流水，就好像他内心深处已经排练过无数次。对着一个下属聊自己的婚姻是不是有点不合适——这本来是一个该和朋友聊的话题，如果他有朋友的话。好几年前，倒是可以和徐承天聊的，此时想起这个名字，实在是太过讽刺了。

的确是很久以前的事，那时候徐承天常常在加班之后到他和芮辛同居的公寓来吃饭。他和徐承天在大学毕业的时候曾经面试过同一家公司。徐承天拿到了 offer，而他没有。三年之后，莫名其妙在一个突然爆发了的小网站赚到钱的人，却是他，而不是徐承天。只是彼时，所有的友谊都没有因为境遇的差别而改变，徐承天只是更加心安理得地在聚餐时不跟他抢单而已——并经常在他和芮辛吵架的时候毫不犹豫地站在芮辛一边，更加到位地谴责他。然后，他和芮辛去了美国，临走之前做了两件事：他们非常简单地结了婚；再把他们的房子无限期地借给徐承天住——徐承天搬进来的那晚自然是少不了酩酊大醉一场。

他们原本以为再也不会回来。钢铁侠读完了硕士，在休斯敦一家能源公司里得到了一个金融部门的职位；芮辛在研究室里按部就班地为了 paper 焦头烂额，虽说博士论文看起来毫无指望，但那是芮辛最幸福的时光。他们都是普通人家的孩子，钢铁侠出国之前获得的所有已经超出了她梦想的上限。她知道，只要不那么贪婪，他们已经拥有了一笔合理规划能用到二十年后的钱；她需要努力把学位拿下来，因为这原本就是她的梦想；他们在休斯敦周边的某个满分学区买了一栋白色的房子，蓝色的屋顶，经常有松鼠懒洋洋地趴在门前的栏杆上，只需要开车二十分钟，二十分钟而已，就能带着未来的孩子到NASA去，看看宇宙飞船，以及，用他或者她细嫩的小手指触摸一下那由阿波罗带回地球的、小小的一片月亮——这孩子至今还完全没有会到来的迹象，也许这是他们的幸福生活里唯一的缺憾，只是芮辛并不急躁，她知道让属于上帝的归上帝，上帝已经应许给她了这栋蓝屋顶的白色小房子，也应许给她了屋子后面那片静谧的湖泊。她的余生目前只剩下了一件事，就是如何不挥霍所有的幸运，恰当地活着。

他们整日耳鬓厮磨，他却从来没有问过她一个问题——准确地说，彼时他做不到用语言表达出这个疑问：为何芮辛从来都如此满足，从来不觉得自己像是住到了月球上。她倒是常常愉快地抱怨：回家探亲的时候发现自己的打扮倒是最土气的，为什么才一两年的时间北京的房子已经贵到这步田地了那么我们要不要把之前那间小屋子卖掉……似乎对于她来说，只是这些最具体的麻烦。所以有些事，他不知道该怎么跟她说。

某个平淡无奇的晚上，那一天，芮辛去明尼苏达开学术会议了，所以，他打算随便在外面吃点什么再回家。同事送了他几张新开张的披萨店的优惠券，据说口碑不错——他们平日里交流的话题也基本上仅限于此。他不认得他们从小支持的橄榄球队的队徽，也不想对他们激烈争论的关于奥巴马是不是真的出生在肯尼亚发表评论。虽然那家店的地址比较远，但他还是决定按图索骥地找到，反正，他有时间。在得州，“比较远”的意思，是说需要沿着五十九号高速公路开上十几公里。他朝着夕阳的方向一路前进，死死地盯着它看，错觉自己只需要再踩一脚油门就能追上它，于是险些超速。默默地开出高速出口的时候，擦肩而过的寥寥几辆车，没有谁想得到，那个表情平和的中国人，已经寂寞到要去玩即将沉下去的太阳。

沿途所有建筑物都亮着灯，只是没有人行走在外面。所以，当他推开披萨店门的时候，门里面别有洞天的嘈杂让他愣了一下。这样荒凉的街道上，这些拥挤在小小一间店面里的人都是从哪儿来的？为何一点迹象也没有？事实上，在得州的这些年，类似的场景总是反复出现，芮辛一直将其视为理所当然，可是他不行。也许是点单的时候他眼神涣散，高大的老板用力在他肩上拍了一下：“年轻人，你是不是需要喝一杯？”

他抱着灼热的大纸盒回到了车上，停车场荒无人烟。一辆福特皮卡默默地倒进他旁边的车位，他没注意皮卡的司机是否也走进了那家披萨店——那家伙就是突然从驾驶座上蒸发了，好像也没什么可大惊小怪的。他打开了那盒子，拿起了一片披萨，开始专心地吃。他和这个停车场安静得像是刚刚被核弹袭击过，似乎他只要认真把这盒披萨吃完，就可以安心地去死。新鲜的 Margueritta 奶酪拽出悠长的丝，滚烫，好吃，是这人间最后值得留恋的东西。然后，他在车载电台里听到了新闻，是雷曼兄弟陷入危机的消息。

这让他愣住了，呆呆地注视着手中这块盘丝洞。

他并没有真的相信金融危机会跟他有什么关系，直至此刻。他们公司算是雷曼兄弟的大客户，他们整整一个部门最重要的工作就是跟雷曼周旋。他只能再用力地咬了一口，新的蜘蛛丝制造了出来，他犹豫了片刻，将滚烫的一整块塞进了嘴里。艰难地咀嚼，吞咽，然后问自己，有没有可能，过完这个周末，就会有人通知他不用来上班了？他再捡起一块新的，细细端详着面饼上面的火腿丝。芮辛一定是那句话：有什么关系，我们又不缺钱，工作总能再找到的。他也并没有多么热爱这个乏味的差事，只是，如果这个工作也没了，那唯一一个能接纳他的去处，也许真的只剩下了五十九号高速。他把第二块披萨不知不觉地吃完了，Margueritta 已经冷却，令人遗憾。

他有过良辰，见过美景。可是，良辰美景究竟是什么？真的存在吗？得州不是不好，五十九号高速的亲切程度胜过了几乎所有家乡故人，他完全不介意自己死了之后，骨灰随便埋在漫长的五十九号沿线的任何一个地方，车来车往就像潮起潮落，夕阳必然认得出来何处埋葬着这个中国人。只是，只是——还有那么长的余生，除了等死，是不是还应该有点别的？

就在那个夜晚之后的两个星期，他见到了孟舵主。他如自己的预期那般丢了工作，因此他有时间开车走很久的路，到加州去见他。他是孟舵主的最后一届学生，孟舵主逐段修改他的毕业论文之后，就辞职离开了大学。事实上，孟舵主选择在那一年辞职，很重要的一个原因，就是想看着那个叫刘鹏的年轻人毕业。只是孟舵主不知道，年轻人吃过了那个像是核辐射过的披萨，身体内部早已苍老到了下一辈子。孟舵主问他，想不想回北京去，加入还没成立的MJ。他具备孟舵主想要的合伙人的一切特质：有国外的经验和背景，有国内的人脉和曾经的小成功，完全值得信任的品性，以及，年轻的视角、嗅觉和攻击性——或许，还要加上一条当时舵主没有跟他明说的：对现状深深的不满，这才是创造奇迹的前提。他有些迟钝地望着舵主，眼眶发红——孟舵主只是努力回忆着这个小伙子不是那么容易激动的人。他没有问任何细节，也没有在意孟舵主说的目前募资遇到的障碍，他用力地点头说：我愿意。恰巧在此时过来为他们倒酒的服务生表情惊悚，感觉自己被错当成了神父。孟舵主有点惊讶地说：你我都需要出一部分钱，你看，我甚至还没告诉你是多少。他说：我能拿得出的，都拿出来，如果还不够，我去借。

孟舵主宽容地微笑着：真的不急。回去和你太太商量好，不要吵架。

可是那怎么可能。

他很怀疑，如果芮辛真的发现他在外面有了私生子，反应会不会如眼前这般剧烈。芮辛像是遭遇了巨大的背叛，且觉得不可思议——一个人为何要亲手毁掉别人艳羡的平静生活，去追逐一个看起来渺茫的远方，并且是回去那个在得州居民眼中已完全不适宜人类居住的北京。面对她所有混合着眼泪的责问、逼问，乃至拷问——他才惊觉，也许这是他的错，他自认为从未对她隐瞒过任何事，只是，对于那些他没法表达的绝望，她真的一无所知。他结结巴巴地表达，自己已经近半年都睡不好觉他已经想了太久，这不是心血来潮而是错过了不可能再来的机会，芮辛惊愕地问他：我究竟哪里不好，你为什么要费那么大心力找借口离开我。他只能颓然且知趣地闭嘴，觉得自己为何会这么愚蠢。那段日子，如果他们难得地不争吵，芮辛总会发一些新闻链接给他，中文英文的都有，真假参半，讲述北京的物价、房价、空气质量、食品安全是多么险象环生。他开始在后半夜自己爬起来喝酒，琴酒、龙舌兰，直到伏特加。芮辛知道他没睡，他也知道芮辛也醒着，彼此都不会说破，直至天色破晓。

有一天，曙色微明，而他的眩晕刚刚恰到好处。他听见窗口一阵异样的响动，他想也没想就从吧台后面的抽屉里拿出了枪。

也许没有拉开保险，他早忘了该如何正确使用它。他的手微微发颤，不过这都不重要。他轻轻挪至窗边，枪管挑开了一点窗帘——阳光稀薄而宁静，窗台上是两只惊愕地盯着他的松鼠。它们是芮辛的朋友。他们对视了一会儿，他比松鼠先认输。

酒全都醒了。他转回到卧室里去，床铺纷乱，卫生间里传出冲水的声音。他对自己说，下一分钟，只要芮辛出来了，他就把这把枪放在她面前：要么放我回北京去，要么打死我。他发誓，几秒钟之后，他一定这么做。

芮辛开门的动作很轻。若不是因为多年相处，他不会掌握好正确的时机转过身，正正地面对着她微微泛红的脸。她眼睛里有种欲说还休的伤感，手里也拿着一样东西。她把验孕棒颤颤巍巍地举起来，她说：“两条线，你要做爸爸了。孩子需要安稳的家，不要回北京去，好不好？”

他放下了枪。

灵境安静了好一会儿，之后觉得这样的安静有点不合适了，只好吞吞吐吐地说：“所以，其实……是孟舵主破坏了你的婚姻。”

钢铁侠成功地被呛到了，咳嗽了一会儿，只好承认：“可以这么说吧。”

“后来孩子没有出生，对不对？”

“十个星期。她怀孕了十周，那十周里我陪她去产检，去见大夫，去报名那种……教孕妇怎么做妈妈的培训班，去买菜……你笑什么？”

灵境正色，庄重地摇了摇头。她实在无法想象一个正在买菜的钢铁侠。

“我把那把枪卖掉了，卖给了一个住在三十公里外的人。我不知道如果我留着它，会不会有一天早上在买菜回来的时候顺便崩了自己。第十周零五天的时候……一大早，她说感觉不对劲，我们到最近的医院去看急诊，胎心停了，医生讲不好原因。”他微微一笑，摇了摇头，“她在医院住了两天，出院的时候，医生特意送我们到一楼大厅，他说你们还年轻千万不要太失望，一定会再有健康的孩子的——她就在这个时候，当着医生、接待处的波多黎各大妈，以及所有候诊的病人的面，扑上来打我，要我滚，她说是我诅咒了孩子。”

灵境难以置信地倒抽一口冷气：“女人说要你滚的时候，其实是想要你认真地跟她道歉……结果，你还就真的滚回来了。”

“从那一天起，五年了，我和她没有正常对话过。”钢铁侠打开服务生送来的账单看了一眼，“我跟她商量过，如果她想离婚，所有的都归她，我什么也不要。她说离婚可以，你把孩子还给我；要么就是，离婚可以，等我跟别人有了一个健康的孩子以后再说。”

“对不起，我不该笑。”

他看着她强忍着笑容的脸，满脸的愉快与明亮——他相信她从没经历过人生中那些修罗道场一般的时刻，这与年龄无关。他心里一阵惨然。她终究也会变得面目狰狞，也会惊愕地看见自己面目狰狞时刻的表情，早晚——她已经选择了关景恒，那么估计只会早不会晚了。

服务生有点不自在地笑着：“先生不好意思，POS 机坏了，刷卡的话请跟我到楼下银台。”他站起身，庆幸服务生来得正是时候。他不知道灵境会不会问他一个很关键的问题，知道胎儿心脏停跳的那一瞬间，他是不是如释重负。他曾发誓永远不这样询问自己。

灵境留在一片狼藉的餐桌边，把手机收进包里，环顾四周想看看有没有漏掉什么东西。一抬眼睛，正看见一对男女缓缓地从楼梯口出现，服务生立刻迎上去，看起来是熟客。是小雅，和她的先生。这两个曾经在地库打得热闹的人如今也扮出了恩爱夫妻的模样，男人替小雅把大衣脱下来，完全看不出那股扼住小雅手腕的凶相。灵境硬着头皮，从对面椅子上拿起来钢铁侠的外套，像做贼似的，尽量在暗影里行走，然后迅速从楼梯口逃窜。

钢铁侠站在银台旁边，一脸惊讶。她急急地把外套递过去："别上去了，你说不定已经迟到了，赶紧走吧。"钢铁侠却说："我在等着他们开发票。"灵境急了："这点小事哪用得着你亲自等着，我来，他们开好了我带到公司去，你赶紧走……"看着对面越来越懵懂的神情，她终于颓然放弃，说了实话："听我的，小雅和她老公刚刚到，就在二楼点菜，你快点离开这儿，不要让那个人记住你的脸……"他默默地点点头，转身，推门。当灵境在几分钟后终于走出来的时候，却见他站在二十米开外的一个垃圾桶旁边等着。

"朱灵境你是不是脑子有什么问题？"他气急败坏，"什么叫不要让那个人看到我的脸——你是不是脑残电视剧看多了？她老公在这里又怎么样？我是她的老板我在这儿偶遇到他们我过去打个招呼又能怎么样？你告诉我，又能怎么样……"

"说得也是。"灵境愣愣的，接着粲然一笑，"那么你现在回去打招呼吧。"

"我怎么那么闲。"他一脸的嫌弃，"Sherry 说她要迟到一会儿，她约我的地方离这里只有两个红绿灯，我打算走过去，我喝了酒不能开车，"他把车钥匙在灵境眼前晃了晃，"替我开走，星期一早上开到公司就行。”

“哦，好。”灵境有点迟疑，“你的车那么大，我怕停车的时候蹭到它。”

“回来，”他哭笑不得地望着她已经转身的背影，“我好像还没告诉你它停在哪儿吧。”

她茫然地转过脸，自己心里也觉得非常羞耻。

钢铁侠像是认命了一样，脱口而出：“我那天在徐承天那里看到你的时候，泼了自己满手咖啡只好不停地吹气——我那个时候就在想，这个姑娘又聪明又缺心眼儿，很合适招进来给小雅打下手。看来，还是我想多了……”

灵境知道，她在听到这句话以后应该若无其事，可是来不及了，她清楚自己的表情在一瞬间僵住，这个瞬间有点长——以至于他们俩都找不到合适的台阶。所以，就这样吧——于是她问：“你是说……从那个时候起，你就喜欢小雅？你其实一直喜欢她对吗？”

他有点尴尬，但是决定说实话：“我说不好。那个时候应该还没有。我唯一记得的，就是你们送她去医院生小孩，但是联系不上那个傻逼的那天晚上——我站在医院门口，我也忘了其实并不太合适——我只想等他一出现就去弄死他……我觉得应该是在那个时候我才确定的……可是，又有什么用？”

“那你在那天夜里为什么要发信息给我找我喝一杯？”她认真地看着他的眼睛。

“我想随便找个女孩子一起过夜，不然我就要疯了，对不起。”

“老板，周一我把车帮你开回公司，然后我要辞职。”

“我给你涨工资行不行……”钢铁侠可怜巴巴地挠了挠头。

眼泪冲进灵境眼眶的那一瞬间，她也笑了出来：“算了，这点幽默感我还是有的。你是存心想随便找个人，我是不小心忘了你并不是我的人……扯平了，就当是交通事故。”

“轻微的剐蹭而已，不要放在心上。”话音刚落他又觉得这个比喻因为过于贴切所以不太恰当。

北京二月的夜晚，依旧冷冽，但是难得像今晚这样没什么风。她坐进驾驶座的时候，手被方向盘冰了一下。钢铁侠站在路口冲她挥手，好像非常用力。她小心翼翼地把这个大家伙挪出街边的停车位，语音导航提示她往前直行一百米，那正好是月亮的方向。她在一个窄窄的十字路口等红灯，两旁的写字楼大都归于沉寂。钢铁侠的车，发动机的声音更静些，感觉是个懒得多说话的懂事的少年——完全不像他的主人。她心里其实有种凄凉——没有人是故意的，只是她感觉自己被冒犯了。就好像——贾宝玉虽然睡了袭人，但是没有读者在乎这个，因为大家都等着追看黛玉葬花。所以，最聪明的办法是——自己也忘掉。然后她看到了悬挂在前方的路牌，那条横在她前方的路叫景恒街。

在一个离她的公司这么近的地方，她经常在这一带出没——可是从没注意过这条街的名字。红灯变绿，身后的车开始按喇叭，她慌乱地前行了，没能再好好看那条街一眼。

她很想念关景恒。这与能否见到他无关。即使他此刻就坐在副驾上，她也会如现在这般抽丝剥茧地想念他。她突然一闪念想到了小雅的先生，想起那个在地库里色厉内荏张牙舞爪的男人，某种辛酸弥漫上来——这么说，不管那个男人有多不成气候，那个时候，也许他的心里真的有某种恐慌的直觉。他其实是对的。虽然灵境一点都不同情他这个人，她只不过是同情那种无助的预感。

小潘的三条信息静静地浮出了手机屏幕，她以需要专心开车为理由不想去看它们。她完全没有想好要对他说什么。因为小潘总写错别字，而且会错到造成别人阅读障碍的程度，所以他喜欢发语音信息给别人。

小潘说："灵境，我决定了，听小雅的话。我认了，粉叠就要做大了，我能分到一点利益总比什么都没有好。明天我就回伦敦去，只是，我不想再看见关景恒，也不想再看见你了。"

随后的一条是："我劝你想好。想想关景恒为什么偏偏在这个时候开始追你。因为你是离我最近跟我最熟的一个人，只要他搞定了你，无论我说什么都没有人再替我讲一句话的。虽然这不关我什么事，只是，他是个无所不用其极的人，你要当心。"

最后一条信息不是语音，小潘奇迹般地打出了一个没有错字的句子：我三个月以后再回来，我希望，我下一次回来的时候，已经看到你滚出了我的家。

没有错字，但是语法有点问题。

星期一去上班的时候，灵境对着电脑屏幕呆坐了一会儿，才想明白究竟缺了什么——她在等待着有人正式宣布把她调出小雅team的消息，可是似乎这件事已被遗忘。十点半了，会议室里依旧一片死寂，雪莉几分钟前无奈地走出来招呼了大家，例会挪到周二上午再开，没有解释原因——大家心里大概有数的，只是有点遗憾，若是能亲自参加一个孟舵主与钢铁侠互相不跟对方说话的会议——该是多么愉快的回忆。见灵境要到楼下咖啡馆去，文娟凑上来非要一起，依旧一脸愉悦："下午我就想去跟Tony申请，我跟你一起调到冯斟的组。""别闹了，"灵境吃惊道，"小雅现在没了我，她会需要你。"文娟凝神，微微一笑："算了吧，我想和你做伴，跟着游戏组这三个钢铁宅男一起干活儿，挺省心的。反正那个刚入职的孩子要去给Tony当助理了——老娘总算不用再伺候他。"灵境心领神会地笑了起来，文娟有些出神地看着她，叹气道："这位少女，你怎么就和没事儿一样——我就是看不惯，你和关总，都是单身，谈个恋爱而已，又没有涉嫌任何商业的违规，凭什么就要把你发配给冯斟……他们自己呢，货真价实的狗男女，也不知道要拿你作秀给谁看，我都替他们臊得慌。"

"喂……"灵境像是打了个冷战，条件反射地环顾四周，"你不要乱说——算了，你怎么知道的？"

文娟诧异地瞪大眼睛："所以你也知道？真没劲，我还等着听你尖叫呢。"随后她笑笑："你还记得Tony办公室里那个他专用的咖啡机吗？那天，快递送来的时候，是小雅跟我说，前台那里有一个 Tony 的包裹，要我去拿一下。当时我没多想，后来不小心看了一眼单子——一般如果 Tony 买了什么东西，收货人的电话会留我的，可是那个咖啡机的收货人电话不是我的，后来我把那个号码输入通讯录——就是小雅自己的电话呗，是她疏忽了。”

“那能说明什么啊，小雅买了这个咖啡机送给 Tony 而已。”灵境转向了店员，“两个热拿铁，大杯。”尽管她自己心里也清楚，这其实说明了一些事。

“相信我，我对奸情的直觉很准，这样一个迹象，足够了。”文娟又恢复了那种憨憨的笑容，然后大惊失色：“哎呀不好意思，我要的是美式，谢谢。”店员含恨看了她们一眼。

“喂，你知我知，不要扩散。”灵境叹了口气。

“我有病啊。”文娟翻了个白眼道，“不就是替你气不过。所以我盼着粉叠有出息，比蔓越莓还牛，到那个时候，你从电梯里走到办公室，一路带着风，你来上班都是给他们脸……对了也许那个时候你就专心去参加慈善拍卖会了还……”她眉飞色舞，好像在叙述一件已经发生的事情。

“够了。”

“对了你知不知道粉叠这一轮的估值是多少？”看着灵境瞬间茫然的眼神，文娟惊讶道：“关景恒居然没跟你说啊。”

“谁会在床上聊这个。”灵境脸红了。

“我听说，两亿。这是 Tony 希望的价格。”文娟满意地欣赏着灵境的表情，“给老板娘道喜了。”

“不至于吧？”灵境冷静地问，这让文娟觉得非常扫兴。

二十五楼上，孟舵主的办公室里，钢铁侠在那张估计生产自一九八一年的皮面沙发上，已经呆坐了半个小时。终于等到孟舵主推门进来，他不知道该说什么好，只好继续坐着。于是孟舵主就当他不存在，径自从那个一九七九年的暖瓶里倒出半杯热水，放在办公桌上。一份今早刚刚送来的《新京报》放在钢铁侠面前的茶几上，他犹豫了片刻，像是下定了决心，拾起这份报纸，一欠身，将它放在舵主眼前的桌面上。孟舵主眼皮也没抬一下，毫无表情地说了句：“谢谢。”两声匆促的叩门声，雪莉开门走进来一两步，看到这种氛围，知趣地决定回避。关门的时候给了钢铁侠一个眼神，右手的食指微微指指隔壁，意思是她就在隔壁自己办公室里随时等候消息。钢铁侠内心苦笑，看来任何人之间都有产生友谊的时候，即使是他和雪莉。

既然舵主已经先说了“谢谢”，那么他就打算用一句类似的话表达“不用客气”。于是他说：“舵主，我希望你能再考虑一下。你应该也接了不少电话，外面有的是人盯着粉叠。最近半年行情本来就奇怪，什么垃圾的应用都能喊出一个离谱的价钱。识货的人还是有的——”

“所以不是更没有问题了？”孟舵主漠然开口道，“一定有人愿意接受你给的估值，谁愿意谁进来，我们退出去，总之当初的三百万也赚回来了三十倍。”

“我知道你是在说气话。”钢铁侠难以置信地直起了身子，“别人又不傻，别人会问我们既然这么看好粉叠，为什么又要在这个时候干干净净撤出来——你要我怎么去跟别人圆这个事情？”

“我觉得你很擅长做类似的事。”孟舵主缓慢地转过身去，对着窗子。

“舵主，让别人来领投，我们保留百分之十，行吗？”钢铁侠深呼吸了一下，“我退一步，你也退一步。这样说出去也不算不合理……”

“你很明白，我不是跟赚钱有仇，我是不想再跟关景恒这个人有任何形式的……”孟舵主转过脸，这个动作他居然做得非常迅捷，“你不要把我看成是一个不知道变通的老古董，不是那样的，他今天能对自己的合伙人做这种事情，你知道他明天对我们做什么？一个创始人不是必须要道德完美，可是那也要看是什么性质的错误，他的这种行为让我觉得不安全，这一点你能不能理解？”

“你看没看过粉叠的报告？从白千寻数字专辑那一战之后，他们在六个星期里有了一百万的付费用户，而且这一百万人里有差不多六十万每天都会来报到，哪怕只为了骂一句他家偶像的竞争对手，这还只是一个开始……现在，已经有好几家大的娱乐经纪公司都在联络粉叠，不只是为了宣传自己家的艺人，而且在这些粉丝里招聘，因为这些孩子里能产生真正有能力理解娱乐产业的人……这个时代真的不再是我们熟悉的那个了，你现在告诉我，要我们把一个有可能创造奇迹的公司拱手让给别人，我不答应。”他不知什么时候已经站了起来。

“现在你我之间的分歧无非是这个，”孟舵主在空气中用力地挥了一下胳膊，好像要甩掉手臂上的脏东西，“你觉得跟一个创造奇迹的公司相比，关景恒的那点脏事儿可以忽略不计；而我认为这个假设是不能成立的，因为关景恒那样的一个人他不可能走远，不只是背信弃义那么简单，他从我们公司的 party 上直接带走了灵境——什么叫小人得志便猖狂，这就是了。你现在告诉我，一个吃相这么难看的人能创造奇迹……”

“灵境是个成年人，不是被拐卖的儿童。”因为震惊到恼怒，钢铁侠的声音反而冷静了下来，“你为了给你自己的立场找论据，都能找到这个上头来，我没想到。”

“你这是毫无意义的胡搅蛮缠，刘鹏，”孟舵主涨红了脸，“一个人可以私生活没那么检点，但是不能在不择手段了之后这么快地耀武扬威——而且是在我们面前，给他钱支持他的人面前，这就是我要说的。”

“既然如此你为什么到现在不开会召集我们投票？因为你知道除了你没有人会赞成我们退出粉叠，你知道这一次 Sherry 不会站你这边即使她平时对你言听计从，小雅也不会同意你，我不知道法务那边的代表会不会为了稳妥站你这边，即使这样，也是三票对两票。”

“你别忘了，紧急状况下我有一票否决权。”孟舵主的脸上似乎挂着一缕微笑。

“公司没有理由舍弃这么重大的利益来迁就你的情绪，孟老师！”他握紧了拳头，关节处发白。

门外那几个围过来偷听完全过程的人迅速地散去，小雅敏捷地躲进了雪莉的办公室里，关门的瞬间正好看到钢铁侠铁青着脸走出来。“不然——”小雅试探地看着雪莉，“我给关景恒打个电话，叫他自己来跟孟舵主解释。”雪莉脸上掠过一丝为难，但是她很快点了点头：“就这样吧，反正没有别的办法了。”

雾霾又来了。粉叠订的空气净化器却还没有到货。关景恒看着自己办公室的窗子，懒得挪动——搬进这栋写字楼之后，他总算是有了自己的办公室，准确讲是个小小的隔间，足够了。只是一部分员工还没习惯进来跟他说话的时候需要敲门。如果他此刻起身，便能一脚踏入门外众人的忙碌里，恍惚间他会忘记，这样的忙碌与他有关。他们租的写字楼是老旧的建筑，办公室位于三楼——也就是说，原本他的窗子里能看见一棵树。但今天，这棵树险些就找不到了，灰色的霾像团棉絮一样，塞住了树枝间的缝隙，只隐隐地留给他一个轮廓。“关总——”一个清亮的声音居然轻松穿透了门板，“我下午约了一个艺人经纪，出名小气的那种，她约我去丽思·卡尔顿的下午茶，如果她不肯买单的话，公司给我报销可以不？”他捡起桌旁一个篮球，熟练地抛到门板上，那一声巨响代表“可以，但别再烦我”。门外响起一片笑声，已经有人在报名一起去。也不知对方会不会深深被感动——粉叠的人如此看重与他们的合作，派了四个人来进行一次普通的会面。

他从身边拾起来手机。就看一眼。就看一眼有没有灵境的消息，他就站起来继续工作。他昨晚睡得并不好，像是惊醒了那样，骤然睁开眼睛，好像整具身体被一只手强行地从高高的楼梯上推下去，从“睡梦”加速滑行到了“清醒”。还好，清醒的那个瞬间，能看见她。她像只猫那样，皱了一下鼻子，然后翻个身，钻到他的胳膊底下。他俯下头，轻轻亲吻她的脸，不用担心弄醒她。这个场景已经被他渴望了无数次，以至于真的发生之后，他反而有种理所当然的错觉。还是不要高兴得太早吧——那时的渴望太过强烈乃至卑微，以至于他不得不在清晨七点爬起来喝酒。只是他没想到，梦已成真的这个夜里，他依然睡不安稳，因为太害怕这样的好景某一天幻灭。他不知道该把此时的自己看成是一个无比幸福的人，还是马上就要失去幸福的人——他好像已经在代替未来的自己怀念此刻，宁愿这样——那种“当时只道是寻常”的滋味，他真的受够了。

只有一条信息，是她三个小时前发的：小潘赶我搬家了。今天下班以后，陪我去看一处房子好不好？——她成为他的女朋友还不到七十二小时，然而他已经奇迹般地不那么担心粉叠这个月的KPI。

两声匆忙而应付的敲门声，随后门就开了——这是大韦。门在大韦身后关上：“跟你说一件事，幽幽闹着要辞职，一定是小潘跟她说了什么——你知道就好，什么都不用做，我会有办法留住她。”他像是没听见这句话，沉默了一会儿突然开口道：“你还记不记得那个从我们这里被白千寻工作室选中去实习的女孩儿？这几天，我想约她聊聊，你跟我一起好吗？”

“可以啊。”大韦略微诧异。

“我想跟她签个合同，除了她，再签四到五个这样有能力左右粉丝舆论的人——给他们开微博，花点钱让他们尽可能地曝光——把粉丝中的领袖做红，他们就会有更多跟明星的经纪人们议价的资格。这样，融资的时候我们就可以告诉新的投资人，就像很多年前的时尚博主一样，粉叠创造了‘粉丝领袖’这个职业。”他说完，等着韦明江微笑。

果然。韦明江点了点头：“我明白了，我们需要再研究一下以什么样的条件签约，以及算算在每个人身上砸多少钱是够用的——早晚有一天，”他无奈地一摊手，“我们恐怕得为了融资招进来一个——职业编剧。”

他的手机上开始闪烁小雅的名字。

每一次，看到小雅给他打电话的时候，他心里总会微微一紧，也许那是某种预感，总有实现的时候。他在电梯里按下二十五层的时候，心里倒是平静的。

孟舵主没什么表情地抬头看了他一眼：“我马上有个会要开。”

这吓不到他，他说：“那就只好麻烦他们等一会儿了，抱歉，我不会占用您太久的时间。”

孟舵主本身也不是容易被激怒的人，他指了指对面的沙发：“那你坐吧。等我开完会回来再和你聊。”

“不坐了。”他往办公桌前走了几步，“我知道您讨厌我，我只想请求您，给我一个机会。”

“你不用担心以后融资的事。MJ 该做的还是会做的，面子上总要过得去。”孟舵主叹了口气，“只是，你触碰了我的底线之后，就不要再想着勉强我了。”

“但是外面的人都会根据您的行动来揣测粉叠的前景——您现在全体撤出来，没有不透风的墙，总会有很多人开始传话，传您为什么放弃我。”

“所以你也开始担心自己的名誉了？”孟舵主冷笑。

“我不在乎我的名誉，但是如果因为我的名誉让粉叠融不到钱，那我就必须在乎。”

“放心吧，”孟舵主又浮现出了平日里大家见惯了的慈祥表情，“我对这个国家的道德水准没有那么乐观，总是有人会装作相信你的说辞的，甚至会有人因为觉得粉叠有钱赚而真的相信你——”

“可是我没有时间了。公司现在账上的钱都是 Tony 签了字借给我的，如果融资有了问题，以现在的速度，粉叠最多只能撑三周。”

“那是你的事情，你做事的时候应该考虑一下最坏的后果。”

“舵主我相信，您讨厌我想看着我破产再背债，那是我应得的。但是我的员工们，他们没有错。”他拿出手机匆忙地在朋友圈里翻着，他恨自己的手指在抖，“你看这张合影，平安夜的时候我们正好在加班。”他索性放大了它，把手机放在桌子上。

孟舵主一言不发，却也不肯低头看那张照片。

关景恒于是自顾自地继续说："你看她，这个女孩来北京四年了，她答应她妈妈，如果五年以后再没有混出头的可能，就回家去结婚，我们宣传白千寻数字专辑的那段日子，她最拼命，她假扮成白千寻的老粉丝，到各个社区去卧底，她挑战一群新粉丝说，她肯拍二十万出来买数字专辑，想尽了各种办法激怒她们，后来那几个新粉丝组团在粉叠买了二十五万张，都是她的功劳；还有这个，这个男生，我当年参加选秀的时候他就跟着我的助选团，后来进我的经纪公司当宣传，我的经纪公司倒闭了——他说除了跟着我继续做粉叠，他没想过还能做什么——他在读研究生，这么多年，一直是以学生身份签实习合同，拿最低的薪水，以前是因为我的经纪人乐得用几个廉价劳动力，现在——他知道粉叠需要省钱；这是我们的财务阿姨，年纪最大的员工，她在一个县城的学校做了二十年出纳，退休以后必须到北京来讨生活，因为她需要替她儿子还债；还有这个女孩——对，穿着圣诞老人红袍子的那个，你在照片上看不出来她的肚子吧？她怀孕八个月了，她先生在马来西亚外派，生产的时候未必有假期回来——如果三个星期以后我真的破产，那她就会在临盆的时候失业——我能为她做的只是尽我所能给她离职补偿……"

"好了，你不要再说了。"孟舵主挺直了脊背，好像那个手机屏幕烫手一样，用指尖轻轻地把它推到远处。

"春节我给他们发红包的时候，他们是真的开心。他们比我还相信，粉叠会成为另一个蔓越莓。他们跟所有投资人一样，希望看到那一天。他们都值得过一种——更有希望的生活。可能，你早就拥有了所有想要的东西，可是他们只能跟我一起去拼一次。他们的运气此刻就在你身上——你能不能一边讨厌我，一边考虑一下他们的命运？舵主，我求你。”一阵心酸像是反胃那样涌上来，他强迫自己盯着对方的眼睛。

良久，孟舵主轻轻叹口气，语气里已经有了没察觉出来的软化：“你倒真是能屈能伸。”他不想承认，这个在他眼里“吃相难看”的年轻人，竟让他想起，甚至开始怀念自己拥有青春的日子。

“我不耽误您了，您去开会。还有，”关景恒从门边转过身，眼睛发亮，“就算我已经没法证明我是个好人了，可是，我和灵境是认真的——我能跟您证明这个。”

他知道有好些眼睛在夹道目送他，他也没有顺路去雪莉的办公室敲门，没有去回复小雅的信息。他一路走过了前台，走出了MJ的领地，他恨不能是行走在郊外废弃的明长城上，能一路走，一路顺手杀掉所有会喘气的活物。但其实，他也只能用力地重复按着电梯的箭头。电梯门缓缓开了，就像是神明把灵境送到他眼前。灵境抱着一大堆文件夹走出来，一脸的惊喜，顺势腾出一只手来，替他按住了按钮：“你要走了吗？”她在公司里跟他说话的时候有种说不出的羞涩——果然，她像是突然慌了神，手里那堆沉重的文件夹掉落了一地，而电梯门，也在这片狼藉中缓缓合上了。关景恒眼疾手快，才替她抢救出来两本掉落在电梯里面的，避免了它们随着电梯孤独地下降到停车场的命运。

他索性蹲下来，替她捡这满地的红黄蓝绿，她脸色微红，好像是一时间手足无措了。他视野的角落里瞟到了她的鞋尖，以及牛仔裤膝盖上变色的部分。一堆彩色的文件夹颤抖着堆在他的膝头，无意间，他右边的膝盖点了地，瞬间在大地上获得了一个放心的支点。他抬起脸，好像是瞬间的灵机一动，认真地凝视着她的眼睛。

“你干吗？”她马上就要蹲下来帮他捡了，倒不是因为怕他累，而是自己一直这样呆站着感觉更尴尬。

“灵境，嫁给我好吗？”他顺势抓住她一只手的指尖。

“你……”她大惊失色地甩开他的手，“你快点站起来啊，这是在公司。”

他重新把她的手抓回来：“我没开玩笑，我会拼命地努力，让别的女人都羡慕你。如果你愿意，我们等你下班以后，就去买戒指。”

“我跟你在一起又不是为了让人羡慕我！我又不是废物……”灵境后退了几步，已经开始有几双过路人的眼睛好奇地看向他们这里了，她只能强撑着装作没看见。

“你明白我的意思。”他耐心地微笑。

“可是我们才谈了三天的恋爱。”她垂下了眼睛。

“那你觉得要谈多久才够？”

“我觉得……”她的口齿变得笨拙得难以置信，于是她只好说，“那好吧。我愿意。”

身旁突然响起了一阵孤独的掌声，他们回头，看到掌声的来源是前台的女孩，以及正好来送快递的小哥。她将食指放在嘴唇上示意他们低调些，然后，转过来看着关景恒说："那就快一点，买完戒指，我还要回来加班的。"

Part 3 B轮

2014年3月—2016年元旦

12

好像每一个人都来问她，成为妻子的感觉是怎样的。她不知道该怎么说——总不能说其实也没什么大不了，至少，八点档连续剧里常年上演的“婚姻”——总是需要七八个人在一场戏里混战的那种，对灵境而言依然遥远得只是电视剧而已——她通常不会主动收看的类型。她跟着关景恒回去过一次凤鸣路四号院，只匆匆待了两个晚上，守着同一张饭桌进餐的时候，关景恒的父母似乎有点躲闪她的眼睛。但是他们客气、寡言，有种自然而然的喜悦。她总感觉在这个家里，关景恒不太像是一个孩子，而更像是一个VIP客户。因为在他们道别准备坐上回北京的高铁的时候，她明显感觉到，这对父母像是如释重负，骤然间，挥手的动作甚至沾染上了天真气。火车开动的时候她问他：“你为什么不介绍我认识你过去的朋友？”他的神情略微为难：“我——没什么朋友。”她知道他也许是想起了小潘，所以不动声色地转移了话题。

关景恒其实有过两个朋友，在他离开家之前，他跟学校里的同学通常没什么话可讲，真正算得上有过友谊的——一个是经常帮他伴奏的键盘手，另一个是常常会在婚礼碰面的某个司仪，会弹吉他。他刚刚参加完那个选秀节目的夏天，正式作为歌手出道之前，回家乡跟他们见了一面。键盘手跟人合伙办了一个艺考培训班，负责教钢琴和声乐；婚礼司仪已转行做了房产经纪。他们点了过去常喝的啤酒，泡沫溢出来，流淌在没打算躲闪的手指上。朋友们一左一右拍了拍他的肩膀，没有了往日那种不经考虑的力道，他们笑着，祝他前程似锦，以后回来开演唱会的时候，记得送他们一人一张前排的票。他们三人都知道这是最后的晚餐。关景恒自己也清楚他就是那个叛徒。饭桌旁站着刚刚为他们倒酒的小女孩，脸色羞赧地捧着手机，希望跟他合影。

高铁疾驰过平原，平原是漫长的。灵境靠着他睡着了，可是没过一会儿又醒来，平原还是没有结束，只不过暮色来了。见她神情困惑，他直接回答她："就要到了，还剩下大概四十分钟。"她像是松了口气，踏实地闭上眼睛，好像是轻轻地说了一句："回家了。"他听得不是特别真切，于是侧过身子去，在她额头上亲了一下——不管她说了什么，这么做总是不会错的。"北京"似乎才是他们二人共同的真正的合法配偶，他们离开它出去旅行几天，总是像私奔一样，又喜悦，又不安心。

没有时间办婚礼，就连蜜月旅行也打算在能凑得出年假的时候再说。不过她终究省去了重新找房子的麻烦，直接搬进了这间他们的大教室。只是多了一个人而已，这屋子一下就多出来很多家当，塞得很满，难以想象这里曾经有过十六个人同时办公。小潘那张旧日的餐桌也总算回到了厨房里——倒是没有还回去，只不过灵境和关景恒更多时候还是席地而坐，几个外卖餐盒放置在他们之间的地板上。“朝夕相处”这个词，对于这对新婚夫妻来说，居然是真的。他们基本上只有早上出门之前，与夜深人静之时，才看得到对方。在灵境不需要出差的日子里，常常是她已经换了睡衣窝在床上对着电脑，听见钥匙在门里转动的声音，他进门的时候笑容总会挂在脸上，即使有倦意。于是他们顺势叫两份外卖，在吃东西的口味上倒是从来没有过分的分歧，那是灵境在一天中最喜欢的时刻，他们可以在这个时候聊很多事，上一分钟聊 MJ，下一分钟就聊上小学的时候，偶尔喝一两杯。当然，体重秤也在一个月后及时地反馈给她应得的回报。

“我始终想不通，你怎么会这么快就真的嫁给他。”能反复问她这句话的人，除了她妈，就只剩下文娟。反正男人回家晚，这间教室就成了她和小雅与文娟三人进行女生聚会最好的地方。小雅总是对墙上那块白板颇有兴致，她不加入谈话的时候，就喜欢拿着马克笔在那上面涂鸦，极为专注，灵境也是才发现原来小雅会徒手写出如此漂亮的美术字。当灵境和文娟对着手机上新出来的韩国男团争执究竟哪个最撩人的时候，小雅已静静地写完了一个字母表。事实上，她最近经常自己发呆，如果不是开会，话也很少——但是文娟和灵境都只好装作没有察觉。

不过此时小雅倒是瞟了文娟一眼，微笑了：“哪有你这么问的。”她任何时候都能在眼睛里堆起一种慵懒，哪怕正在进行一场步步为营句句烧脑的谈判。

“本来就是嘛！”文娟索性脱口而出，“现在太早了，要结婚怎么也应该等……等粉叠至少融完了 B 轮以后。”

一瞬间的死寂之后，三个女孩子爆出一串大笑，不用担心这种程度的噪音会吵到邻居，对面那间公寓反正是空着的。笔记本电脑孤独地待在床上，屏幕上依旧有视频在播放——是文娟坚持要看的，一个访谈类的视频节目在专访关景恒。那天录制完毕之后，关景恒很认真地嘱咐灵境：“不要去看。”可是，既然是“女孩之夜”的点播节目，这应该不算灵境食言。

主持人在问他现在的生活跟做歌手的时候比，到底什么地方最不一样。灵境不关心他会怎么回答——不过是那些别人其实不怎么想听，但是也不会出错的话。也许必须要有旁人在身边谈笑着，她才能装作若无其事地打量屏幕上那张她再熟悉不过的脸。虽然他还是很随意地穿了一件格子衬衫，但早已不是当初那个握紧了话筒唱张雨生的男孩。他眼睛里有了一种真正松弛的东西，他相信自己不必再时刻等着被人挑选。这样认真地盯着他，依然会让灵境有点羞涩。好像是在代替他不安，好像是在随时等着替他向被冒犯的人致歉。主持人继续发问：“二〇一三年夏天，粉叠正式上线，九个月的时间成了一家两亿估值的公司。真的是——不可思议，尤其是这个奇迹还是一个曾经的歌手创造的……”糟了。灵境的心里咯噔一声，好像有人不动声色地推倒了一把并不存在的小椅子。果然，关景恒略微地挑起了一边眉毛，这是他正式进入防御姿态的标志，他问那个主持人：“什么叫‘尤其是’？尤其是一个歌手创造的，是什么意思？”主持人似乎被惊呆了，但随即极为妥帖地大笑了起来：“我的意思就是说你很了不起啊，做什么都是人生赢家……”文娟也跟着笑了，因为屏幕上滚动过的弹幕反而有了解围的功能，比如其中某条弹幕说：“关学长认真起来的样子真萌。”文娟看似无意地咬了咬手指甲：“我还以为他们会把这一段剪掉呢。”

灵境在想等他回来以后，无论如何要提醒他一句，这种访问本来就是走个过场，何必那么认真。一时间，她觉得小雅好像在认真地注视着她，她错了一下视线，果然对了个正着。小雅凝视她脸庞的时候明明目不转睛，但她眼神里硬是有种幽然的错落。看着灵境手足无措，她终于长叹了一口气：“关景恒好幸福啊。”灵境脸上一热，又听见小雅像是自言自语：“你这么紧张他，他知道吗？”只是她并没有等着灵境回答她什么，轻轻地在文娟的脑袋上拍了一下：“你吃完这袋凤爪，我们就走了好不好。”她们出门的时候，小雅正好又要接一个电话，灵境实在无法控制地暗暗朝手机屏幕上扫了一眼——她自己也明白这不好，可她真的很想知道这个电话究竟来自——那两个男人中的哪一个。遗憾的是，屏幕上闪着“韦明江”的名字，怪扫兴的。

被一束昏黄的光线惊醒的时候，窗帘依旧垂得密实，无法判断外面的夜色。她重新闭上眼睛,依稀听到浴室里的水龙头打开了。关景恒轻轻地靠近床边，她闻到了他身上那股熟悉的气味。他像是意识到了什么，又走回门边关了灯。“不好意思。”他说，只需要听到她的呼吸声,就知道她是睡着还是醒着。她些微地翻了个身,整张床都在迎接他。黑暗触手可及，他的手掌依然准确地摸到了她的脊背:“吵醒你了，你明天是不是要赶飞机？”她的脸颊感觉到了他肩膀的温度:“嗯，七点半的那班。”“别走错航站楼，上车前一定看一眼。”他的胳膊环绕了过来。“知道啦,”她的脖颈轻微地躲闪着他的嘴唇，“上次是个意外嘛。你怎么这么晚啊？”“大韦拖着不让我们走，有个临时的事情要赶紧决定……”他的嘴唇终于熟稔地吻上来，“乖，睡吧，你能睡的时间不多了。”“现在几点？”她挣扎着问。“四点半。”他的声音来自她的胸口处。

“不然——”她坏坏地一笑,“五点就得起来,我不睡了吧。”“确定吗？”“确定。”她摸索着解开他的衣扣，“你快一点。”

她就这样忘记了那个采访视频。当那个时刻来临的时候，她在黑暗中闭上了眼睛，眼前一片雪亮——就像有颗陨石穿越了大气层，只有朱灵境一个人知道。然后世界归于宁静，男人的呼吸开始带上了熟睡的前兆，她会错觉一生就快要过完了，两具肉身残存着欢愉的余音，盟约尚存，除此之外，其他事情都是细节。自从他们在一起之后，她几乎从没有主动问过他粉叠的任何事——对于粉叠的所有进展和扩张都是在MJ开会的时候听说的，她不知道他们是不是在有意识地维持着这点默契，所以每次话到了嘴边，也就算了，假装粉叠不在的时光是平和的，他们就像是这个城市里随处可见的那种小夫妻。

她抵达首都机场的时候，天空还是掺着灰的黛蓝色。那颗流星依然在她身体里，不过她打开门就来到了尘世。往机场走的一路上完全不堵车，她百无聊赖地刷着朋友圈，果然看到了小潘的更新——他最近似乎是节制了一点他的自恋，不再发九宫格的自拍组图，只发了四张，三张是他的脸，一张是风景——对他而言这真是难得的进步。那一年，小潘跟她说："你就来我这里住嘛，还租房子干什么，你替我交物业费来抵房租，就这么说定了——对了，虽然水电费你要自己付但是还是节约一点，这不是钱的事儿人类只有一个地球我希望你能明白……"那时候她刚刚通过第一个试用期，还没有被派去专访徐承天，有了小潘这句话，她一瞬间觉得自己的薪水突然间够用了。她知道，她是在想念小潘，但这种想念是无用的，只是又一次地彰显了她的自私而已，不提也罢。所以犹豫了片刻，还是没有给小潘的照片点赞。

她的航班果然还是遇到了航空管制，延误了，星巴克里的大部分旅客都像是在等待戈多。她倒是不焦躁，因为这样的时间里你可以名正言顺地什么都不做，值得珍惜，打开笔记本电脑只是一种安慰剂，大概率不会专心工作的。灵境清楚，这就是她永远无法成为像小雅那样的"精英"的原因之一，本质上，她对于浪费时间不会有任何负罪感。但是，很多时候，她必须要像隐藏身体的疤痕那样隐藏这一点。

仿佛是在一周之内，整个 MJ 突然开始了加速运转，每个人的工作量都变成了以往的双倍甚至更多。她起初以为这不过是暂时的，随后就意识到在这个春天里，有越来越多的人坚信自己必须创业，必须做自己的产品，必须让诸如 MJ 这样的机构相信他们有能力创造奇迹——准确地说，他们相信自己身处于一个诞生奇迹的时期，既然幸运地生而逢时，说不定就真的能接住一点点“奇迹”的火花的余烬——漫天焰火指的是那些活在商学院教材里的伟大公司，这些可遇不可求，但那点焰火的余烬就已足够一个平凡人带着骄傲度过衣食无忧的一生了，比如，把自己创办的公司成功地卖给了某个需要扩张的土豪。见多了创始人，灵境觉得，虽然太多人都说想要改变世界，真正相信自己做得到这一点的人还是很少的。每一个入局的人真正笃信的，是自己会拥有与“伟大”擦肩而过的运气。在惊喜回眸的那一个瞬间里，能从带着神力的独角兽身上，传染到什么东西。那一点吉光片羽，足够任何人相信，自己来到这世上，也是带着使命的。

这样想想真有点沮丧，感觉依然重复着童年时听过的老故事。灵境无论如何也不能理解，为什么有那么多人都如此热切地急着证明自己是与他人不同的。她知道“成功”不是幻象，她身处在这个职业里，见过这些有血有肉、发生在她眼前的“成功”。只是她依然不觉得那是一样与她有关的东西。也许像她这样的人最终会消失在人类的基因库里吧。离她最近的证据就是——虽然人人都知道游戏是个金矿，但是 MJ 的游戏组一向是个鸡肋一般的 team——从没做出过什么像样的业绩，孟舵主本人也没抱太大的希望，即使是这个没什么存在感的组，现在也能收到挤爆邮箱的 PDF。灵境现在的顶头上司讨厌跟陌生人说话，因此出差的工作基本上都成了她的，天南海北地拜访各路手游作坊。她自己尚且如此，就更不用说小雅如今在过着一种什么节奏的日子。因为粉叠，小雅算是又亲手挖掘了一个受人关注的明星项目，在小雅身边过分热闹的时候，灵境觉得，自己能偏安一隅，也是一件合心意的事情。她知道，会有好事的人跟小雅打听——你们公司那个看准机会嫁给了关景恒的小婊子是谁——她正知趣地躲在首都机场，灵境跟她似乎也不是很熟，只知道她正在犹豫，眼前的这杯马上就喝完了，还要不要再去买第二杯。

她偶尔会忘记，那个嫁给关景恒的人就是她。准确讲，她至今没能百分之百相信这个。心理医生们好像说过，噩耗当前，人的接受过程分为几个阶段：否认——愤怒——伤心——然后记不得了，她只想说，其实在非常好的事情面前，也有类似的过程。此刻她依然处于“否认”阶段，曾经那样无望的期盼过后，居然成了真的，这不怎么符合自然规律。如果这次出差回来，一进家门，看到关景恒已经离开了，比如在冰箱上贴了一张便利贴，告诉她还是分开比较好，也许她会如释重负地跟自己说：你看，我早知道。

有一个电话打了进来，在窗外刚好日出的时候。是韦明江，这不寻常。

“大韦，”她开了免提，想特意让他听听周围的嘈杂声，“我马上要出差了，正在机场。”

“我听小雅说了。”大韦说话的时候依旧是波澜不惊，“我有些事想跟你聊聊。你是不是急着起飞？”

“没有，延误了。”她未经思考就说了实话，“刚刚播报说要延误两个小时——我在想要不要去换票。”

“你过完安检了吗？”

“还没。”——随即她绝望地问自己为什么不能说“已经过完了”。

“我家离机场非常近。”——果然来了，“我现在就在机场高速上。估计到你那儿用不了十分钟。我们见一面，很快，可不可以？”

还有说“不可以”的机会吗？

大韦是一个无论在什么场合出现，都让人感觉风尘仆仆的人。即使是身处极为盛气凌人的场合，他也依旧是一身赶地铁的打扮。他从不在乎自己是否有存在感，但是只要他打定主意开口说话了，人们的视线都会落在他身上，他应该是知道的。即使他已一夜未眠，也依然记得招呼灵境一句“你还想喝什么”。

“粉叠是不是出什么事了？”灵境决定开门见山。

“暂时还没有。”大韦为难地抓了抓头发，“睡眠不够的时候就像喝了酒一样，可能容易冲动，我现在其实已经有点后悔过来见你了。”

灵境笑了：“来都来了，就安心坐一会儿。其实可能你不知道——我现在为了避嫌，在公司里都不怎么跟人聊粉叠的事情。我怕帮不了你多少。”

“我跟粉叠的合约马上就要到期了，你总知道的吧？”大韦认真地看着她的脸，“你别问我是怎么知道的，总之，我听说了，关景恒最近在接触别的人选，想要请他进来坐我的位子。”

“怎么可能！”灵境差点被自己呛住气管，“他又不是疯了！现在是最需要你的时候——而且，能不能炒了你，他一个人说了不算，要我们老板也点头才可以的。”

“他不会真的炒了我，他也知道过不了MJ这一关，只是他已经在跟小雅提出来，粉叠最近用户涨得很快，而且江浙沪一带的付费用户最多，他要在上海成立分部——说是只放心派我过去守着，我看得出来小雅已经在认真考虑这个建议了。”

“我还是觉得这不可能——”灵境困惑地用拳头抵住了太阳穴，“小雅没那么笨的，她不会在这个时候……”

“比起小雅，我更相信你。”大韦看似若无其事地打断了她。

“发生了什么事吗——谁能不知道，要是没有你粉叠今天说不定连内测都还没做完……如果这里面有什么误会，都是可以解释的。”

“粉叠至今并没有赚过多少钱，这个你也清楚——用户们团购自己家偶像的产品，各个平台拿走一多半，能留给我们的说出来我都怕丢脸。我现在在跟一些电影的发行方谈判，我们保证粉叠的用户们有能力把他们的一部分票房任务买出来——为了偶像的电影他们愿意的，我们根据份额从发行商那里收钱……其实这也不是什么长久之计，我承认，可是眼下这是我们需要的。关景恒他——”大韦苦笑道，“他可能是瞧不上这些。上个星期开会的时候，他终于当着幽幽她们对我发飙了，他说如果我觉得粉叠只配赚一点代理商的钱，那我不如趁早滚蛋。”

“那都是一时冲动的话，”灵境像是打冷战那样猛地坐直了身体，“你何必那么认真呢，你又不是没和人吵过架——我替他道歉好不好？他不能没有你。”

大韦一脸难以置信的笑容：“灵境，你觉得他不能没有我，可他早就觉得他自己无所不能了，你可能还不知道。”他把纸杯的杯盖在桌面上漂亮地滚出来一条弧线，“还有，我真从来不跟人吵架的。”

她望着大韦的眼睛发愣，她觉得大韦那一脸的悲悯简直像是在关景恒的葬礼上打量着遗孀。

“我知道，关景恒是个有野心的人。我不是不理解。”大韦缓慢地把身边的背包重新挎回身上，“现在公司最大的投资方已经不是 MJ 了，新来的资方不会反对派驻一个自己人来。我可以去上海，我更可以辞职走人，但是，我也是爱粉叠的。我来见你，就是想有人能告诉他这个。”

多么沮丧。一个男人，彻夜加班之后，一路踩油门赶到机场，置清冷的黎明于身后，为了赶来见一个航班延误的女人一面。如果这是电视剧就好了，接下来会发生的场景——观众和主创都心知肚明，只等着男人女人将千言万语化为长镜头里带着配乐的拥抱。然而，这个男人只是为了对这个女人说一句，希望女人的老公不要炒了他。

她总算是坐在了机舱内，望着身边那一小块椭圆形的天空。飞机开始滑行，她发现，关景恒发了一条信息给她：早点回来，我爱你。空姐带着一脸无奈的微笑站在了她跟前，她瞬间慌乱了，回了一条：我也爱你。然后，急急地关机。

我也爱你。

敲出来这四个字的瞬间，好像又是什么都顾不得了。她不知道会不会告诉关景恒，自己已见过了大韦——多半是不会吧，该怎么开始这个话题。

她同样不知道，就在她关机之后没多久，人们开始铺天盖地地传播一班来自马来西亚的飞机失联的消息——紧接着，所有人的注意力都被后面发生的事情吸引过去，大韦跟她见过面这件事，就这样被他们两人不约而同地放下了。

她当时自然也不可能知道，半年之后，大韦去了上海，是他自己向董事会要求的。她听到消息的时候心里松了一口气，她潜意识里觉得，只要大韦还在，没有真的离开，就还不会有太坏的事情发生。她把这句话告诉过关景恒，可是他只是笑笑，捏捏她的面颊，说："你就这么不相信你自己的男人？"她渐渐放弃了与所有人交流她内心的不安，那偏偏是粉叠势如破竹的一段日子，有好几回，财经记者过来专访钢铁侠，他的助理会在记者到来前急匆匆地跟同事们索要粉叠最新的数据——钢铁侠正襟危坐，告诉人们起初他是怎么从这个沉寂了好几年的歌手身上看到创业者的火种——火种，他真的好意思在口语里使用了这个词。小雅被这句话惊吓得偷笑，文娟静静地发了条信息给灵境：刚刚 Amy 盯着你看了好久，面目可憎。你当心她，她纯属嫉妒。

二月份融来的那笔钱，差不多四千万，到国庆节的时候就花完了。只是这一回，有人排着队来找钢铁侠或者小雅，希望得到加入"粉叠"的机会。迎来送往的热闹里，灵境知道他们之前计划过的、国庆假期的旅行已经不可能实现。她只是硬拖着关景恒到一个小雅介绍的裁缝那儿，给他做了两套精良的西装——很快就会有用得上的场合。她看着他从试衣间里走出来，整个人焕然一新到陌生的程度。

"还可以？"他犹疑地问她，他不肯转过身去照镜子。

她认真地看着他，嫣然一笑，她想多看一眼，趁他还没有转过身去照镜子。他会发现他自己已不是当初他们相遇时的那个人。

他的脸庞的轮廓被点亮了。她后退了几步，好让他完整地打量那个自己。他笑笑，对着身后那片空气说："我还是穿不惯西装。"裁缝立即接口道："您身材标准，样衣上身了都不用做什么改动。"

“老婆，”他的眼睛在镜子里寻找她，“我觉得这件可以，你说呢？”语气中已经沾染上了某种微妙的控制。

镜子里那个人也许是真实的，可一旦他完全接受了那个人，就头也不回地成为了幻象。你只能站在现实中望着他，你只能随他去。

13

二〇一五年。

你的智能手机的屏幕会随着手指轻盈滑动，无论是苹果、三星，还是别的什么。如果你没有智能手机——北伐战争都已经开始了，而你为什么还不肯剪掉辫子？

你的屏幕上能轻松找到一枚桃红色的方块，每个应用程序都是那样的形状，可是这个桃红色的应该能够鲜艳得跳进你视线里。一只粉蓝色、简单线条勾勒出来的蝴蝶置身于桃红色的背景之上，真是毫不掩饰却过目不忘的俗艳——起初，为了粉蓝色的翅膀上需不需要做出一点亮亮的银粉的效果，几个人吵得不可开交——那已经是很久以前的事情。

你点击了那只蝴蝶，欢迎你了。请输入你的电话号码，是否同意我们获取你的位置。请选择你喜欢的明星的类别和地区，是韩国的歌手还是内地的演员，欧洲的球星也可以——芸芸众生之中，我们能识别你会感兴趣的信息。你越频繁地使用它，我们就越能准确地明白你的习惯和偏好。你平淡琐碎的人生中，未必能在别处找到如我们这般的忠诚。

你眼前有五个分区，你可以去“应援”区汇合你志同道合的伙伴，你们都对着同一个偶像做白日梦，在这个日益分裂的星球上，这已经是一个难得的共同的身份。你在这里会遇上一个从未谋面的领袖，他或者她像是指挥千军万马一样，告诉你此刻你该为你们共同的那个人做什么。是去转发新闻，还是去哪个微博下面留言，或者是某个现场活动需要人手过去挥动荧光棒。你忘记了自己是谁，你只是为某人而战——你也许是为你自己而战，渺小如你，在集结的应援队伍中，感觉到了某种真实的力量。你可以去“爱豆”区，那里有几百个明星，对有些人来说，是无动于衷的娱乐圈集锦，可是对你来说，那几百个人里只有一个才有意义，你找到他，点击他的名字——你看到的是他的MV，他的电影片段，他的预告片，他在某一次综艺节目里的简短片段——所有这些都是粉丝们上传的，都是他们珍藏在心里的惊鸿一瞥。而这些视频片段的排序，由某种略微复杂的计算方式决定——若你认为别人的珍藏代表不了你心里那个最珍贵的他，你有权利上传自己喜欢的，然后回到“应援”区去，号召大家去点击你上传的片段——这是获取积分的最简单的办法。

还有一个让粉叠的员工最为得意的区域，名字就叫“粉蝶”。这个区域里，都是粉丝里的领袖。所有的注册用户都是“粉丝”，一个“粉丝”如何蜕变成为“粉蝶”，是这个刚成立八个月的分区里最为精华的部分——“粉蝶”是一个标志荣誉的身份，这个身份，是关景恒创造的。想要成为一个“粉蝶”，你必须在某个粉丝群体中有不可替代的号召力，比如你在组织大型的应援活动上经验丰富，比如你在你的偶像遭遇负面新闻的时候成功协助过某些危机公关，比如你因为常年在偶像后援会里工作最终被他的公司正式聘为负责宣传的工作人员——那么你就是粉蝶里的榜样，欢迎你随时回来跟小粉丝或小粉蝶们分享你是如何改变了自己的人生。在这里，“粉蝶”也分为好几个等级，像是空手道的段位那样，从“白粉蝶”开始，五个等级，“蓝粉蝶”是顶点——一只荣耀的蓝色粉蝶的图案会成为你昵称的前缀。“粉蝶”区的首页上，就像英雄榜那样，列满了“蓝粉蝶”们的名字和头像。当然，如果你足够美，美到真的被偶像选去拍摄他新歌的MV，或者砸了足够多的钱——你也有更多的机会成为“蓝粉蝶”。但是，“蓝粉蝶”这个身份真正的意义，指的是他们中的大部分人能通过做“粉丝”来赚钱——娱乐公司会付钱请他们做舆情顾问；很多艺人愿意聘请他们负责某些具体平台的宣传——蓝粉蝶们更便宜，甚至更有效率，因为他们更知道粉丝们最想要什么；甚至广告商也会在这里关注着蓝粉蝶们的动向——他们对于自己家的偶像适合接什么样的品牌代言，常常有着准确得不可思议的判断。“蓝粉蝶”正在变成一个介于艺人与经纪人之间，经纪人与品牌商之间，宣传方与受众之间……那个更微妙的中介，他们还是所有粉丝们的榜样，像是神庙里的祭司那样——拥有和神明直接对话的权力。他们中的很多人，在他们的父母眼里依然是无所事事的孩子，即使他们凭借“蓝粉蝶”的身份获得了一年上百万的收入。所以，如果你碰巧是个明星——你应该对你的蓝粉蝶好一点——他已经踩着那成千上万只羔羊到你眼前来了，你和他，究竟谁是祭品，谁是牧羊人，真的很难说。

关景恒知道他的嘴角微微地翘起来了。他的手指无意识地在排行第三位的那个蓝粉蝶的头像上停留了一下，终究还是没有点击，离开了。热闹的首页上，紧跟着“粉蝶”区的，还剩下“论坛”和“商店”区。在“应援”区里没有掐完的架，通常战火都顺利地蔓延到了论坛，当然，论坛里还有大量的同人文字不动声色地保护了每个粉丝白日做梦的权利。至于“商店”区，其实粉叠刚刚存在的时候就已经成立了，它就是“白千寻数字专辑”那一战的战场。如今，这里早已壮大，在一个非常醒目的位置，每一个粉丝都可以参与众筹，为自己的偶像集资买粉叠的广告位。如果你希望在首页上看到你想看的那张脸孔，可以的，你来付钱。每一个广告位的众筹成功，都伴随着留言区里所有的欢呼。这是一个在其他 App 里看不见的奇观——“付费”可以成为一个万众欢呼的仪式，你可以用很少的一点钱完美地将你的卑微表达成忠贞与付出。你怎么解释都好，怎么美化都好，你是用户，你开心就好，那一道将你虚化得更加洁净甚至是圣洁的灯光，我来负责。

一千五百万没有名字的人，统称“用户”。但是，你并不是一千五百万分之一，你是独一无二的。尘世间，“爱情”的逻辑大抵类似，面目模糊的众生，都在某个巫术一样的瞬间里，坚信自己无可取代，直到咒语失效，直到替代品出现为止。

他放下手机，缓缓地坐直了身体。现在他常常如此，盯着手机屏幕，点击那只最熟悉的蝴蝶，像一只胸有成竹巡视自己后院的黑猫，一个区域连着一个区域地看一圈，两个小时就静静地过完了。偶然发现一点不那么顺眼的地方，就直接抓起电话拨打相关负责人的分机号码。接电话的员工通常语气犹疑——因为，很多人都领教过他突然之间像被点燃了那样，疾声厉色的脾气。心情压抑的时候，会持续不断地骂上十分钟，放下电话，在杂乱的办公桌上寻找打火机的踪迹。当然他仍旧坚信，自己总的来说是个一贯随和的人。整栋楼自然是禁烟的，但是，把窗子都打开，不会触发烟雾警报器。曾经，他公寓里厨房的窗户前面，那一小块地方，就是大家的吸烟区。他和工程师们一起，总会有一个人险些被挤到冰箱和墙壁的缝隙里——这都是很久以前的事情了。所有的人心照不宣地装作不再记得。现在，工程师们看到他出现，会静静地散开，各自回各自的工位，有一些，他甚至无法在第一时间叫出名字。

他的办公室仍旧是那个窄小隔间，但是打开门，外面已是一百多个员工。有时候，他会出神地盯着忙碌的众人，然后像是胆战心惊地，把门重新关上。他在心里静静地问自己：外面那些人，都跟你有关吗？问题的余音尚且绕梁，他已经笃定地回答道：是的。类似这样的沉醉时刻总是略微难为情的，为了掩饰尴尬，他通常会在这种时候发一条信息给灵境，问问她在做什么。

有人敲了两下门，然后试探性地推开了。他闭着眼睛也认得出这敲门声。是伊镁，大韦去上海之后，新任的CEO。伊镁悄无声息地侧身进来，掩上了门。一年前，他怎么也不会想到，新闻里那架不知所踪的航班，马航370居然会离他这样近——伊镁的先生就在那上面。确认航班失联的那天——距离伊镁的预产期，恰好还有两周。伊镁原本就是蓝粉蝶，大学时代就为她的偶像工作，做到了全国后援会的会计。那一天，她的偶像——那个已略显过气的女明星发来了一段小小的视频，对伊镁说：我相信他会回来，我永远和你在一起。几天以后，女明星到医院里去，亲手抱了抱伊镁提前出生的宝宝——那张心碎的合影一整晚盘踞在微博的热搜榜上，那自然也是粉叠的用户激增的时段。几个月后，正式宣布了由伊镁接替大韦的消息，她的办公桌上还放着盛着婴儿的篮子。婴儿在篮子里睡着了，她原本打算先把婴儿送至托管的地方再来上班，结果被紧急会议的通知逼得不得不拎着她赶来公司。梦中的婴儿满足地吮吸着大拇指，这让那几个对大韦忠心耿耿的老员工放弃了表达任何反对。自媒体上倒是有过一阵质疑的嘈杂声，比如，女明星拿失联航班来给自己炒作热点——这类揣测从来没有真正消失过。

“我得跟你说件事，关总。”伊镁在他办公桌的对面坐了下来，习惯性地把脸颊上一缕短发试图塞至耳后，“你听说有个蓝粉蝶在公开地拍卖陈奕迅演唱会的票了吗？就在‘商店’区他自己的‘柜台’里。”

“只要票不是假的，有什么问题？”他茫然。

“今天晚上一张原价六百八的票，已经炒到三千六了，而且这还不是最终的出价——这和黄牛没有区别。”伊镁难以置信地瞪着眼睛，不敢相信自己的耳朵。

“既然拍卖，那就是你情我愿。我们跟那些演唱会的票务方合作，一张票赚不出来一顿盒饭钱。”

“要是所有的蓝粉蝶都开了窍学他，我们的商店区会变成黄牛集散地——老板，公安局也是要工作的……”

“好吧。”他颓然地把桌上那半杯隔夜的水喝干，“交给你们去处理好了。”

“我就跟你说一声，”伊镁笑笑，站起身，“这个人很难搞，我们客服跟他沟通，希望他中止拍卖，他说——如果关景恒让我撤了这个拍卖帖，我没话说。可是真没空跟你多说……”伊镁摇摇头，“我去跟他聊，就说我代表你。”

他重新低下头看着手机：“我找找看——你说的是哪个蓝粉蝶，排行前二十位的我应该都叫得上来。有了，陈奕迅演唱会——就是这个没错，已经叫价到了四千八，估计要成交了……”他饶有兴味地盯着这个蓝粉蝶的头像，不知为何感觉那是张在哪见过的脸。

伊镁已经走到了门边，又不放心地转过身：“还有，后天我要召集大家开会，你知道的，专门对打咱们粉叠的竞品，这个礼拜已经上线了——他们一定会想办法来挖我们的蓝粉蝶们——关总，你听见我说什么了吗？”

脑袋里似乎响起一声清脆而复古的“叮咚”声，紧接着眼前也骤然亮了。在那个鼓楼附近的四合院里，孟舵主的生日派对——想到这个人，他心里依然会浮起一种如坐针毡的厌烦。但重点是，那天晚上有一个派对公司，没错，有一个负责端着盘子收大家喝过的酒杯的孩子，就是他了。

“关老师，我姐姐以前特别喜欢您的歌，可以给我签个名吗？”

那孩子的脸上有种微微发红的羞赧。你总算又一次找到我了，蓝粉蝶。他的眼光落在那个头像旁边，ID 是“阿南九九八十一”，大家都简称为：阿南。

已经有一年多了，灵境没有再来过那个她曾经住过的地方，就是她和小潘相亲相爱的家。某天她突然发现，她翻箱倒柜也找不到一个文件夹——那里面放着一些很重要，但平时不怎么会用到的文件。比如，她在英国的毕业证书，以及，她做财经专访的时候入选过某个美国写作项目的证明。然后她突然想到，搬离小潘那里的时候，就是因为这个文件夹很重要，所以她把它单独放在某个抽屉的底部，打算等所有行李安顿好之后再回来郑重地拿走它——果不其然，她就这样忘记了。她坐在地板上无助地咬了十分钟的指甲，最后艰难地给幽幽发了一条信息，问她知不知道现在小潘回北京了没有。幽幽很快就回复她了：现在帮潘神看着那套房子的是我，你如果要找你的东西，随时可以过来拿。

于是，她带着小白龙心情复杂地重游了故地——准确地说，小白龙带着她。当她终于轻车熟路地转到了B2层停车场，感觉她的双手似乎不需要大脑来指挥，凭借肌体间某种不迟不早的提示音，就能准确地转弯。那家安静盘踞的洗车店已焕然一新，招牌换成了鲜艳的颜色，放下车窗就闻得到那股隐约的、新装修过的气味。倒车入位的时候灵境瞟了一眼，店里两个陌生的伙计都穿着崭新的工服。硕大的logo印在背后。原先的那间夫妻档，已经变成了某个新崛起的洗车连锁品牌的门店。这个牌子近一年来在北京迅速地扩张，很快就占据了大大小小的小区停车场——灵境已经养成了习惯，下意识地想了想，自己有没有看过他们用来融资的BP。好像是有的——那还是在她属于小雅组的日子，也就是说，是上辈子的事。

门虚掩着。她们约了一个下班后幽幽在家的时间。所以她没能验证一下，自己一直留着的那把钥匙还能不能用。小潘没有要她把钥匙还回去，她也没提——因为小潘曾经说过好几次，每一次谈恋爱分手，最让他崩溃的瞬间，就是对方把钥匙放在桌子上的那一刻。虽然她和小潘不是分手的恋人，可这句话她一直记得。灵境站在厨房门口，正好看到幽幽颀长的背影。幽幽的靴子表情生动地瘫倒在客厅正中央，她赤着脚，身上却还穿着应该是外出时候的裙子。她静静地转过身来看着灵境，手上拿着汤勺，腰细得不成比例，就像是修图过分的海报。

她用汤勺往电视机的方向指了指："你的东西就在那个抽屉里。潘神早就把它收拾出来了，他一直等着你回来拿。"

灵境弯腰拾起地上的背包，打算把文件夹塞进去，可是背包看起来比她以为的小，两三个回合后她颓然放弃。幽幽没有表情地注视着她，直到她惊觉自己一直置身于这样冷冰冰的审视之下。她索性把包和文件夹都丢在沙发上，挑衅一样地坐了下来。如果此时站在那里的是小潘，他想给我难堪，我没话讲——只是真还轮不到你。幽幽交叉着手臂，倚在门框上，眼神没有半点退缩。只是忽然之间，她身后喧嚣起一阵些微的噪音，她恍然大悟地急忙转身，在白色泡沫刚好涌出沸腾的砂锅的时候，扑上去把火关小。手指似乎还是被锅的边缘烫了一下。她回转身的时候，恰好撞上了灵境眼睛里微微浮起的笑意。

"抹一点白糖，管用的。"灵境静静地说，看着幽幽将信将疑地转身去找糖盒，她终于鼓起了勇气问："小潘什么时候回来啊？我是说，下次回来。"

"他在北京。"幽幽的语气里似乎放弃了对峙，"昨天晚上，那个笨蛋又喝多了，急性胃出血——医生不让他回来。"

"哪个医院？"灵境骤然站了起来。

"干吗？"幽幽斜斜地瞟了她一眼，"他又不想见你。"

说得也是。灵境把所有的东西抱在胸前："那我走了。谢谢。"不知在谢什么。

幽幽的声音从她背后传来："那个时候，关景恒求我冒充他女朋友，去跟你们老板吃饭，就是为了做给你看。潘神是这么跟你说的吧？”

灵境像是忍无可忍地转过脸：“你们这些粉丝，在平时的口语里，也一定要这么叫小潘吗？”

“刚刚跟你说的那些都是真的，不过，还有些事儿是你不知道的。”幽幽停顿了片刻，像是故意想欣赏她的表情，“就在那天，你们老板的饭局，你走了，关景恒他喝醉了，然后吧——你也应该能想到，我跟他真的睡了。潘神千叮咛万嘱咐过，打死不能让你知道这件事。”

灵境不说话，下意识地攥紧了背包带子，凝视着已经微微发白的指关节。

“不是一时的酒后乱性那么简单哦，”幽幽的唇膏和眼角都闪烁着隐约的银粉，她算不上是个漂亮女孩，但是身上散发着某种不成比例、不那么协调的魅惑，“我跟他的关系持续了大概两三个月。那时候——是我自己傻，我以为就这样弄假成真了也不错。可是他突然就跟我说，还是算了。我问他是不是还是忘不了你，他不回答。你猜后来发生了什么……”她心满意足地看着灵境的脸，“我总算是想明白了，那两三个月，正好就是他暗算了潘神，完成了股权变更的时候。那段时间为了帮潘神办各种事情，他的身份证好多时候都在我身上。他要是趁我睡着的时候偷偷拿走一天两天的，我根本不会发现——”

灵境抓紧了一直攥在手心里的旧钥匙，用力丢出去，它划了一道不完美的弧线，重重地砸在茶几的钢化玻璃桌面上。一声巨响。

“你再多说一句，我就像这样砸你的脑袋。”灵境静静地说。

幽幽粲然一笑：“老板娘，我是羡慕你呀。关总是个厉害角色，一定会很了不起的。你说对不对？”

小白龙自然是寂寞而忠诚地等在原地。她颤抖着打开车门，把自己塞进驾驶座的时候感觉就像在搬家一样，因为负重而跌跌撞撞。洗车店里走出一个人，穿着崭新的制服，脸上却带着满脸不习惯的笑容。是这家店原先的老板。灵境放下了车窗，怔怔地看着他靠近自己。

“你这么久没来了。”他的眼神里有真正的惊喜。这很容易感染听他说话的人，“洗洗车吧，来都来了？你以前在我们店里办的卡都还没用完。”

“我还以为你们回老家了。”说出这句话的时候，灵境觉得好像从胸口处浮上来了深深的委屈。

“没有，”老板回身象征性地望了望新的招牌，“他们从我们手里盘走了店，我们反正没地方去，不如就还留在这边招呼老客人。你等一下，”他掏出手机，用力地划着屏幕，“我不太会弄这个玩意儿，我老婆今天不在……你等等，不好意思，扫我们的码，还会有优惠券的——”他笨拙地向灵境重复着一些他自己也不明白的话。灵境耐心地等他翻来覆去地点击着界面上所有能点击的东西，终于把注册和优惠券的事情搞定，但她已经放弃了要老板把之前卡里的钱转移到新的账户里——那太不厚道了。

“只洗洗外面就好，里边不用了。”她微笑着说完这句话。

于是，小白龙的挡风玻璃变成了水帘洞。她坐在方向盘后面，看着眼前那片小小的人造瀑布。眼泪放心大胆地汹涌而出。就好像是她主动走进了雨地里。

没有想到关景恒在家。晚上八点半，他居然已经下班了，灵境心里一颤，就好像她自己刚刚偷了情回来。“出去吃饭好不好？”关景恒愉快地问她，“我快饿死了，你都没回来。”

“开会。”她淡淡地丢下了外套。

“我刚去过 MJ，他们说你已经走了。”他不动声色地按下了遥控器。

“我去了五道口啊，约了几个人在那边见的。”她惊讶自己的面不改色，“好多 IT 男就喜欢约人在‘宇宙中心’。”

“那个咖啡馆还那么热闹吗？”关景恒走过来，从背后抱住她，“你怎么那么香？”

“你不是要出去吃饭吗——想吃什么？”

“吃你。”他的嘴唇蜻蜓点水地在她脖颈和肩膀的衔接处滑了一下，那一点点肉眼看不见的涟漪骗不了人。他凑近她的耳朵，声音在试图游进她耳膜的深处：“朱灵境，我们要个孩子好不好？明年吧？明年，粉叠就会好起来了……”

“粉叠今年有什么不好吗？”她问完，然后像是倒抽了一口凉气，“天呀，我忘了，今天是你生日。”

他非常配合地苦笑了一下：“没事，没事，我知道，现在这个时代，已经轮到男人们抱怨你就是不在乎我。”

“风水轮流转。”她在他肩膀上轻轻敲一拳，“欸，你是不是喝酒了？”

关景恒总是可以逗笑她，前提是——他只有在小酌一点以后才讲得出好笑的事。她在一瞬间里决定了暂时忘记她见过幽幽，掩耳盗铃这件事，她已操练得越发纯熟。曾经有一回，在深夜里关了灯的时候，她问过他，为什么在没喝酒的时候几乎不说话。他的语气有点羞赧，他说：“我是真的不知道该说什么。从小到大，我父母一天的交谈不会超过二十句话，我们家很安静——他们也不是关系不好，我记忆里只吵过三四回。他们只是没有话说。我以前一直以为，每个人都这样。”

其实他们从来都没有真正做过恋人。灵境常常会这么想。在本来应该开始的时候莫名其妙地没了音讯，刚刚正式开始了三天——就去结婚了。然后就过上了现在的平静日子。“平静”不是一个修辞，而是实实在在地没有声音。说这是默契，好像也没什么不对。但是普通恋人之间会有的那些争执、冲突、互相确认存在感、用激烈或者热烈的方式证明自己在对方那里的意义——他们都没有经历过。

也许是因为他太忙。也许是因为她不敢。

关景恒应该是没有告诉过灵境，他人生里最持久的一段关系应该还是在大学时代，也不过十八个月而已。毕业以后，这么多年，女朋友有过一些，可最长久的一个——九个月。他并不是想隐瞒前史，只是羞于跟她承认，自己其实不大懂得该如何跟一个女人长久相处下去。以往的每一次，他都是在该送花的时候送花，该在楼下等至深夜的时候等上两个小时，女孩子以或曲折或直接的方式表达不满的时候服软或者道歉，谈及未来的时候视具体情况来衡量是不是该做承诺——所谓“具体情况”究竟具体到什么程度，就不好说了，有时候甚至与当时的天气有关。总之，大多数男人女人，应该都会在二十几岁的时候逐渐习得男女关系中一份类似操作说明书或者交通规则的指南。当然，说明书撰写得详细还是粗糙，繁琐精致还是大道至简，会不会标注拉丁文解释词根什么的，因人而异。可灵境是不一样的。认识了灵境以后，说明书中的每一条都值得怀疑。只是他做不到恰如其分地表达这些胆怯与困惑。

“你相信我，”他这样说，“我会把我拼命得到的所有好的东西都给你。”

他们轻轻地碰了一下杯。灵境用力地凝视到他眼睛里：“我只想我们俩能好好地在一起，哪怕外面天都塌了，我和你关起门来照样涮火锅。别的，没有那么重要。”

“可是外面天要真的塌了，到哪儿去买火锅底料？”

她歪着脑袋欣喜地笑了：“这倒真是个问题。麻酱说不定也找不到了。所以还是世界和平吧。”

他们总算是坐在一家两人都喜欢的餐厅里吃生日宴。他想说，灵境你不明白，是因为有了你，我才会对那个叫“关景恒”的人有了一点同情和好感，否则，我一直都当他是一堆垃圾。但这句话说出来太傻了，也依旧需要各种索然无味的解释——所以他只好对她笑笑，把想说的那句话替换成为：“今天不减肥了，来选个甜品。”

她的手指在菜单上那几个蛋糕或者冰淇淋上轻轻滑过去，睫毛抬起来：“我跟甜品一起再要一杯香槟，好不好？”

“好。喝多了我背你回去。”

“我爱你。”她说出这句话的时候心里一阵惨然，却笑靥如花。

没想到他说：“是真的？”

她一愣，心脏某处就像荡秋千那样被人推了一把：“你，不会，真的怀疑这件事吧？”

他说：“没有。我只是想说，我从来没有像爱你一样爱过任何人。灵境。”

“说不定……”她的舌尖微妙地在下唇飞速舔了一下，“是因为我们对‘爱’这件事的理解不同。”

“那就按照你的理解，你有像爱我一样地爱过别人吗？”他的手掌越过了两只酒杯，箍住了她四个指尖。为他们上甜品的服务生面无表情，似乎早已对人间所有缠绵或者肉麻免疫。

“有。”她用带着一点钩子的甜点匙试探地戳了一下他的手背，“我上中学的时候爱过基努·里维斯。你高兴吗，在我眼里你们俩长得差不多。我是说，你和他年轻的时候。”

没有。当然没有。怎么可能有。如果幽幽没有告诉我那件事，我一定会这么说。可是我也只能这样小小地报复你一下，你甚至感觉不到。要是这个地球变成一整片雪地就好了，整个人间都埋在积雪下面，积雪上面只有我们俩，所有的脚印不是你的，就是我的，我们也不知道刚刚踩过去的那片雪下面，有没有埋着我们曾经认识的谁——当然只能是想想而已，跟这个比起来，现实一点的操作，应该是我们俩去死。我知道这是不可能的，粉叠离成为另一个蔓越莓还早得很，你哪能舍得死。

果然，他的手机知趣地开始叮咚地响。他低下头看了看，把屏幕凑到她的盘子旁边："那班蓝粉蝶们做的，你瞧这帮孩子……"得意飞扬，溢于言表。灵境低头看了一眼，顺便抱歉地环顾四周，然后将他手机的音量调低。他的蓝粉蝶们在屏幕上集体唱着生日歌，常规生日歌唱完之后自然有花头——无非是把一些时下的传唱度比较高的歌做一个串烧，再填上各种他们自己改的歌词——中心意思是感谢关总改变了他们的人生。手机推回到关景恒手边的时候，他又低着头专注地盯了半晌，估计是又重新播放了一次。

等着服务生拿 POS 机的时候，他突然说："我跟我的蓝粉蝶们在谈一个很了不起的计划。"然后他笑了："我先不告诉你，不过，你会为你老公骄傲的。"

也许是她太普通了，她这么想——所以，没有多少人相信，她并不那么需要有一个引以为荣的男人。不是每个普通人都渴望被荣耀被仰视——可是在这个国家，似乎没人相信这件事。从一开始，她想要的，不过是那个穿着格子衬衫，紧紧捏着话筒，有些生硬地微笑说“谢谢评委老师”的男孩。他太渴望能够被选中了，那种渴望过分强烈，已经过不了自尊那一关。所以他略显艰难地谢幕鞠躬，刻意地凝视着自己的脚尖，他只能这样与自己相处，直到现在都是。

钥匙刚刚转动了半圈的时候，他就开始吻她。她想说干吗你神经病啊——可是声音被围追堵截，无法形成一个完整的句子。他们踉跄地跌进门里，墙上开关是被灵境的脊背按动的。咔嗒一声，切碎了满屋子的光。她也索性将包丢在地上，他歪打正着地试图解开她衬衫的扣子——胸口处的肌肤似乎是被他的婚戒划了一道轻微的痕迹。也不知道是不是门没有关紧，好像一阵很硬的风席卷了他们。其实也并没有喝多少，但是一阵眩晕就这样来了，这眩晕的纯度和烈度都高得让人不知所措。他知道自己没醉，可是灵境的身体里面似乎是醉了。那里变成了一个他不那么熟悉的所在，他像童年时代那样没命地奔跑，完全不知危险为何物，但是他知道他已没有顾忌地袒露了所有致命的脆弱。灵境，如果你想给我一刀，没有比现在更合适的时候了。我甚至不会觉得惊讶或者被辜负。因为，一个成年人，如此手无寸铁地缠绕着另一个成年人，一定是错的。

他像是中弹那样激烈地绷直了身体，喘息的声音带着粗糙的沙粒。然后他的身子垂下来，他想躺到她身边去，手背蹭到了她的脸。

“灵境？”他被吓到了，“你是在哭？”

她的身体总是如水母那样，迅速地蜷缩成一团。每到她的身体呈现出某种美好的轻盈，就会让他自惭形秽。他笨拙地把她搂紧，他能分辨得出她眼泪的分量：“你不要吓我，是不是我做错了什么？”她用力地摇头，五官紧紧地挣扎着靠近彼此。她的胳膊在脸庞上蹭了一把，深呼吸一下，带着水滴的响动，她费力地说：“不管，不管你做了什么，你……你能不能答应我……你不要骗我？”

他坐了起来，身后的墙壁冰冷。“到底是谁这么多嘴——”他无意识地看了一眼窗帘，似乎是在盘算有谁会是可疑的，“你能不能听我解释——我没有想瞒你的，我只是不想今天说，我想我们今天高高兴兴地去吃个饭，灵境我发誓，我打算告诉你的，我没想到会有人嘴这么快……”

她疑惑地看着他，已经忘了继续哭。

“我是把这个房子抵押出去了。”他微笑着，轻描淡写，“我怕你骂我。你知道，公司接下来开销会大一点，需要钱，可是融资需要时间……我为了预防最坏的状况，现金花完了万一还没融到下一轮的钱，我总得给一百多个员工发工资，你放心，只是预防最坏的情况——这是你和我的大教室，我不会搞到要让银行来收走咱们的家，你不要哭了行不行？到底是谁跟你说的他怎么能这样。”

上帝给他的生日礼物，原来就是这个眼前摆在他们之间的台阶。再不顺着它下去，似乎不大合适。现在是十一点五十三分，果然，他的生日还没过去。

“公司给我涨工资了，我可以来还每个月的利息，这样——即使你有问题，我们也不至于被赶走。”她说这句话的时候，声音格外像个小女孩。很快，就睡着了。

14

关景恒打量着坐在对面的阿南。一个人眉宇间换了表情，会导致非常神奇的变化——甚至会让一模一样的五官都改了线条。他已完全不再是记忆中那个派对上穿梭于宾客之间的孩子。非常巧合的是，阿南露出了那个略微羞涩的笑容：“关总，你看起来比去年，就是那个派对上——变了好多。”

“我？”他淡淡一笑，“可能是瘦了点儿——累得像狗一样，什么都得从头学，公司的钱无论怎么都不够用，我到今天为止也只敢给自己开七千块的工资。”他摇摇头，做出一种辛酸的表情。

“你唱歌的那几年，才不会这么说话。”阿南笑得更加腼腆，牙齿很白。

这孩子果然还缺点历练，他不知道他已经说错话了。不过关景恒不怪他，他只是在心里对自己笑了一下。所以他问道：“牙是新整的吧？看来去年赚了不少。”

阿南丝毫没听出来这句话里暗含的嘲讽：“关总眼力可真好。去年……还可以，主要靠卖荧光棒——也是瞎折腾，跟咱们粉叠里那几个真正的大神还是没法比。”

“你是什么时候加入白千寻后援会的？”关景恒调整了一下坐姿，那个微妙的变化足以提醒对面的人，现在要聊正经事了。

“我想想啊——应该也有三年多了，那时候我在一个电影院上班，我卖爆米花。白大人那个时候还是挺亲民的，他从日本参加漫展回来,因为很成功,他就在我们电影院包了个场招待粉丝们看《复仇者联盟》，那时候还是第一部——我也是他的粉丝，认识他的路人还没有今天这么多，他包的那个影厅大概也就是两百个位子——我就，拿出来我当时卡里几乎是所有的钱，请那个影厅里所有的粉丝吃爆米花——两人一个大桶，还有两杯可乐。白大人当时在北京的后援会会长就是这么记住我的，然后我就加入了——后来我参加组织过好几次人数比较多的应援活动——白大人开演唱会的时候我联系旅行社的朋友弄了好几辆大巴来接粉丝——对了关总，你不知道吧，我在老家的时候考过的驾照是 A 本，演唱会结束的那天晚上，”他又露出了整整一排洁白的牙齿，“下雨了，有二十几个女孩必须马上去机场，可是旅行社的司机不肯送——所以我就送她们了呗。就这样，那晚我送的那群女孩里，有一个是蓝粉蝶的账号，那时候咱们这儿管得还不是很严，还不要求所有粉蝶必须实名认证。她在出国上学之前，就把蓝粉蝶的账号转给我了。当然，很快就没这种事了。”

“白千寻的粉丝之间派系还蛮复杂的，你会不会觉得不好相处？”关景恒打量着阿南的手指，中指上戴了一个造型夸张的骷髅戒指，人在刚刚开始改善处境的时候通常如此，会猛然拥有一些令人一言难尽的品味——主要是在没那么穷了之后，错觉人生从此拥有取之不尽的自由。对这种自由的表达——选一样难看的东西付账是个仪式。

“是有一点，”阿南倒是坦率，“而且，他上过真人秀以后就更红了，可是吧——他其实不怎么会演戏，所以，关总你知道的，他的新片上映的时候，他们公司给我们这些蓝粉蝶的压力特别大——你想想有多少人骂他，我们去微博打仗的那种热闹，简直没法儿回忆。”

“所以你就开始卖别的明星的周边？”

“那个——陈奕迅的演唱会的票我也是偶然拿到了两张，你说了不让我拍卖，我就已经撤了……”

“我说的是黄薇良，亲爱的。”关景恒饶有兴致地欣赏着他的表情，“我们看过了后台的数据，你从去年十一月开始，就在卖黄薇良的荧光棒了，她一个刚刚露头角的女演员——我们统计了一下，基本上，这大半年来，她的电影首映礼、她参加过的综艺或者活动——所有这些活动，参加过的粉丝也不过是两百多人，可以说，这两百多人手里标了她名字的荧光棒、灯牌——都是从你这里出的货，我应该没说错。”

“瞒不过你，”阿南尴尬地将手在眼前挥一挥，像是驱赶苍蝇，“这姑娘的经纪人曾经也是白大人的粉丝，我们认识，她拜托我帮帮忙……”

“她给你多少钱？”本来是想开门见山的，结果出门以后，硬是过了条跨海隧道。

“瞧你这话说的……”

“我给你三百万，签你三年，你从白千寻那里退出，全力来配合黄薇良的经纪公司，把黄薇良的后援会做出点规模来，你接不接受？”

一阵听得见对面心跳声的沉寂。

“可是关总——为什么呢？”

“你先告诉我，你喜不喜欢看黄薇良演戏？”

“还可以，我要是讨厌她也未必会答应帮忙卖她的灯牌——”

“那你就要公开宣布，永久脱离任何白千寻的后援团体。你有可能会被网络暴力一阵子，不过会很快过去，考虑一下吧。”关景恒故意安静了片刻，“你既然对她的戏印象还好，也不算违背粉丝的原则了。”

门开了一条缝，伊镁的身子隐隐一闪，然后才象征性地叩了两下。关景恒站了起来：“我出去跟她说句话，等我回来的时候，希望你已经想好了。”

他把那个手足无措的孩子关在了身后的门里。

门外的墙壁刷成了一种奇怪的蓝色，也许正是因为这个，才衬得伊镁的脸色有点古怪：“刚刚冯小雅打不通你的电话，所以她打给我。”

“我找不到手机了。”关景恒环顾四周了一下，“不过我相信它还在附近。”

“冯小雅说，因为个人原因，她要辞去在粉叠董事会里的职位，MJ 有可能会把那个倒霉的钢铁侠替换上去。你当心一点，他可不像小雅一样事事都替我们考虑。”

“小雅到底是因为什么个人原因——”他已经听不见后面的内容。

“她又怀孕了。”

“怎么可能！谁的？”他脱口而出。几米之外，已经有三四张办公桌后面瞬间升起几张好奇的脸，随后又缩了回去。

“这叫什么话？”伊镁大惊失色道，“能是谁的？难不成还是你的。”

他反手推开虚掩着的门，几乎是倒退着回到办公室里，一转身，看到阿南还是分毫不差地维持着刚刚的姿势坐在原处，甚至表情都没有改变——让人以为他是在耐心地等待着大自然来风化他。听到响动，他总算是仰起头。

“关总。我想好了。我愿意，我不可能再有更好的机会了。”

他从容地走到阿南身边，轻轻拍拍阿南的肩膀，阿南立即站了起来，略微迟钝地掉转身体的角度，以便可以直视他的脸。

“会有人骂你背叛白千寻，你不用理。”他换了一种自己人的口吻。

“我知道的，我并没有卖给白大人，我心里有数。”

“你要记得你是自由的。偶像高高在上，强光一打，粉丝只能是在底下乌泱乌泱的一片。可是你有选择的权利，你可以不站在那个灯光底下。”

“关总，”阿南的笑容有一点僵硬，“我没有文化，这种话，我说不出来。”

“你放心，不是只有你一个人。还有一些蓝粉蝶会接别的任务……我拿了一点黄薇良的公司的宣传费，可是，远远不够三百万——我对捧不捧红她没什么兴趣，但是，你不一样，你得让所有人看到，粉丝能做到什么事情，能把一个默默无闻的演女主角表妹的小姑娘，变得让那么多人为她疯狂——那些制片人不会理解这是为什么，但是他们会找她拍戏的，都是因为你，阿南。英雄不问出身，你是湖南小地方出来的孩子，你端过盘子卖过爆米花——到那个时候，这些都会变成特别荣耀的事情。”

阿南的脸已经涨得通红，沉默了好一会儿，关景恒耐心地看着他，丝毫没觉得这时的沉默有任何尴尬。他又将手放到阿南的肩头去，这一次，重重地按了两下，那微妙的力道迫使阿南开了口，嘴唇似有若无地颤抖着：“我——我不知道该……该怎么——”

“对了，”关景恒的眉毛挑起了一边，“那三百万也不是全部都归你的，你可以拿一半，剩下的一半，用在黄薇良身上，怎么用是你的事。总之，明年这个时候，我要每周能在娱乐新闻里看到她起码一次。没事了，这几天会有人联络你跟你谈具体合同的事情。”说完这句，他就回到了办公桌后面。

阿南用力地点点头：“没有问题，我都听关总的。”他倒退了几步，转身，刚刚碰到门把手，突然又折了回来：“谢谢关总。”

他鞠了一躬。

然后像是怕冷那样，急急地缩了一下脖子，闪身出去了。

关景恒坐在那里，发了好久的呆。他感觉胸口处堵着一团很难说的东西，又像是脑子里什么地方被烫到了。他深呼吸一下，把椅子转过六十度，对着窗外那个漫长的下午。他总想着阿南通红的脸，以及他终于决定鞠躬之前那几步犹豫的后退。他就这样盯着窗格看了很久。他也想想一点轻松的事情，比方说，也许要不了多久，可能就是明年此时，他便可以带着整个公司搬进那种真正高耸入云的写字楼——他像这样望着窗子发呆的时候，也许还能遇上一个身上绑着绳索的蜘蛛人——没有用，那种奇怪的、细细的煎熬始终在那里明明灭灭。他知道，也许在心里翻腾着的，是负罪感。他似乎是从这个叫阿南的孩子身上拿走了一样东西，而阿南很有可能要过上很久才会发现。你又不是没做过损害别人的事情——他嘲笑自己，可是这嘲笑没有任何用处。这世上有的人手无寸铁，而有的人不是。你是不是应该选择一些生来就有兵器的人，这样你就不会感觉像是伤害了自己呢？

不过，究竟什么样的人称得上手无寸铁，反正是由他说了算的。

四月通常是杨絮占领地球的时节——其实，地球上别的城市并不是这样。但是，生活在北京的人们总会有那么一个瞬间，错觉这些杨絮会像咒语一样，盘旋地追着自己直到天涯海角。所以，那段时间，有句话在粉丝圈里很流行，形容一些蓝粉蝶讨厌得“就像杨絮一样”——由此引申开来，“蓝粉蝶”变成了“蓝杨絮”，自然而然地又变成“烂杨絮”，这个名词从诞生到大家约定俗成地开始使用，只用了不到二十四小时。所谓烂杨絮，指的当然是那部分突然倒戈的蓝粉蝶，他们转而支持其他的偶像，并且逐渐真的有能力影响其他的粉丝。起初，似乎是几天之内，粉叠出现了一批高调宣布自己更换了爱豆的蓝粉蝶，像阿南那样，将爱豆从一个顶级偶像转变到一个上升期的演员，只是一个例子，有的人是在两个量级差不多的明星之间完成了转换，有的是从娱乐明星换成了体育明星……宣布转换的理由通常很简单，不是因为对谁失望，只是变心了而已。谁都看得出来，粉叠对这些“背叛行为”给予了大张旗鼓的鼓励，这些蓝粉蝶的号全体被放到了首页，甚至这个活动都被取了名字，叫作“不过是做选择”。起初有人把这种行为理解为炒作，但究竟是谁在炒作就众说纷纭了。粉丝们之间突然意识到，确立谁属于同一个阵营已经成为一件非常急迫的事，骂战，彰显忠诚，煽情，表达对背叛者的鄙视，背叛者开始宣布自己的自由意志是无辜的……从最初的楚河汉界，变为春秋混战，一时间粉叠倒是多了不少注册用户，只是一时还难以判断这些用户是不是专门来骂人的，以及，会不会付费。

黄薇良的新剧开播于暑假的时候，在一部长达四十集的电视剧里，她的戏份前后加起来大概十集左右，扮演的是男主角曾经落魄时甩掉他的前女友——自然会有男主角对她暂时的念念不忘，自然她会被很多女性观众当成反派，因为她客观上妨碍了男女主角的进度，她——必然在放弃男主角之后拥有了不幸的感情生活，而剧终时她也终究在观众们的一片骂声中表达了对男女主角的美好祝福。戏快要播完的时候人们发现，这个女四号拥有创意强大而组织有效的粉丝团。一个男生，将自己夸张地浓妆艳抹，然后模仿她在剧中非常被人诟病的那一段台词——前女友嘴上说着只是想回来看看旧日的朋友，言语间却全是对于跟男主复合的渴望。男生一人分饰了“男人”和“女人”两个角色，用各种方言，夸张地讲出那段黄薇良柔情蜜意的台词，方言冲掉了所有表象，只剩下了不高明的算计带来的那种滑稽感。除了讲台词，男生还必须时不时跟一个画外音对话几句，画外音代表的就是嗑着瓜子观剧的观众。这个男生是阿南找来的群众演员，只需要五百块。然而这个视频却成了黄薇良粉丝团的得意作品——效果谈不上惊人，却让“黄薇良”这三个字在搜索引擎上的搜索次数上升了十倍。于是，黄薇良的经纪公司成了粉叠的长期合作伙伴，看起来，一切都好。

“可是关总，”伊镁一咬牙，还是把话说出来了，“我知道看起来一切都好，可是我们该赚的钱呢？所谓的长期合作，都是资源置换而已，我们自己砸进去这么多钱倒是替他家做红了艺人——而且还不算是大红。我们图什么呢？”

“你急什么？”关景恒没有表情地看着她的眼睛，他现在已经掌握了如何恰当地拿捏分寸，让跟他对话的人产生适当的窘迫，“会有人比你更急的。”

“真的吗？”伊镁像是豁了出去，“我脑子笨，我看不出来。我看见的只有白千寻的一些粉丝恨不能每天问候阿南家所有的女性亲属，除此之外，至今还没有几个够得上一线的明星的团队愿意付钱给我们。”

“我们这里现在有二十个阿南，顺利的话明年会有一百个，到那个时候，你看着会不会有人付钱。”

“可是老板，”伊镁难以置信地倒抽了一口凉气，“且不说我们有没有能力砸出来一百个阿南，像白千寻那样的人，他才不会在乎少了几十万个粉丝，在他们眼里这些蓝粉蝶就是小丑，就是烂杨絮，你不要过分地乐观……”她看着关景恒的神情，意识到，想要此时住口也已经太晚了。那一瞬间她其实由衷地想念大韦，明明此时站在这里的就应该是他。也许如果大韦还在这儿，从一开始就有办法打消这个疯狂的念头。

“你说完了吗？”

“上个月的财务报表发到你邮箱里了，别忘了看。说完了。”

本来就是已经开始的狂欢。关景恒用力靠在椅背上，闭上了眼睛。没有人能生来就注定了是偶像；没有人能不需要任何理由地操纵人群的疯狂。这是他从一开始，就要证明的事情。

灵境拖了一张空椅子，坐在冯斟的桌子旁边，紧张地偷眼注视一下这位老板的表情。可是冯斟通常只有两个表情：皱眉头的时候和不皱眉头的时候。但是，皱眉头的时候未必代表他不高兴，眉头紧锁但满心喜悦的情况也是有过的；与之相对的是，当他内心已经愤怒地想要和你同归于尽，可脸上依然是一派平静。所以，灵境其实早已经认命了，不管看到这两种表情里的哪一种，都在心里做好从零到十的全套预案。差不多两个月前吧，孟舵主委婉地对冯斟说："如果到春节，你的team还是投不到一个像样的游戏公司，我们就必须从公司角度考虑这个团队的运营成本了……"听到这句话，冯斟的脸上也是如现在这样，眉头微皱，可也没有更多的情绪。然后钢铁侠从旁边补充了一句："我来翻译一下，他的意思是说，如果到春节你的team还是现在这副鬼样子，第一个该辞职的就是你。"冯斟依旧不动声色，似乎他从出生的时候起就怀着对全人类的蔑视。

他盯着台式机的屏幕，在一边操作鼠标的是灵境，一幅非常简单的画面占据了全屏，雪地、湛蓝的天空、天空上两朵云，看起来是类似于蒸饺的形状。一个造型非常简单的小雪人行走在雪地里，单调地踩着雪的声音让人产生某种奇怪的依赖性，小雪人没有脚印。小雪人的任务很简单，看似平静单调的雪地下面埋着人，救人是它在这个游戏里唯一的目的。至于人埋在雪地的哪里，系统有时候会给提示，而有时候不会。小雪人有可能只需要蹲下来，两只小手刨一刨，就能挖一个人出来，被挖出来的人会给小雪人一个简单的拥抱；可有些情况就没那么顺利了，小雪人在没有任何提示的情况下需要自己判断，什么地方有可能埋着人。一局的时间是五分钟，每一局开始，系统会提示你，小雪人需要得到多少分，才能顺利进入下一关。

也不知道开发这个游戏的人心里到底多寂寞。沉默的小雪人不停地工作着，当然可以买工具——越先进越有效率的工具越贵，这也是必然的规律。随着关卡的挺进，计分的方式会变得越来越复杂。救出一个人，救出一只北极熊，救出圣诞老人的麋鹿，救出圣诞老人本人……分值都是不一样的。救出圣诞老人的话，圣诞老人会送给小雪人一个随机的礼物，这个礼物会或多或少地帮助小雪人完成下面的任务。还有两种救助对象是特别的：一种是小雪人的同类，也就是另一个雪人。当小雪人解救出一个自己的同类时，同类通常缺胳膊少腿，小雪人必须选择，要不要从自己身体上拿出一部分雪，把同类修复成完好的样子——小雪人一局里最多只能割三次肉，不然自己生命会有危险，然而救活一个同类，当然能得到很高的分值，所以小雪人需要选择；另一种被埋在雪地里的家伙最危险，它们是机器人，是小雪人的敌人，每一个机器人手里都有一个极为强力的吹风机，会吹出一阵温热而狂暴的大风，在一瞬间把小雪人吹成漫天的雪，再静静飘回雪地里——Game Over。机器人有百分之二十的概率，感念小雪人的救命之恩，不会在重见天日之后消灭它，如果奇迹真的发生，小雪人就可以直接跳入下一关，并且获得优厚的经验值奖励——因此，是否要选择救助机器人，是小雪人，也就是所有玩家需要决定的事情。

其实这是一个极为简单的设计。但是在灵境看到demo的时候，就被这个胖胖的小雪人打动了。它成功救出任何人的时候都会发出一串婴儿一样的笑声，当它被机器人的吹风机吹散的时候却保持着安静。其实游戏并没有设置多么复杂的困境，可是灵境相信，一定会有一些人和她一样，被这个小雪人茫然的行走、无邪的欢笑，以及孤独的消失所吸引，感情一旦发生，你就会把那个“救不救敌人”的困境当回事了。

灵境不知道冯斟能不能理解这个。果然，冯斟捏了捏自己眉间的穴位，苦恼地问她：“这个游戏有通关之后的结局吗？总不能一直这样救人救下去没有头吧。”

“有是有，不过——也许你会觉得结局很无聊。”灵境有些为难，“结局就是，分值达标的那一瞬间，极光来了，满屏鲜艳的颜色，然后小雪人会跳舞。没了。”

“你真的相信，会有足够的人一关一关地熬过这个无聊的游戏，就为了看这个汤圆跳舞？”冯斟开始按压太阳穴了。

灵境只好硬着头皮回答：“我相信。”

冯斟深深地吸了口气：“这是个独立游戏公司做的对吧？”

“嗯。”灵境用力地点头，“其实只有三个创始人，已经快揭不开锅了。”

“主要的制作人是个留学生？”冯斟翻了一下手里那几页纸，“这是什么学校？我怎么不知道……”

“在波兰。”灵境说完，等着冯斟的点评，可冯斟只是一脸茫然，似乎从来没听说过一个叫波兰的国家。

这时候一个女同事正好从冯斟的桌子前经过，突然停下来回头看了一眼。

“天哪！”她直直地对着屏幕冲了过去，“好可爱！”她的手指开始毫无顾忌地摸屏幕上那个小雪人，“这个小家伙看起来真像是在闹别扭——我的小侄子小时候就是这样的。”

灵境得意地对冯斟暗暗地一笑，冯斟礼貌地把椅子挪开，好给那个女同事让出地方。小雪人就在此时笑了起来，然后这两个女人开始嘈杂地、此起彼伏地表示自己是如何“快要融化了”。

“我得去见见这个团队，”冯斟盯着屏幕上那朵角落里的云，“灵境，你和我一起见。”

他们都听见了钢铁侠的办公室里传出来的声音，门开了半扇，钢铁侠一边接电话，一边沿着对角线焦躁地来回踱步：

“他以为他是谁啊，他以为他的公司有多少钱禁得起这么折腾还真当自己是巨头了哪儿来的这么多戏，欸你告诉我，他是不是精神真的有什么问题……”

众人侧目的寂静里，文娟走过去，打算关上那扇门，恰在此时，钢铁侠心有灵犀地一脚把门踹回了原位，轰隆一声巨响之后，他说话的声音瞬间变得很小，大家转头回去工作的时候脸上带着点扫兴的神情。有人在窃窃私语：“他最近怎么了，神经病一样。”有人回答：“他……一直不就是这样吗？”

经过冯斟的桌子，文娟给了灵境一个眼神，灵境心领神会地跟着她一起走出来："你想喝点什么？"问话时灵境心里想的是，等下一定也要给文娟看看那个神勇的小雪人。

文娟无奈地冲着那扇由她关好的门看了一眼："你跟关景恒说，这几天还是少撞枪口吧。至少今天。"

小雅看到她们二人一起行动了，微笑着站起来往她们的方向走，想要加入。她办公桌上的两个相框里，照片已经换了。一张是她怀里抱着刚满月的婴儿，她们穿着亲子装；另一张是一家三口在某个院落的草坪上拍的全家福。已经两岁的小朋友有一双懂事的眼睛，端正地坐在父母中间——那对父母笑得愉快而张扬，就好像他们一直都是幸福的。

15

关景恒已不记得上一次到上海来是什么时候。站在虹桥机场的到达厅里，有一瞬间的生疏。手机里的未读信息已经积攒到了七十五条，他只回复过小雅一条：我落地以后打给你。这当然只是说说的，当他抵达浦东某个陈旧的写字楼，迟疑着该按下哪一层的电梯，小阳春的闷热似乎已对他不起作用，当然，此时的未读信息已增长至三位数。电梯门缓缓开了，大韦就站在墙角一棵绿植那里。他们看到彼此，熟稔地一笑，就好像这不过是一个普通的下午，他们每天都会在这里见面。

巨大的办公室里有将近两百个人的办公位，属于粉叠上海分部的不过是一个狭窄的容纳四个人的隔断。好在，离露台很近，他们站在棕黄色的铁栏杆后面的时候，看起来，以为整栋楼从中间规则地裂了一道缝，而这两个人打算穿过那道缝隙去到对面灰蓝的天空里。大韦把打火机递给关景恒，看着那一缕烟努力地朝着对面的屋顶盘旋而去。

“好多年前我有一段总得出差的日子，”大韦淡淡地说，“那时候，安检没有今天这么严，把打火机塞得深一点，是可以上飞机的。”

“那得是什么年代？”关景恒愕然，“9·11之前吧？”

“哪儿至于的。”大韦笑了，“昨天晚上我接了一圈儿电话。手机都烫了。”

关景恒不接话，此时露台上来了第三个局促不安的烟民，他见状，友好地把自己的打火机递了出去。这种时候，陌生人脸上总是充满真诚的感激。

沉默了一会儿，大韦只好自己继续说：“我就事论事——这么大的决定，董事会并没有通过呢，你就把事儿办了，确实不好看。哦，昨晚接到Tony的电话，我才想起来，我也是董事会成员，我自己都忘了。”

“我来这儿，”关景恒的眼神似乎是落在楼下那一层一模一样的栏杆上面，他觉得歉疚或者尴尬的时候，通常会让自己的眼睛去追看一些有点费力才能看到的东西，“就是要征求你的意见。我知道，晚了一点，可是别人怎么说不重要，我只想听听你觉不觉得我是对的。”

好像这是他第一次承认，大韦的意见是重要的。也许正是因为太重要了，他才在一年前恼羞成怒地赶走他。

“公司没有那个能力让你这么砸钱——”大韦叹了口气，“你这一次砸给每个蓝粉蝶的钱，等于是拿钱给他们，让他们背叛原来的爱豆——我明白你的意思，可是这样不一定是有用的，你能保证他们就算是倒戈了，有能力把新的偶像做起来吗——这是一个很专业的事情，多少经纪公司都做不到的。”

“我没那么蠢，”关景恒一脸无奈，“我并没有觉得我们的蓝粉蝶有那个本事——但是他们确实有经验，能给别的艺人带热度，我只要很多人紧张一点，让他们看看粉丝这种事能来也能走，并没有那么多人命中注定只能当偶像……”

“然后呢？”大韦冷静地问。

“然后我们的蓝粉蝶就会变成他们所有人争取的对象，粉叠的每一个蓝粉蝶都会有更高的价钱，不管是想吸引他们过去的人，还是想留住他们的人，都要付出更多才可以——你相信我一件事大韦，一个女孩子，愿意给偶像疯狂地砸钱——只是在某一个年龄段，而这个年龄段的年轻人会越来越少的……”

“为什么会越来越少？”大韦的表情像是见到了鬼。

“我的意思是——人口结构。”关景恒的表情很紧张，他们两个人终于一起笑了，“你相信我，会有人愿意为了抢受众砸钱的……”

“但是你为什么就没想过还有另一种可能？”大韦也跟他一样，

转过身子，认真看着下一层露台的栏杆，“就是，几家大的娱乐公司要合作联手清理掉某些害群之马，比如粉叠？”

“我觉得不会——我赌……永远会有一家觉得可以利用我打压别人。”

“你就是盲目乐观。”大韦苦笑着摇头，“当心一点，去年粉叠的流水只能说是过得去而已，马上就花这么多出去，我担心……”

“你不要担心钱。我这两个月里一直在见新的投资人，放心，我能再融到钱。”

“我只怕别人都被你的计划吓跑了。”大韦斜靠在棕黄色的栏杆上，让人突然会担心那个栏杆的坚固程度，“今天那个韩国组合已经发表了声明……我实在记不住他们的名字我是上一代人了，你看到没——”大韦仔细地在手机上翻着，“他们在中国的公关已经开始了，声明最近增加的一波热情粉丝并不是什么专门的策划，也不是他们故意抢来的，感谢中国观众的热情，并且保留一切权利追究诽谤……”

“我就知道我们的蓝粉蝶都是好样的。”

“算了，我说什么你也不会听。我只提醒你一件事，回去算算现在的钱还够给所有人发多久的工资，然后告诉我，我需要立刻想各种情况的对策。你得跟伊镁说清楚，在这个问题上我有所有的权限，她必须配合我——”大韦轻松愉悦地笑着，“我知道她是你的狗。”

“你这人就是太歧视女性。”关景恒笑着摇头，“多回来看看我们。上海的工作其实也没有那么忙，你一走就真的像是蒸发了一样。”

大韦保持着沉默，也没有附赠礼节性的微笑。这种说法也太简化发生过的事了。关景恒也没想要等到他的任何回答，径直说：“我们就这么说定了，你是同意我的决定的——我现在去机场，看还能不能买到下一班飞回北京的票。”

“这么急？”

“有太多人要见。下次，你带我去两个你喜欢的馆子，我请你。”

大韦看着他的背影，他刚刚留下来的烟蒂像上坟一样，戳在一堆细小的白色石子上：“关景恒，这句话，我随便一说，你也随便听听就行。”

关景恒停下了步子，拉开玻璃门的手臂也顿住了。

“你已经是一个非常厉害的人了，我说的是真心话。你做到了很多别人做不到的事——所以，你不用那么介意，早几年前，你没有成为白千寻。”

他当然没有回头。

大韦知道他是来道歉的，他也知道大韦接受了，可能吧。

如果没有雾霾，如果没有污染，如果没有那种——兴致好得就像要平移整个城市的长风，秋天就是北京最美好的季节。当然，如果以上三项皆没有，灵境就会心惊胆战地站在微凉的碧空下面，反省自己最近有没有做错什么——这个城市骤然间如此和颜悦色，不可能毫无理由。印象中，那一年的秋天还是比往年长了一点，没那么敷衍。

那个秋天，灵境几乎是每一天都在关心着小雪人游戏的进展，这是她第一个真正意义上的项目。那个小小的工作室里，每个人从起初烦她到完全把她当成自己人，好像只用了不到两周。

那个秋天，应该是初秋的时候，小雅请了两周的病假，因为胎儿流产了，不明原因胎心停跳。大家都礼节性地表示了遗憾，除了文娟，文娟只是有些勉强地建议小雅多喝红糖姜水。三个姑娘应该就是在那前后，不再有不定期的小聚。病假之后，小雅的先生开始总是被同事们看到，有时候是送小雅上班，有时候是来接她回家，女孩子们表示羡慕的同时不由得疑惑，这个男的看起来似乎是不用工作的——不过那又怎么样呢，能开始学着顾家总是比过去进步了，说到底小雅还是好福气。小雅的话越来越少了，人依旧美丽，只不过突然之间瘦了一大圈，可能是因为她曾经更丰腴一点，看起来慵懒但并不是真的懈怠，现在，倒是真的倦意加身。不需要出差的时候，她就像是被种植在了自己的桌子后面，能不挪动就不挪动，午餐的时候常常是拜托灵境给她带一杯咖啡上来就够了。到后来，灵境也不再问了，自动多买一杯，不理会文娟在身后白眼快要翻到太阳穴上。

“她也怪可怜的。”灵境有气无力地辩解。

“你还有没有点起码的是非？”文娟眉毛一拧，“她哪里可怜了？她一边祸害我们的老板，一边跟她老公秀恩爱撒狗粮，怀上第二个的时候大张旗鼓顺便轻轻松松地就把Tony甩了。人不能什么都要吧？她宣布怀孕的第二天，就把桌上那两张照片换了，她在两星期前问过我选那个贵得要死的手工相框到底值不值得……早就有预谋的好吗当时Tony根本就不知道。”

“你——”灵境一时选不出来最合适的句子了，“你总是不能责怪一个女人在两个男人里选了自己孩子的爸爸……你有没有人性啊。”

“那偷情贪欢的时候怎么不记得自己也是妈妈呢？母亲这种神圣身份还真是遮羞布。而且，”文娟神秘地凑近了灵境，“你说实话你有没有怀疑过那第二个孩子是谁的。”

“喂！”灵境垂下了眼睛，然后只好暗暗地点点头，表示承认了。

“总之，虽说都是奸夫淫妇吧，这一次我站Tony。”文娟总算是有了结论。

“可是说实话，你我——反正没有真正的证据。”

那个秋天，并没有谁是容易的。在灵境的记忆里，从夏天开始，先后大概有四五家机构遗憾地跟关景恒表示，因为刚刚过去的那场股市重创，他们不得不调整计划——所以，之前打算参与粉叠融资的事情，就只能再说了。至于这句话是不是托辞，至少关景恒自己不会那么想。哪怕是在家里，他脸上都从不露出疲态，总是神采奕奕地出门，灵境知道他会在公司里维持一整天这样的战斗模式；夜晚入睡之前，他一反常态地会把白天发生的很多事告诉灵境——很多当然不代表全部。比如说，他会津津乐道地讲粉叠第二季度的广告收入和用户充值比他预想的要好很多，灵境当然不会问他，那么在扶植蓝粉蝶上又花了多少；比如说，他刚刚见了一家比 MJ 实力大得多的机构，对方的人拍着肩膀鼓励他粉叠这一轮拿到至少八亿的估值没有任何问题，他自然不会讲，隔了一夜之后这个称兄道弟说他前程似锦的人就再也没了消息甚至连回复微信的频率都像是隔着十二个时区。灵境耐心地听着，听他说一切他愿意相信或者只愿意相信的事情。然后他就这样睡着了，睡眠尚浅时，轻轻地握住她的手指。

有的时候，灵境会在凌晨两三点的时候突然惊醒，总能看到他看着一盏小小的夜灯，坐在厨房里，小潘的餐桌上放着半杯酒。灵境不问他这究竟是第几杯，只是在他身边坐下来，也给自己倒上一点。然后，关掉那盏小夜灯，小区里的路灯余光刚好照亮那桌面的一小块地方，看得清酒杯就够了。他们这样静静坐一会儿，关景恒会习惯性地把手放在她的脊背上。如果困意重新来临，她就回去睡觉，由他独自坐着。

“我只是不甘心，灵境。”他站起身子去拿放在冰箱顶上的酒瓶，突然这么说。她一口气喝干了杯底，手指在唇边抹了一把：“可是——人生原本就没有意义呀。”

“是没有意义，但总还是有人能证明，他们的存在更重要一些。”

“你不用证明任何事。就算你永远得不到你想要的东西，我也不会笑你的。”

“可要是有一天我真的什么都甘心了，你不一定还爱那个时候的我。”

“反正我相信，时间慢慢过去，人的欲望会随着时间变得越来越少。到最后，说不定都会笑话自己曾经在所有事情上有过那么多的渴望。我和你在一起，陪伴对方，不就是为了一起把那一天等来吗？”在黑夜里听她的声音，感觉像个小女孩，“等来了那一天，我们就幸福了。”

“不对，灵境。”他轻轻地一笑，像是在叹气，“人生不应该是那样的。不可能是那样的。”

“我和你不一样，我觉得——一个人应该为了自己想要的生活去努力，有的人做到了，有的人做到的事情很大，让所有普通人的梦想相比之下都不值一提。可是，要是真的把碾压所有普通人一生的梦想当成是目标，那就太尴尬了。”

关景恒没有再回答。

这段对话发生在略有酒意的暗夜里。所以有时候，她会怀疑是否真的发生了。

她在被子里滚成一团，习惯性地留出来他的位置。有一个噩梦，过去总是会做，内容就是一觉醒来发现身边是空的，手机通讯录里也没有“关景恒”这个人，问了一圈周围的人他到哪里去了，每个人都用奇怪的眼神看着她——他从来就没有存在过，梦的结尾通常是，她想要打开衣柜看一眼，他的衣服有没有留下来哪怕一件，一件也是证据。然后就醒了。这个梦已经很久没有做了，即使身边那个位置只剩下冰冷床单，她也知道他在厨房喝酒。床头柜上的手机亮起了屏幕，就像是黑夜里的萤火虫。是小雅在和她说话，小雅打了好长的一段：

“你不用回复我，看看就好。我得告诉你，关景恒现在是在玩火。他现在砸出去的钱真的能扶起来多少个有效的艺人后援会我不知道，我只知道他们已经得罪了很多人。赚钱的除了那群莫名其妙的蓝粉蝶，根本就没有人得到好处。你可以去看看粉叠的社区，都已经乱成什么样，随时随地都是不堪入耳的骂战。最关键的是，不会有人愿意陪他玩这个游戏的，至少，他在花完现金之前估计不会有。我知道他现在什么都听不进去，你心里有数就好。”

她把手机重新放回床头柜上。片刻之后，担心它重新亮起来，所以干脆塞进了抽屉里。在关景恒回到床上之前，安静地闭上眼睛，好像已经入睡很久。他俯下身子轻轻亲吻她的太阳穴。她突然想起，好像他们已经很久没有做爱了。

她听着身边的呼吸声，平缓也有规律，她知道自己很快就会真的入睡，但是她不敢想他会不会一夜无眠。

天亮了就好了。

只要曙色如约而至，一切都会看上去有条不紊的。小白龙会依旧温顺，上班路上会依旧拥堵，灵境每天都会发誓为了躲避堵车一定要早一点出发可是依旧做不到，关景恒会依旧换上一件干净的衬衣，看起来神采飞扬，像是一切都依然在掌控之中。“天亮起来”是一个救生圈，抓住它，黑夜中所有此起彼伏的惶恐都会流经你的身体，但是沿着一条隐秘的管道静静地退却。你轻车熟路地套上了白天用惯了的枷锁，居然觉得自由了。

突然有一天，偶然醒得早了一点，灵境光着脚踩到了地板，并不算是很冷，但是那点寒气提示你，冬天要来了。每一年的冬天，都是最先通过木质地板跟她打招呼的。关景恒的手机放置在餐桌上，屏幕黑着，也在睡眠中。她换好衣服重新经过餐桌的时候，屏幕安静地亮了。一条信息像涟漪一样在那里细微地翻滚。她回头扫了一眼，就读到了内容。看起来应该是一条比较长的，她只看得到半句：我也很遗憾，祝你接下来一切顺利。我还是相信粉叠的未来的……读到这里，屏幕上重新归于寂静，她不能输入他的密码来解锁屏幕——否则他会发现如此重要的一条信息为什么没有显示——灵境已经明白了，发信息的人，也就是关景恒最近常常提到的名字，是一家非常有实力的也长期对粉叠最有兴趣的机构。她出门的时候回头深深地望了望床的方向，还好，他睡得很熟，让他多睡一会儿，晚一两个小时再知道这个坏消息吧。

这也是理所当然。尤其是，在发生过那样的事情之后。月中的时候，几乎是所有“粉蝶”们都知道了一件事。某个后援会在募捐——为他们刚出道没多久的“小王子”凑钱做宣传物料，以及买广告位。一直有序地组织这一切的蓝粉蝶，在某个深夜，突然消失，自然，带走了所有大家凑好的钱。关景恒很介意，伊镁没有跟他商量就立即报了警。

她轻轻走出去，尽量小声地带上了门。

她知道当晚上回家的时候，他会看起来若无其事。她自然也会配合他，装作什么都没发生。她知道他需要相信自己的这种镇定，一旦相信了，他就会相信困境终将解决，哪怕巨浪已近在咫尺。曾经的热闹喧嚣延续至今，让他错觉他有恃无恐，一定会有人为他想做的事情买单，谁都往这个错觉里有意无意地添过一把柴火，包括灵境自己。奋斗得来的成功最可怕的地方就在于此，哪怕你只拥有过它短短的一年、半年、三个月——你都会以为它永远不会消失，你都以为你配得上拥有这些。

当一切曲终人散，你还以为，好日子就在门口，十分钟后就会重新进来。

“我叫你来，是要跟你讨论一件事情。”钢铁侠的脸上有些倦意，可能是因为他刚刚从自己家里出来。他家楼下的这间酒馆非常适合安静地谈些事情，因为生意越来越差了。今晚，除了他和关景恒，只有墙角那张桌子上有一个独自小酌的客人。调酒师也是一副无欲无求的表情，倒是水准还一直不错。他总是希望他们能撑得久一点，所以一坐下来就点了四杯。

关景恒没有说话，只是看了一眼自己的手指。他已经不是当初那个动不动就喜欢暗暗握拳头的年轻人。

“你自己也知道，你最多还能撑两个半月。”钢铁侠努力地让自己语气平和一些，反正任何情绪都是无用的，“从两个月前起，粉叠所有人都只发百分之八十的薪水，你承诺过只要下一轮融资到位了就给大家补上——有一些人辞职了，大部分人选择相信你，因为他们的公司在一年前还是被所有人看好甚至被人追着投资的……他们不知道全都是因为老板愚蠢的决策，导致从上个星期起，伊镁甚至给全体员工群发邮件，告诉大家尽量选择便宜一点的快递，以及餐费报销额度也削减了百分之五十。我们先不谈损失和感想，我告诉你，我现在需要怎么办，好吗？”

“给我一分钟，我想解释，我扶植蓝粉蝶们倒戈，不是愚蠢的决策。”关景恒拿起面前的杯子用力喝了一口，放回桌面的时候，杯底轻轻地一响，“如果我能有多一点的时间，会看到效果，艺人们目前还没有开始真正做行动争夺粉丝，但是很快就会开始的，我到现在都相信，从粉叠开始，让粉丝领袖变成一个赚钱的职业，他们最终不会永远赚我的钱，而去赚整个行业的钱……”

“你想的都没错，”钢铁侠的笑容甚至有点无辜，“可是你忽略了一个小问题，你所谓的蓝粉蝶们，他们赚的不是你的钱，而是我们的钱——你好像忘了这件事，你有义务将粉叠的支出，至少维持在一个合理的区间。”

“可是我——”

“可是你到此刻都觉得会有人砸一笔钱来救你。”钢铁侠身子往后一仰，靠进了松软的沙发里，“你们都是这样，都觉得自己必须幸运。我坐在这个地方，”他指了指脚下的地板，“就在这个位子上，见过多少人的表情，就跟你现在一模一样。我甚至每一次点的都是一样的酒。你以为我自己很爽是吗，不是的，这种时候我会觉得我的工作毫无意义。”

关景恒已经拿起了面前的第二杯：“我只是想，做一点，真正改变了什么的事情。”

“如果粉叠现在有一亿用户，也许你还有资格尝试——亲爱的，一千五百万人，没有你以为的那么多。我还以为这个道理是不用讲的，如果你是个冰岛人也许你不理解一千五百万人不算什么大数字，可你……”他笑着挥了挥手，“算了。听好我下面要说的话。我们都不愿意看着粉叠就这样完蛋，为了救它，我要你辞掉CEO的职位，退出粉叠的日常运营和管理，也退出董事会，事实证明近半年来你的决策失误导致了现在的局面。所以，明天我们会召开董事会通过你的辞职，由大韦暂时代替你行使CEO的一切权力。这不是在和你商量，我只是希望大家的面子不要太难看，所以提前通知你。”

“不。”一个非常简短的回答。

“你口口声声说你爱粉叠，这一年半以来你在大大小小的场合说过三十多次了，你还曾经跟孟舵主说过一切都是为了粉叠的员工——那现在就是考验你的时候，你是爱粉叠，还是爱你自己的虚荣？”钢铁侠伸长了手臂，将酒杯举在半空中，“想好了以后，就跟我碰个杯，我等着你。”杯子就一直悬空举着，他丝毫不介意这种尴尬。

“我有一个要求。”关景恒垂下眼睛，再抬起头的时候，眼白的部分突然布上了红丝，“我毕竟还是粉叠的股东，我可以退出董事会，但是我全权委托灵境代表我，参与未来与粉叠有关的投票。我们是夫妻，这不算过分吧？”

“可以。灵境至少比你理智。”

另一只杯子终于颤抖着凑了上来，像是一个慌乱的索吻的情人。两只杯子发出微弱的叮咚声，关景恒像是不知道该拿自己那只无助的手臂怎么办，于是只好一咬牙，喝干了。他听见钢铁侠吹了一声口哨，接着他招呼服务生过来：“再来两杯一样的。”他看着钢铁侠：“算我的。我还没落魄到请不起这两杯酒。”

也许是知道了下面还会有酒，钢铁侠整个人像是放松了一样，胳膊终于垂下来，好像在看着远处的吊灯。“你不用太在意，我这么跟你说好了，”他突然正襟危坐，虽然他一直没有喜欢过关景恒这个人，但也许，反正也认识得久了，或多或少总是有了点情感，“这件事目前你还真的是第一个知道的。下个礼拜，我得回去一趟得州，我去离婚。我老婆——也许该说前妻，她跟我过去最好的朋友在一起了。他们打算立刻结婚，然后生小孩。”他笑了起来。

“你最好的朋友……”关景恒有些困惑，记忆里似乎有什么在闪现。

“也许灵境跟你说过这个人吧。徐承天——”钢铁侠又笑了笑，“真他妈不想提这个名字。那个时候，他的公司完蛋了，他要我帮他，我做不到。破产以后他当时的太太带着孩子离开了他——可能他是真的真的恨我吧……好多人说他去美国读书了，我也没多想——原来在这儿等着我。来，”他们这次非常愉快地再碰了一下杯，碰杯其实是种微妙的礼节，让周遭氛围中难以描述的东西变得一目了然，“你看，人生时不时地，会发生这种事情。你不能——开不起玩笑。你想象一下，如果坐在这里喝酒的是徐承天和小潘，他们又会聊什么呢？”

关景恒手肘支在桌子上，用力地揉了揉脸，然后手臂放回了原处：“好像都是最信任的人之间发生这种事……为什么你睡了我的老婆，为什么你拿走了我的公司——”他苦笑着，摇摇头，再喝干。

“那又怎么样呢？因为没有什么真正是属于你的。”钢铁侠大笑了起来，“所有赢了的人都是这句话。”

他们身后突然响起来一阵音乐，从音箱里流出，音质还不错。角落里的那个孤独的客人也被这音乐声吸引了。如今这家店几乎不会再花钱请乐队来表演，但是此刻，那个刚才为他们上过酒的服务生走到了乐队的位置，居然拿起了话筒。看来，他们已经习惯了这样的自娱自乐，吧台后面的酒保开始跟着节拍晃动手里的调酒器。那个年轻人唱的是 *Last Order*：

没关系，真的没关系；
我也许，早就该回去。
再一杯，我告诉自己，
到此为止，干了不再续。
麻烦你，加冰威士忌，

对不起，来个 Double 的。

……

关景恒突然像是忍无可忍地站了起来，深深地看了钢铁侠一眼，那是一种从没见过的神采飞扬："我实在听不下去了。"然后他离开了自己的位子，冲着那个年轻人抬高声音喊了一嗓子："喂，我教教你怎么样？"

几秒钟的愕然，音乐只好独自蔓延。角落里那个客人倒是非常配合地开始鼓掌了。关景恒走过去，自然而然地从空置了很久的钢琴边，拿起了另一只麦克风。他打开它，指尖轻轻一叩，就像是面对着自己身体的一部分：

那晚下雨，在这店里，也放着这首曲，

有个男子，搭上一个女子，反正失恋，

他当然不介意，有段艳遇，

……

满室的音乐都开始柔软了起来，就好像已经等了这个声音很久。他微微闭上了眼睛，他当然知道的。没有想到是这样的重逢。我从来不会让任何一首曲子白白空等，我不会这么做。

只是回到，他的家里，

十几坪，家徒四壁。
一声不响，那女的掉头离去，
就像三个小时前，他未婚妻
初次到来，嫌弃的样子。

这首歌的时长是多久？总之，所有的缠绵也不过就这几分钟。室内响起来零散却极为热烈的掌声，别吵，不要打扰我们。我从来没有忘记过往昔的岁月，我只是没有怀念的资格而已。我没忘，真的没有忘，你能不能明白？他深深地冲着台下看了一眼，他看的其实是那个音乐的背影，只有他看得到，这原本就是旧情人之间的事情。

钢铁侠认真地看着他。从来没有见过这样的关景恒。他们的眼光交汇了片刻，这一次，关景恒完全没有躲闪。你是不是以为，这才是我本来该有的命运？做梦吧，还早得很呢。

可其实，钢铁侠心里只是在想，也许直到此刻，他才有一点理解，灵境为什么会爱这个人。这个愚蠢的姑娘。

16

那个冬天，比二〇一三年的还要漫长。清晨的时候，灵境系上了大衣的纽扣，突然想到她刚刚买下这件礼物送自己的那个周末。那时候她以为她不过是失恋了；那时候她不知道她会在不久的将来，在每一个清晨对着这间大教室里的镜子检查自己的装扮；二〇一三年的那间试衣间里，在她肉眼看不到的地方，一定有类似命运的神明在暗暗对着她叹气：该说你什么好呢，你会跟你心里想着的那个男人在一起的，是呀你会得到他，可你得和他一起熬过人生中最为无望的时刻。如此说来，二〇一三年冬天那个失落消瘦的自己，其实是比现在幸运的。她对着两年后的镜子缓缓地微笑一下。那时候不管怎么说，尚有执念。每个心存执念的人，都还怀抱着执念也许会有万分之一的概率成真，那种狂喜也许永远只能存在于想象中——可那其实是真实的。

她折回床边，弯下腰，轻轻拥抱了一下熟睡中的男人。她知道他辗转反侧，刚刚入睡没多久——更有可能仍然醒着。他的气息萦绕在她脖颈与发丝之间的那些微小缝隙，她用这个方式告诉两年前的自己，我依然为你高兴，不，我依然是高兴的。

大韦正式接管了粉叠，第一件事，就是在研究如何合理地废除与蓝粉蝶们签过的烧钱合同。关景恒依然每天都去上班，他把自己的办公室清空了，随便选了一张刚刚离职的同事的桌子。大韦抱着两只塑料箱子走进去的时候，整间屋子里的人都装作没注意到这个。事实上，员工已经走掉了将近一半，剩下的一半都是自愿接受了暂时的降薪——很多非常重要的工作都是实习生完成的。接触过的有可能的投资方，一个接一个地传回来“NO”的消息，似乎每个人都习以为常。也许只剩下关景恒一个人，还相信奇迹终会发生。

“等一切都缓过来了，我们就生个孩子好了。生个女儿吧，就叫她‘关小心’。”某个夜晚，灵境语气轻松地这么说，“这个名字会不会太俗了点儿？”

关景恒非常敷衍地笑笑，他知道灵境是为了故意说点转移注意力的话题。他说：“如果粉叠真的缓不过来了，你就走，不要一起吃苦。”

灵境只好用力地在他肩上打了一下：“神经啊。”

有时候他会很晚回家，自然不是在加班——他回家的时候总带着一身的酒气，他说他跟几个蓝粉蝶在一起，灵境是相信的。事到如今，他有能力自如面对的人，估计也只剩下了他们。灵境不想承认的事情是，她渐渐地很享受等他回家的这段时间，因为她能轻松愉快地独处一会儿，在这一点自如的孤寂中，电视剧都比平时好看，当然更多的时候她会自己玩小雪人的救人游戏。游戏上线之后她的心里一直提着——小雪人当然没有成为年度爆款，她从没相信过自己会有那个命。可是第一个月的流水已经显示，这个顽强的小家伙会自己活下去。第一周，就已经有攻略出街，但让灵境非常感动的是，那位博主非常诚恳地说：你们一定要亲手玩到最后一关，极光出来，听听小雪人唱歌的声音啊——没有奇迹发生，但至少，制作小雪人的团队能活一阵子；冯斟也暂时得救了，为了表示对灵境的嘉奖，他请灵境吃了餐饭，他们团队其他人也都参加了——除了跟服务生，席间一直没什么人交谈，冯斟也绝口不提为什么要出来聚餐，也许是觉得这没什么可说的，总之大家都吃得很愉快，没剩下什么菜。

凌晨的时候，会传来钥匙在门锁里转动的细碎声音。灵境会在此时提醒自己，不要无意中露出扫兴的表情。关景恒在这个时期本来就会变得敏感，不要让他觉得自己无处可去。她已竭尽全力，想给他带来一点内心的平静，或者说，从一开始，她就渴望着能把她自己从出生起就拥有的平静分一点给他，但是她知道，这不符合自然规律。只有粉叠才能让他安静下来，准确讲，是曾经的欣欣向荣的粉叠。

粉叠并不是她的情敌，随着时间推移，她已渐渐掌握了与它和平共处的办法。她知道，在关景恒的想象中，它应该有的模样是什么。它会在年轻狂热的孩子们中间一呼百应，绝大部分粉丝都明白想要为自己的偶像砸钱，就到粉叠这里来砸，因为这里划算、有效，且最有可能被那个偶像看到。这个事情原本已经快要实现了，随着蓝粉蝶这个群体的诞生，很大概率是可以日益接近的。但是，关景恒想要的更多。他以为他能做到，他以为他可以通过一己之力，让那些蓝粉蝶们证明他们能把一个爱豆送上神坛，也能在兴趣丧失之后转头去捧另一个，他以为粉叠有能力在这样的挑衅里造成某种恐慌，恐慌过后，为了争夺一个为自己效力的蓝粉蝶，就会伴随着来自各方的，种种丧失理性的出价——最终的得益者自然还是粉叠。这就是他想要证明的事情。“你挥动着小小的翅膀，掀起远处太平洋的巨浪”，指的，就是这个吧。如果能够成功，自然是幅盛景，只可惜，目前，并没有多少顶级偶像真的为此感到恐慌，也并不完全是迟钝，而是蓝粉蝶们带走的那点人数，他们并没有很在乎。于是，那个试图制造恐慌的人，只能成为一个笑话。

贩卖集体的幻觉，这里面有规律可循、有工具可用，是个技术活儿，也许能在一定程度上运算出失败的概率；可是当他开始贩卖自己的幻觉，就没有人能挽救得了这件事。欲望的尽头永远是更新的欲望，唯一的不同之处在于，怀抱着这个更新的欲望时，你心里比之前的任何一刻都要清楚，你永远不会得到满足。但是灵境没有办法跟他交流这个。他在凌晨，带着酒意，索要她的身体，她会像是逃命那样地契合他。海啸似乎席卷了他们二人的五脏六腑，似乎已经逼近窗帘外面，他贪婪地在她耳边说我不能没有你，那是她能够抚慰他的唯一的方式。

平安夜。

黄昏的时候，灵境和关景恒几乎是同时发信息给对方，今晚可能得晚一点回家。然后，两人都默认对方已经听说了坏消息。但是灵境只回了一个字：好。随后关景恒补了一句：如果你结束得很晚，我去接你。

一家在最近六个月里迅速崛起的直播平台，对几个重要的蓝粉蝶提出了签约邀请，开出的是令人觉得不可思议的数字。粉叠也已经没有了挽留或者是靠打官司强留他们的能力。

“不如——”大韦的眼睛在大家的脸上挨个停留了一圈，“既然他们现在完全不缺钱，那么我们能不能跟他们谈一下——不要把钱付给蓝粉蝶了,直接把粉叠卖给他们……”钢铁侠补充了一句：“其实已经有过接触了，对方对这个提议很兴奋。当然，这个要征求大家的意见。”

大家自然不会有什么意见，本次会议真正的目的是为了商量出来一个合理的报价。大韦询问地看了灵境一眼，确认了灵境没有任何的异议。她心里其实还是微微地一紧，只是这时，听见幽幽的声音：“潘神也没有任何问题，已经完全授权了我来替他举手。”

她不知道是谁说了一句：“如果用户在短期内集中提现，目前我们能承受多少？”往下的回答应该是大韦的：“我们这边毕竟不是那种真正的消费平台，大多数人只是来看热闹和掐架的，会充值的用户只有不到三百万人……”“怎么会，这样的 DAU，居然只有这么点人花钱，你们的用户怎么这么穷……”“我们的用户很多都是学生，能有多少钱。”声音似乎来自水底。她当然知道，这已经是最好的结局。只是她不确定，关景恒相不相信这个。

关景恒知道，这算是一场告别宴。来了将近二十个蓝粉蝶，坐了好几桌。所有人静静地坐好了等着，他是最后一个到的，他怀疑他们是不是为了制造这个效果，特意通知了他一个错误的时间。他决定了要开门见山：“干吗搞成这样？实话实说吧，是不是都是来告辞的？”

四五只手零零散散地举起来。其中一个娇小的女孩子怯怯地说：“关总，我们今天下午，已经把合同签了……对不起，我们几个说好了，把你当时给我们的钱还给公司……花了一部分，一时可能还不了全部的，但是，但是……”她突然哭了起来，用力地推了一把身边那个一样举了手的人，“我就跟你说了，别去欧洲别那么急，你就嘚瑟吧，你进得去米兰时装周的门吗你凑过去拍照都得让人家轰走……你看现在好了吧？”

关景恒淡淡地一笑：“还有谁，虽然没签合同，但是决定要走了？”这一次，几张桌面上竖起一小片林子，大概有一半的人。有个男生极力想解释什么：“我不去做直播，我只是——那个韩国公司想我加入他们中方的公关团队，给的offer虽然不多，但是我觉得机会挺好，所以关总，以后我还是可以经营蓝粉蝶的账号，但是我不能再遵守咱们的约定，跳槽去挺别人了，抱歉……”

阿南端起杯子，试图截住他的话：“先别扯那么多了，你们这些要走的，还不集体敬关总一杯。”

酒杯零零散散地举起来，周遭依旧沉默，却弥漫了一些细微的响动，似乎有人尴尬地左顾右盼——还等着谁来致辞祝酒。关景恒自己喝干了，轻描淡写地说：“你们随意。”阿南能想到的唯一的救场的话就是：“你——你吃点儿菜。”

刚刚那个哭泣的女孩子像是下了好大的决心，努力地喝掉了大半杯，用力地咳嗽了一阵，像是在极力抵抗着食道的灼烧。就在她咳嗽的时候，关景恒站起身，绕了半张桌子，手掌盖住了女孩的杯口。

“我唱歌的那些年,你还在上小学吧？”他笑了,对自己摇摇头，“你们肯定没听过我的歌对不对？”

这一次，所有人都举起了手。高低不均，但是迅速地在每张圆桌旁竖起一圈手臂。“怎么可能没听过？”有个遥远的声音传过来。

他转过脸，试图去寻找那个声音的主人，眼眶突然一热：“是我抱歉，机会最好的时候，我也没有唱过哪怕一首好歌。”他随手拿起身边一只还没动过的杯子，喝干了，对酒杯的主人说：“这杯罚我。”

会议已经持续了四个小时。

来送晚餐外卖的小哥居然穿上了一身鲜红的圣诞老人装，他拎着披萨盒子走进来的时候大家都安静了。“谁点的，”钢铁侠苦着脸按了按太阳穴，“我这几年闻到 cheese 味儿就觉得反胃。”“那你就饿着吧。”伊镁淡淡地说，满屋子的人只好装作什么都没听到。大韦非常及时地赔了个笑脸：“我们坐在这里讨论要打多少折扣卖了公司，老员工心里不好受，你们别介意。”圣诞老人沉默着核对菜单，灵境开始神经质地想象，如果写字楼大堂里真的拴着两只麋鹿，那么保安究竟该怎么反应。

消失了很久的幽幽突然打开门直接进来，灵境还以为她像过去那样，是因为闻到了屋里的香气。可是她的眼睛直直地盯着大韦，旁若无人，她慌乱地指了指屋子外面的空间："有用户在闹，说之前承诺的圣诞活动为什么没有了，他们在召集很多人提现，我觉得这是有人故意在挑事儿。"

伊镁诧异道："两周以前就发了道歉声明说圣诞福利取消啊，他们不是今天才知道的。"

"所以我说嘛，是有人在搞事情。我看了一眼，领头儿的有好几个都是白千寻的粉丝。"幽幽的声音低了下去，似乎不大确信自己的判断。

大韦迅速说了句："等我一会儿。"跟着幽幽急匆匆地走了。圣诞老人站在门边，两人的肩膀险些对撞。圣诞老人背起外卖盒离开的时候，似乎也感知到了这间屋子里发生了什么事情。所以临走时，在外面一张空的办公桌上留下了几个苹果——那是今晚所有点餐的客人都有的赠品，他差点忘记送礼物了。

会议室里有人开始闲聊，有人出去抽烟，伊镁面无表情，飞快地敲打着键盘——试图给刚刚的会议记录做个摘要。看起来整个人都做到了屏蔽一切干扰。于是灵境轻轻地问她："伊镁，关景恒有挪用过用户的钱吗？"

伊镁不为所动，但是灵境知道她听见了。

"你必须和我说实话。"灵境的声音里没有任何情绪，但是不留任何余地——她自己暂时还没意识到这个优点。

“不多。而且，全是用在公司运营的，他并没有……”敲击键盘声并未停止，伊镁的眼睛在屏幕上左躲右闪。

“不多是多少？”

他们都听见大韦在外面紧急地给工程师打电话：“你赶紧到公司来，马上，我们得关闭提现通道。快，十五分钟，别开车，坐地铁。”

酒过三巡，所有的宴席都会去到一个奇怪的方向。大悲与大喜之间因为那一点润滑，开始自由地左右摇摆。庆功酒或者喜宴上会有人大哭，告别酒或者丧席上有人相亲相爱称兄道弟，将气氛往喜悦的方向缓慢推动。所谓“酒逢知己千杯少”，意思其实应该是，当两个人彼此都真心觉得酒不够喝的时候，自然而然就成了知己。

阿南的鼻头红红的，眼里盛满了泪：“关总，不管他们怎么样，我不会走。”

周围的桌子椅子似乎开始自行组成一个圆圈了，为了赶走这个错觉，关景恒只好再用力喝掉三分之一：“走吧，想走就走，其实你们现在全都走了也不算是违约——明年该付给你们的钱，我是拿不出来了。”

“你今年给我的那些钱，用了一半多，一点点给黄薇良的活动，剩下的，我拿回去三十万给我妈，帮她们在老家盖房子。那是她第一次看得起我，”阿南抬起胳膊用肘部的袖子抹了一把泪，“我们家的所有人，总算是看得起我了。你改变了我的人生关总……

都是因为你——”

“是你自己有这个命。”关景恒的脸终于从自己膝盖上抬起来，有一阵强烈的伤感就这样席卷了上来，“即使不是我，也会是别人。你以后不管走到哪儿去——”他咬了一下嘴唇，眼眶里那股汹涌的热潮总算是压回去了，“不管以前吃过多少苦，你都别忘了——你还没站稳呢，千万不要那么急着给什么人跪下。”

旧时光就这样呼啸而至。“小关你多笑一笑啊，人家都是来办喜事喝喜酒的，你嗓子再好，总吊着一张脸算怎么回事？”

“小关，你过来。”那个临时取消了婚礼的新娘子脸上的妆已经花得一塌糊涂，两家父母在婚礼现场大打出手，然后宾客都散去了，新郎和新娘的舅舅都被警察带去了派出所，只剩下她，还有两个伴娘。“你给我唱一首好不好，反正钱都已经付过了。你给我唱一首——唱……你要是能把我唱哭，我就打电话给我以前的男朋友，我跟他道歉，我本来应该嫁给他的。小关，你说好不好？”

那个狼狈的新娘子，她到底想让他唱什么？怎么会突然想不起来了呢？真的是老了……不行，要想起来，这很重要。是不是林俊杰的《修炼爱情》？“修炼爱情的辛酸，学会放好以前的渴望……”然后呢？他冲着邻桌那五六个歪歪斜斜碰杯的蓝粉蝶吼了一句：“你们帮我唱几句《修炼爱情》的副歌部分，我想不起来了……”

齐齐的歌声，但是调门参差，不过很快就成了气候：

修炼爱情的悲欢，我们这些努力不简单，

快乐炼成泪水，是一种勇敢。

几年前的幻想，几年后的原谅，

为一张脸去养一身伤。

别讲想念我，我会受不了这样。

……

他们开始欢呼，彼此击掌，为了庆祝完美的演出，再碰杯。不对，不是这首，这首歌出街的时候大概是二〇一三年左右，他不可能在婚礼上唱过它，二〇一三年，他已经遇见灵境了。

为什么我不能在成为我想成为的那个人以后，再遇到你？

一个女孩眼神蒙眬地接了个电话，突然尖叫了一声，声音立即变得异常清醒："关总——有一帮人开始煽动大家提现了……我就预感会有人使坏，可没想到是选了今天。"

他手指颤抖，开始拨大韦的电话，接不通；再拨伊镁的，还是不通，也许他们在下一分钟就会打进来——当然，也许不会，他们早已默认，任何重大的决定都不再经过他。应该马上关闭支付和提现通道，然后发一个措辞简短的道歉声明——随便什么理由，再然后接受所有留言区的冷嘲热讽——粉叠是我的，至少它此刻还是。"关总，"声音来自阿南，"先不管那些提现的人到底是什么来头了，明天再说——今晚需要有多少钱，能应付这些人？"

"我不知道。"他很诚实。

“那好吧。”阿南跳上了一把椅子，“所有签过特别合约的蓝粉蝶都在这儿了，大家知道该干什么吧？公司之前付的没用完的钱，充值进来，越快越好，能顶多久是多久！”

有一个略微沙哑的女孩子的声音透着满满的不耐烦：“笨蛋，粉叠个人账户的充值是有单日限额的你忘了吗？”

“那现在就只能看我们的了，每个人，”阿南把双手拢在嘴边做扩音器状，实际上阻碍了声音的传播，“我们现在开始去发动所有的粉丝，微博、微信群、贴吧、粉叠的社区，所有的地方——现在来粉叠注册充值账户，充十块五块都行，尤其是那些已经是粉叠用户的人……”

“可是，”有人面露难色，“今天这个日子，别人家都会做活动给红包，至少充值了还有赠品——我们现在什么都没有，怎么去说服别人？”

关景恒安静地放下了酒杯，此时他已经完全清醒：“我们现在什么也没有，不是活动，没有赠品，没有红包，所以，就拜托各位了，就算是你们为粉叠做最后一件事。”他用力地鞠了一躬。

于是，蓝粉蝶之间的战争就这样开始了。负责那个包间的服务生觉得很奇怪，前一分钟这里还是一副见惯了的酒酣耳热杯盘狼藉的样子，他还在提心吊胆会不会有人开始互殴，把椅子丢到窗玻璃上，或者把柜子里成摞的碗盘拿出来玩多米诺骨牌；后一分钟，这群人都安静了下来，事实上，包间一瞬间安静得像是一间图书馆的阅览室。每个人对着自己的手机、iPad，有的人打开了笔记本电脑，交谈都是迅速而有效的，时不时，会有一个人拿着电话走出来："没错，是我。你在干吗——替我拉两百个人过来注册，一人一百块……少废话……"当服务生想进去看一眼究竟的时候，门边已经有一个女孩眼睛亮了："小哥，来，帮个忙好吗……"没有人再点酒了，饭店赠送的果盘端进来的时候，有人要求来点热茶，为了让自己更清醒。

"看起来，领头鼓动大家提现的，都是白千寻的粉丝。"阿南叹了口气，"原来，是在这儿等着报复我们。"

二十分钟以后，提现通道终于关闭。

大韦犹疑地盯着手机屏幕："这个号码我没见过……"但是他还是决定按下了"接听"，随后一闪身，去到了走廊上。

"为什么偏偏是在今天搞这一出？"一个代表另一家机构的VC像是自言自语，"好像是已经知道了粉叠要被卖掉特意过来帮买家杀价的……"

灵境心里一颤，扬起脸，不小心却看见了满眼的璀璨夜色。有个念头在她心里蠢蠢欲动，但是暂时还没发育成为能够表意的文字。

伊镁深呼吸了一下："刚刚那二十分钟里，我们这边的蓝粉蝶也发动了将近十万个人充值，充进来一千多万，不可思议。"

满屋子的惊叹声。大韦就在这时候回来了，右手的食指看起来略微紧张地指着他左手里的手机，似乎这样大家就能看到那个正在跟他讲电话的人。“各位，这个是——是白千寻本人。”

只可惜，会议室里没有尖叫的少女。

“他们总算是把提现通道关闭了。”阿南甩开电脑，人几乎平躺在地板上。

“我一直在给后台那个小哥发信息，刚刚提现的人几乎都没遇到障碍。这一关，应该算是过了吧？剩下的事情明天再商量。”

音乐突然在四周响起，非常劣质的音效，那种音量极大的愉悦让很多人吓了一跳。放的是《铃儿响叮当》的童声合唱，铃铛的声音在歌词之间闪烁作响。“服务员，给我们拿酒……”有人推开门喊了一声：“圣诞快乐——”

喷雪罐的声音像是碎玻璃划破了空气。彩条和仿真雪花零零落落地撒下来。“关总，即使我们走了，你跟灵境姐姐办婚礼的时候，一定要请我们来呀。”

少女清亮的嗓子在他身后拖长了尾音，他踩着满地的人造雪花，不想回头。他走出了包间，推开了饭店的大门，室外的清冷和凛冽像是要用力把他推回去。此时他才按下屏幕上那个绿色的标识，他只见过白千寻一面，可他不会忘记那个声音，平和、柔软、狡黠，没有任何攻击性。

“学长，你们看到有人提现，就把通道关了，我觉得这不怎么厚道呢。你说呢……”

午夜的办公室就像是停车场，只有两张桌子上亮着灯，整间屋子变成了黑暗中的灌木丛。灵境迅速地穿过了它们，脚步不由自主放得很轻。外面的走廊被寂静拉得很长。她错觉自己的步子带着某种回音。

会议室门没有关，大韦的声音毫无阻碍地传播：“白千寻大致的意思是，用户充值资金的缺口，原则上肯定是关景恒来还。但是现在，他愿意把这笔钱垫上——刚刚关景恒已经口头同意了，用他手上粉叠的股份来换。至于这一笔钱能换多少股份——他本人愿意带着人来跟我们谈……”

洗手间里传来静静的水声，水龙头似乎开得很大，水珠在边缘处跳跃起来，温婉的洗手池不得不忍受这些调皮的孩子。

幽幽在镜子里对灵境一笑。

灵境走进来，顺手关上了门。

“你们的会也该结束了吧。”幽幽关了龙头，随意地抽了两张抽纸。

“白千寻的内鬼就是你，对不对？”灵境觉得自己的嗓音听起来喑哑得可怕，“否则他怎么会知道用户充值的钱被用了多少？他怎么可能这么巧刚好就是今天……”她不知不觉靠近了幽幽，她不知道会不会看着自己在镜子里掐住幽幽的脖子。

“没错，是我。”幽幽把抽纸团成纸花，丢进垃圾桶，然后开始涂口红，“这一年多，我没有辞职，等的就是今天。”她的手指一颤，口红有一丝抹到了唇边的面颊上。她只好慢慢地用小指抹了两下。

“我并没有和关总睡过觉，”她的嘴角像是带上了伤口，“我之前那么说只是为了让你难受。他能拿走潘神的东西，我也只好想办法，跟一个更厉害的人合作，拿走他的。灵境，回去问问你老公吧，他做的是粉丝的生意，可是他忘记了——一个真正的粉丝，能为她的爱豆做到什么。他真的忘了。”

17

凌晨的时候，她不得不再穿过小半个城市，去载她的男人，途经建国门。其实关景恒说了他可以自己打车回家，但是灵境觉得，她必须马上见到他。暖气很足，她微微打开了一点窗子，冷风极为友好。他已半醉，身上酒气浓烈，不过人却是一直安静。坐上副驾的时候还没有忘记系安全带。

他们都没有说话。她知道她可以些微抱怨一句，怎么又喝那么多；而他会礼节性地说句抱歉。他们可以就这个话题聊上五分钟的废话，这样就能显得好像并没有更重要的事情发生。但是，好像他们都觉得不用走这个过场了。她总不能说：反正你刚刚失去了粉叠——至少是一大半，这种情形下喝醉一回，也算是合情合理。

然而为什么不能说呢？他们明明是夫妻。她转过脸来打量他，他靠在座椅上，闭上了眼睛，在他睡着的时候，他的脸庞跟当年初次相遇时比起来，没有任何改变。他突然说：“你专心开车好不好。”眼睛依旧闭着。她像是作弊被抓个现行，转过脸去，低声道：“明明是等红灯。”

午夜的街道顺畅得如同平原，她踩油门的时候感觉听见了小白龙陶醉的叹息。就像是突然活了过来。无论如何，一家三口，总得有一个人开心。在灵境心里，关景恒的那辆车只是个日用品与交通工具，跟小白龙没法比的。“要是听着电台的时候，不小心，一首你自己的歌冒出来了,怎么办？”她恍惚听见副驾上有个声音，来自曾经的自己。她又一次地转过脸,想要对那时的朱灵境笑一笑，可是她害怕她的表情太辛酸，会吓到那个对未来浑然不觉的姑娘。她只好在心里暗暗地跟她说：如果你希望他再约你出来，直接说就好，他愿意的，你放心。

“糟糕。”灵境重重叹了口气，“我走错路了。”根据身边传来的呼吸声的节奏，她相信他并没有睡着。“我在前面那条小街里面停一下，打开导航好吗？”像是在自言自语，不过关景恒已经坐直了身子，向窗外张望着：“你这是走到了哪儿？”“我要是知道还能叫走错吗？”“前面是柳罐胡同……”关景恒突然眼睛一亮，“你就到前面去，过红绿灯，在那个小胡同里右转，随便找地方停下，我带你去个好地方。”“开什么玩笑我都快困死了。”她拖长了尾音，像是一个无可奈何的母亲。“相信我，就一会儿，你肯定没去过的——”

他抓紧她的手腕，他们踩着一地的黑暗，路面上一定有很多树木的影子，只不过融化在黑夜里，完全看不到边界了。灵境没有想到，在建国门的附近，居然还藏着一个如此幽暗的地方。方圆两百米，好像时间在这个小圈子里完全没有流逝过。这两百米之内的北京，依然是灵境童年记忆里的模样——小时候父亲来开会，带着她一起。那是夏天，她一直有个印象，北京的蝉鸣声跟家乡的完全不一样。父亲说：“你看，那个就是灵境胡同，我跟你妈妈是在这附近认识的……”那年她八岁，已经提前开始了叛逆，她觉得这个名字很蠢，她班上有个女同学叫廖梦莎，八岁的朱灵境觉得那才是最美丽的名字。

然后她看见了那道青灰色的古老的墙。“这是城墙嘛——”她的惊喜难以名状。她知道此刻悠长的蝉鸣声一定是个错觉，隆冬深处，如果有蝉，也一定是蝉的灵魂。“是古时候的观象台。”他的声音就在她耳边，呼吸温热，“古人在这个地方观天象。这儿白天其实是买票参观的博物馆，可是我知道，有一个地方，我们现在能顺着那里上去。”

几百年前的石阶都造得特别陡峭，也许是古人真的拥有更加优秀的平衡能力。脸庞似乎被冻得发硬，可是身体却在微微地升温。“真的不要紧吗？”灵境压低了嗓门，“怎么可能上得去啊……”阶梯很窄，无法二人并行，关景恒的声音在她背后：“相信我，这道台阶的最上面，有个栏杆……”

那道栏杆应该是用来防止游人掉下去的，但是栏杆与阶梯的尽头处有一个缺口。“我在后面，你不要怕，你能翻过去的，我会托住你。”黑暗中他的声音就是能够让她产生一种没有道理的信赖——从她第一次跟着他右转，上机场高速的时候，这信赖就已经存在了。她在那一道镂空的砖墙上试了试距离，屏住呼吸，支撑起自己的身体，他的手搭在她的腰上，微微地一用力，她已经跨在了墙的缺口处，像小时候一样，双腿晃一晃，一跃，就轻盈落地。再一回头，他也已经翻了进来。他们就像是站在长城的烽火台上——而这个烽火台不小心被人平移到了城市中央。浑天仪就在灵境的身边，只可惜光线太暗了，她看不清它。这个已经在世几百年的观星仪默默地立在那里，她一定不是第一个用这个办法偷偷翻上来的人。这观象台的大小相当于一个普通的小院，只是如果站在中央，会发现自己以一个恰当的高度悬浮于这座城。

“天哪。”灵境快速地绕了一圈，“你是怎么知道这个地方的？你一定是带着别的姑娘来过。”

“绝对没有，”昏暗中，他的手臂伸出来指向地面的方向，“可惜现在天还没亮，不然，站在这里，能看见建国门内大街、海关总署、汇丰银行、W 酒店、金龙大厦……”

“大隐隐于市，说的就是这儿吧。”灵境愉悦地托着腮，手肘支在青砖墙上。路灯淡淡地给观象台勾了一个边，她的侧脸在那一点光晕中似乎是自带了滤镜。其实无数次，当堵在二环的车流里，她有意无意地见过这座又像城墙又像钟楼的建筑，她从不知道原来它这么美，也从没想过问一句它究竟是什么。她错觉这个地方的空气似乎比旁边的街道干净些。这就是北京的特别之处——不管一号线多么疯狂，不管 CBD 和五道口多么拥堵，不管多少人唾弃着它的大城市病，它永远藏着一颗寂静甚至是落寞的心脏。这颗心脏一向不大了解这城市究竟发生了什么，就像这里。

“灵境，我跟你说件事。”他的双臂环绕住了她的后背。

“我在想，春节之前我想跟公司请一个年假，这样我们就有十几天的时间了，咱们出去玩玩吧，去哪都好。”

“我们是夫妻，对不对？”他像是完全没听清她在说什么。

“你怎么啦？”她扬起脸，关景恒微微开始粗糙的下巴正好蹭到她的额头。

“我们是夫妻，我们是共同体，我们彼此信任，对不对？”

灵境没有再回答，她像是需要一点沉默的时间来理解这个问题。

“所以灵境，你听好了，我下面要问的这件事，跟我们之间的感情，和我们彼此的信任，一点关系都没有。你明白我意思吗？我需要你和我站在一起，所以你得跟我说实话。”

“你问吧。”

“你和 Tony 上过床吗？我只想知道事实。”

她望着远处的月亮。

他们已经回到了车里。为了取暖，还是打着了小白龙，让暖气开着。小白龙百无聊赖，不能行驶也不能熄火，只好规律地持续发出某种微弱的声响，像是在空气中吹出一连串气泡，自己和自己玩。

换了灵境坐在副驾上，关景恒直视着方向盘上的某一点，他想要仔细看看她的脸，可是她没有任何表情，这让他有点紧张。

“我没有任何——想要追究谁对谁错的意思，”他几乎要无奈地笑出来，“你愿不愿意先听听我说什么？”

“我不是故意不提这件事。”她迟疑了一下，随后勇敢地说，“好吧，我是故意不想提这件事，那是因为，我不知道该怎么说，还有就是——事情是发生过可不是好多人以为的那样，不会有人相信我我也不知道该怎么解释。”

“我没有要你解释呀。”他的拳头用力地在额角顶了几下，“头都疼了。粉叠马上就要被卖掉了，这是你我都知道的事。”

灵境怔怔地看着他，刚刚抵达英国的时候，她无数次以这样的眼神在课堂上盯着教授。

“白千寻用了点手段，拿走了我手上大概一半的股份——现在，对买主来说，有他在，也许粉叠的价值会不一样的。他们一定会把白千寻的股东身份保留，宣传的时候也是噱头——灵境，现在我需要 Tony 帮我，也许他们这些资方手上的股份都会卖掉，可是我不卖，我要和白千寻一起留下，我知道无论是买主还是 Tony 都不会喜欢这个提议，我知道在所有人眼里是我把粉叠毁了，他们会想各种各样的办法要我出局……”

“可是——可是如果卖掉了，我们至少能拿到一笔钱，就算是不多，也足够我们把债还掉，再好好过一阵子了。”

“我绝不。”他的手臂落在方向盘上，喇叭尖锐地鸣叫，把周围的夜色震荡了好几波，“你明不明白我不能这么认了？这不全是钱的事情我要留住粉叠，哪怕只有一点点，这样我才有机会证明我之前想做到的事情都是对的。”

“你有没有想过也许你之前认定的事情确实不对？”慌乱中她只记得反驳这句最无关紧要的话。

“就算不对，我也要亲眼看着究竟不对在哪儿……灵境，你听好我下面的话——你可以参与谈判，你能随时掌握他们的进度，你选一个合适的时候，跟 Tony 提出来，我剩下的股份不会卖掉，易主以后的粉叠董事会要留我一个席位，我知道他们有的是办法让我出局——很多规则我不懂，可是你懂。你去要求 Tony，必须做到我说的那两条，至于怎么跟买主谈判是他的事。他没有选择……”他拉开羽绒外套的拉链，从怀里摸出一支录音笔。灵境的眼睛里慢慢升腾上来一股雾气，他深深地看着那对眼睛，他问自己这样是不是太残忍，但他依然按下了“play”。

那是他的声音，清晰得甚至没有杂音：“为什么你睡了我的老婆，为什么你拿走了我的公司？”接下来是钢铁侠的笑声：“那又怎么样呢？没有什么是真正属于你的……”酒杯碰撞的声音。录音结束。

"我不相信这个！"灵境的脸在一秒钟之内变得雪白，她知道她的嘴唇在发抖，她怀疑自己可能是在做梦，对一定是的，她怎么可能会在半夜里爬上一个古人的天文台——等她醒来一定要跟文娟讲讲……只要可以醒来。

"那天他约我出来，我就知道是鸿门宴。所以我全程录了音。这几句话不是剪接的，绝对真实，只不过当时我们确实是在聊别的事情……"他掉转了脸，不再看她，下巴抵在了方向盘上，"我只需要你在合适的时候，给他听听这个。告诉他他不是没有把柄在我手里，我也想过，如果是我自己去找他，说不定就鱼死网破了。可是你不一样，灵境，如果是你，Tony 会答应，相信我，如果是你，他看到我们俩能走出这一步，他会掂量——他是个聪明人……"

"因为他要脸，所以你觉得他会接受威胁？"她已紧紧地蜷缩成了一团，肩膀胡乱地颤动着，似乎已没法完成将两只膝盖聚拢的任务。她不知道自己在流眼泪。她只听得见自己一遍一遍地重复："我不要。我不会去做这种事。我不要。我死都不去……"他似乎是害怕了，他的双手按在了她的肩头："别这样灵境，我知道是我不好，可是，粉叠是我们两个人的，它不是没有机会的，即使是现在，我也相信粉叠有真正成功的那一天，那时候，都是我们俩的……你能不能先听我说完，宝贝……"

他想要抱紧她，好像能把那种小动物一般的呜咽声埋葬在自己的肩膀里。但是她挣脱了，她拼命地命令自己深呼吸，下意识地按下了车窗让自己的脸庞冷却。"粉叠是你一个人的。"她用力地说出来，“不是我的。即使在法律上，我有权利分享你从粉叠里赚来的钱——它也只是你一个人的。”

“灵境，你现在要跟我争这个吗？”他难以置信。

“这样不对。”她静静地摇头，“就算你以为我和你是一种人，这样也不对。你听好，就算在你眼里，我的工作没什么意义，的确是这样的，在北京每一天都有人能代替我干现在的活儿，可即使这样我也不愿意用这种方式丢了自己的工作——你不在乎，对吧？”眼泪已干，她习惯性地伸出左手，摸了摸他的脸，沿着最为熟悉的轮廓，她想要在那个熟悉的轮廓上重重地给一个巴掌，但是——她做不出，她无力地笑了笑：“关景恒，你从来不在乎。”

一月中旬，MJ 公司全体成员都到海边去开年会。也许最开心，不过是在首都机场集合的那一刻，手里的登机牌显示了目的地，航站楼内已经感受不到北京的寒冷，热带的海岛尚且完美地存在于想象中。所以当文娟听说灵境忘记了带游泳衣的时候，尖叫声让值机柜台的小姐惊悚地往这边瞟了一眼。

无非是一些虽然无聊但却不能没有的流程。大家开一天会，一年来表现优秀的员工上台领一下奖，大家一团和气地吃海鲜自助，然后就可以去游泳，或者去游泳池边的 bar 点鸡尾酒——不过，风景和酒店都美得没话说，就是值班调酒师的水准堪忧。

虽然被文娟硬拖着去买了一身式样最简单的泳装，但是她丢在酒店的抽屉里，连标签都没有撕掉。多数时间灵境都待在房间里，文娟不管什么时候风风火火地回来，都能看到她要么缩在床上追剧，要么发呆。“你要就是想看电视剧，干吗不待在北京？”文娟抱怨过两次，也随她去了。睡眠变得很少，一天里的任意时间她都有可能犯困，最多睡上三个小时，便会突然惊醒。窗外有时是黄昏，有时是正午，有时是不知道进度条已拖至何处的深夜。她就像是活在岩石缝隙里的寄居蟹那样，无所谓晨昏，费力地从枕头底下把手机打捞起来，关景恒在每一天都会发两三条信息给她。最常见的内容是：我很想你。不过她从不回复。

第四天的清晨，日出后没多久，她总算是爬到了酒店三层的露台上。难得地，此时没什么人。她能够安静地在这里看看海。她离海这样近，可是三天来，她甚至没能仔细听听浪涛的声音。岛上的颜色很浓，从天空开始，到她身边这几株盛放的木棉花，全是油画一样的色彩，万物都在这里的日光下竭尽全力地活着，只有她是个例外。她换上了一条在度假时候才会穿的艳色长裙，试图像变色龙那样混入这一片缤纷里，但是没有用的，谁都可以识破她漫不经心的虚弱，她抱起身边的椰子，盯着看了好一会儿，也没有兴趣使用那根吸管。

小雅静静地靠近她：“这么早。”小雅一笑，顺便把两只咖啡杯放在她们身边的台子上，“你当心烫。”她就像是个女主人那样招呼灵境，穿了一条灯笼袖的长裙子，层层叠叠地直到脚踝，跟这个露台出奇地吻合。

“海棠湾。”灵境出神地盯着咖啡碟上的字样，“我以前一直以为这个地方有很多海棠呢。”

小雅像是认真地想了想：“说得也是。我其实对这里也一点都不熟，没怎么来过，我对海风过敏——你看我为什么要穿长袖，海风一扑，我身上就会起那种一片一片的小红疹。”

灵境的表情像是看到了活着的林黛玉：“我第一次知道海棠湾这个地方，是看一本书。我上学的时候，很喜欢一个女作家，她的女主角就是在这儿谈恋爱的。”

“你还挺爱看书的。”小雅笑了，“这个作家叫什么呀？回头我也找找。”

“她这些年好像不怎么写了。”灵境重新转回头去，用力地看着暂时宁静的海面，“听说是生了个小孩。”

“哦……”小雅看来不打算再继续没营养的话题，“亲爱的，你最近怎么了？”

灵境懒得再敷衍了事地撒谎，所以就势保持着沉默。

“我送给你的那对咖啡杯，你喜不喜欢？”小雅看着她茫然的表情，皱了一下眉，“不会吧，我写的是你家的地址，淘宝显示已经签收了。”

“那就是关景恒签收的。”灵境垂下了眼睛，“我这几周，都住在外面。我没想好要什么时候回去，也没想好——还要不要回去了。”

“吵架了？”小雅吃惊地问，“算了，等你想说的时候，你再告诉我。”

我永远也不可能想说。灵境在心里轻轻地一笑。

“你们最近是压力太大了。”小雅自作聪明的样子其实很可爱的，“很快，等我们回北京以后，谈判就要接着进行，Tony 应该是想在春节前谈好吧？无论如何，你们都能拿到一点钱，然后一起出去玩玩，就什么都过去了……”

“春节以后我想辞职。”灵境像个闯了祸的小孩那样躲闪着眼光。

“别闹了北鼻……”小雅像是听到了一个很好笑的段子，“你知道春节以后你就要升职了吗？冯斟要辞职了，他要移民，他很认真地跟老板们推荐了你来接替他——谁会在这种时候辞职啊，你傻不傻……”

“你呢？你最近好不好？”灵境问。

“老样子。也没什么好的。”小雅伸了个懒腰，“他一定要跟着我一起来，我不肯，那多丢脸啊，全公司的人都看着，我有一个时刻提防我的老公。”

“你要不要一起吃早餐？”灵境看了一眼手机，“再有十几分钟餐厅就开门了。”

小雅似乎也看了一下时间：“不了，我减肥。我回去再睡一会儿。等下见。”

二十几分钟以后灵境就回到了自己房间门口，反正她什么也吃不下。但是她的房卡打不开门，试了两次，门锁处那盏小小的红灯都顽固地闪着。她试着敲敲门，文娟应该是还在幸福的酣睡中。她愣了片刻，恍然大悟，发了条信息给小雅：你在什么地方？我们应该是把房卡拿错了。没有回复。她索性搭电梯又上了几层，来到小雅的房门前，试着敲了敲，没有回音，她犹豫着把手上的房卡贴近了门锁，小绿灯在她后悔的时候，已经亮了。

算了，如果吵到了小雅睡觉，她道歉就好，说不定她不会醒那么她就可以——可是小雅并不在房间里。房门在她身后关上，小雅的床居然收拾得这么整齐了——不对，应该是昨晚并没有睡过。手机上依然没有回复，她已经开始后悔了。她不知道自己应不应该把房卡留在什么地方好像不应该……小雅好像在哭？一定是最近睡得太少出现了幻听——回北京以后要不要找医生看看？可是那点似有若无的声音不可能是别人的。海边的清晨这么寂静，日出的瞬间都能听见天空被撑裂的那点响动。这个房间附带着一个阳台，她走到落地窗那里，空调在她身后不紧不慢地运行着，是目击证人。落地窗外那一小块瓷砖地面，总共也就两平米，但那两平米就是毋庸置疑的夏天。又听见了，小雅在哭，好像还说了句什么——是从隔壁传过来的。她站在这里甚至能看到隔壁房间的落地窗开了一道缝，如果不是那道缝隙她还不会听到这个声音。

“你不要再逼我了行不行？”小雅说的这句话异常清晰——灵境在问自己如果小雅的房间其实是隔壁的话，那么这张房卡为何又打得开门——这是小雅的房间没错吧？她紧张地想拉开壁橱的柜门看看有没有那只小雅标志性的行李箱——玫瑰红色的，公司里几乎每个人都认得。

她的手突然停在了柜门上。隔壁那个房间属于钢铁侠，她怎么会这么蠢。

脸上一阵发热，主要是羞愧于自己的迟钝，以及替隔壁房间那两个人由衷地尴尬。突然有人在外面敲门——她脑袋里一片空白，只能屏住呼吸。敲门声渐渐加重了，又快又急，不像是服务生。“小雅，你出来，我知道你在里面你出来——”这个声音来自谁？好熟悉……她僵硬得恨不能缩进壁橱里躲起来，十几秒钟之后，敲门声终于停止。然而随后又在走廊里响了起来，应该是在敲隔壁的门，这一次，应该是改用拳头砸了：“冯小雅，出来吧，别再躲了，我要是没有证据，我会专门从北京飞过来吗……”

灵境轻轻地折返到落地窗前，拉开了拉门。她深呼吸，似乎有只手抓紧了她的魂魄，试图把那个魂从喉咙里拽出来。这里是八楼，阳台狭小，离隔壁的阳台的距离是多少——目测不出来，但是应该问题不大。等一下，你知道你自己在干什么吗？可是没时间了。她低下头又给小雅发了一条信息，但愿这个笨蛋能记得看一眼手机——为了以防万一，她给钢铁侠也发了一条一样的内容：不要开门，等我。长裙已经打了结系在腰间，幸好穿的是软底球鞋。她很轻松地翻出了阳台的栏杆，不要往下看，千万不要——隔壁阳台的铁艺围栏近在咫尺，她伸手试探了一下，够不到——身子再弯一点就可以，拜托不要这么僵硬，好的，右手抓牢，千万抓牢，可以用腿试试距离了，没有任何问题，如果此刻楼下碰巧有人路过的话，他一定会觉得画面太美。不准笑，不准分心，如果等一下手机掉下去了就随它去，集中精神，好的——她已经笨笨地落在了隔壁的阳台上，两个阳台之间那个狭窄的深渊在她视野里一闪而过，但是她已经半跪在瓷砖上，了不起的着陆。落地窗里面，钢铁侠的表情像是见到了鬼。

她站起身从容地打开了落地窗。小雅一脸的泪痕与惊慌，像是在火灾现场看到了绿巨人。“我没时间解释了。”灵境扶住了小雅的肩膀，砸门声愈演愈烈了，走廊上已经有了人群聚集的声音。“听好了，”她顺便在钢铁侠的脸上也扫了一眼，“小雅你躲到洗手间去，我去引开你老公。你趁没有人注意的时候，再回自己的房间。”那张房卡终于物归原主了，“不管外面发生什么，你都不要出来。明白我意思吗？”

“你要干什么？”钢铁侠难以置信地看着她。

“没你的事。你也记得，别出来。”她一面说，一面从柜子里拿出酒店的浴袍，甩掉了鞋子，“喂，转过去，我要换衣服……”

“灵境，不行的——”小雅的哭音拖长了，“不能这样……”

“安静一点。”她的食指放在嘴唇上，迅速地脱掉了身上的长裙，那层薄薄的彩色雪纺无规则地摊在地毯上，像是一层蝉蜕，“我从八楼爬了阳台过来，冒这么大的风险，你们俩，都得听我的。”她用力地系上浴袍的带子。

“冯小雅，刘鹏，不要以为你们那点……”走廊上的声音顽强地持续着，有个服务生战战兢兢地问：“先生，有什么可以帮您吗？”“我要捉奸，你怎么帮我……”

灵境转过脸，眼里泪光一闪，对着屋里的两人笑了笑。那笑容就好像要去赴死。然后，她打开了门。

她终于知道该怎么做。也许人总要为自己做过的事情付点代价，感谢神，允许她把这个代价付在了最正确的时候。

外面的男人吃惊得倒退了三步。他身边带来的那几个人立即开始对着灵境拍照。她脸色平静地望着这位失去理智的丈夫，走廊上是安静的，她就当所有这些同事都是无关紧要的南瓜，或者椰子。

“在 Tony 房间里的人是我。”灵境狡黠地一笑，“你现在闹够了吧？”

那人脸涨得通红，窘迫地挥手命令那几个身边人：“别拍了！”

“小雅住在隔壁，你要捉奸，怎么不先弄清楚房间号呢？”她拉紧了浴袍的胸口处，径直走向电梯的方向。每个房间门口都站着一个肃静的人。她很容易就从里面找到了只穿着一件大嘴猴睡衣的 HR。她扬起脸，对 HR 粲然一笑：“我要辞职。”然后挺直了脊背离开，赤脚踩在地毯上，每一步，都踩着自己的心跳。悄无声息。所有人默默地为她让出了一条路。

据说，半个小时以后，小雅在酒店的大堂里见到了她的老公。她不由分说地走上去，甩了那人两个耳光，这下——没人记得问她究竟是什么时候回去自己房间的了。完美。

当然这只是据说而已，因为那个时候，灵境已经拖着自己的行李上了出租车，去机场的路上，她终于给关景恒发出了几天来的第一条信息：我辞职了。我要离婚。

与世隔绝的日子，很容易就会习惯。记忆中，那个星期，她只给母亲打过一个电话，说自己的手机出了问题，买好新的以后再通话，这期间可以用 iPad 的微信联系。然后她就关了电话。二十四小时以后，就觉得，死亡好像是没什么可怕的，不过就是在一间没人找得到的屋子里，完全不在意是否浪费了时间。

三天后她还是登录了一次微信，是为了回复 HR，离职手续需要填写一些信息。上百条信息拥挤着进来，像是高峰期的一号线地铁。在那一堆未读的红色标志里，意外地看见了一条来自小潘的，小潘只有一句话：笨蛋，我在北京，你赶紧跟我联系，你看，没有我你得惹多大的麻烦。不过，她最终还是没有给小潘打电话——她失去了重新开机的勇气。

在这一周里，文娟来过两次。事实上，是文娟在她自己飞回北京之前，塞给她这间公寓的钥匙的。这里是小雅曾经租下来的地方，她试图带着宝宝独自重新开始，只可惜失败了，但是她搬回那个家的时候，并没有退租。也许她还是希望着有一天，她做得到离开，她认为不必退租那一天也许很快就到了——但是，谁都知道那不可能。文娟帮她保管着这里的钥匙，因为她先生会时不时地搜查她的包包和抽屉。

“随你住多久，房租有豪门替你交过了。”文娟这么说，顺便把两个满满的超市纸袋子放餐桌上。

她维持着同一个姿势蜷缩在沙发里，身上穿着那件从海岛回来之后一直没换过的运动衫。

“真的不是我说你，你傻不傻——”文娟朝着餐桌张望了两次，终于忍不住，从袋子里拿出一盒酸奶，用幸福的表情拆开，“小雅的命真好，这种雷都有人帮忙顶，可是你知道她是个什么东西？Sherry 那天问过她，要她正式地推荐你去蔓越莓上班，蔓越莓那边，只要她说了话，什么都好办。她居然说不肯，你知道她为什么不肯吗——别人不懂她，我还不懂嘛。因为她现在正式跟别人推荐你，就等于自己承认了你是替她顶雷的人。你说你值不值得？你本将心向明月，奈何明月喂了狗。”

“我那么做，不全是为了帮小雅。”她只能说这么多。她不能告诉文娟，其实小雅昨晚已经来过了，凌晨一点的时候。她一句话也不讲，灵境也什么都不想说——不用解释，不用道歉，不用互相诉衷肠——小雅瘦了一圈，起初她还流了一会儿眼泪，后来，就只剩下发呆。她们两人也许都在等着对方开口，但是不知不觉间，天亮了。小雅说，那我走了。灵境说，好。

“Sherry 要我转告你，过几天，等你心情好了，记得联络她。我感觉，她像是有机会跳槽了，她想带着你一起走。相信我，我直觉很灵的。我要是她我也想带你走啊，到哪儿去找这么缺心眼儿的下属？”

“你还想吃什么，就全吃完吧。”眼看酸奶的盒子就要见底了，

“反正我没胃口，给我也是浪费。”灵境懒洋洋地说。

“不过嘛，其实也有人替你打抱不平——就算你跟 Tony 真的怎么着了，凭什么就是你把什么都担了，他一点儿事没有。那些嚼舌头的人都只会骂你，这叫什么来着？我那天刚学会一个英文的单词——”文娟苦恼地抓了抓头发，“Slut shaming。”她眼睛一亮，“我觉得这个词儿特别好。”

“羞辱就羞辱呗，”灵境笑笑，“我本来就是荡妇，我怕他们？”

“再跟你说一件事。”文娟又打开了一盒曲奇，“过完春节，我要结婚了哦。”

“滚。”灵境瞪圆了眼睛，“这么大的事你都不说。”

“你决定去给狗男女顶包的时候也没跟我商量呀。”文娟抹了一下唇边的碎屑，“是以前的高中同学，后来才在北京又碰到的。IT 工程师，赚钱比我多好几倍，宅男，人很好，就是有点儿太瘦了。”

“孟舵主见过他吗……”灵境迟疑地问，“你舅舅呀……”

文娟笑得前仰后合：“怎么可能！你们一直传这个谣言，可是我什么时候承认过？算了……你真该照镜子看看你现在的表情，我只说过我妈妈姓梦，他们就都觉得谣言一定是真的了。可是这两个姓不是一个字啊——梦姨，梦姨是我妈妈。那时候我妈妈在洗手间门口问孟舵主，可不可以给我一个机会让我来实习三个月……孟舵主同意了，后来，你就都知道了——”

所以，即使是在最倒霉的时候，也会发生一两件让人愉快的事情。

“小雅说有一次她在这个小区见过你……”灵境知道自己脸红了。

“那时候我妈妈每天早上来这里给一家人做两个小时的清洁，我是去送早餐给她的呀——”文娟站起身来，“怎么办，这个屋子里好像没有酒，我现在真想和你碰一杯——现在好了，我妈妈不用那么辛苦了，所以，你也得给我好好地过日子，你听见了没有？”

也不知道她是如何建立这个因果关系的。

文娟毕竟不能停留太久，她的到来就像是为这漫长的寂静添加两个标点。她知道自己其实是在等待。有时候，半睡半醒之际，她会习惯性地翻滚到床的另一侧，试图抓住他的胳膊，抓到一片空的时候，自然就清醒了。疼痛通常会在心脏与胃之间的某个区域觉醒，虽然并不是肺部，可是伴随着呼吸，会慢慢加重。她知道只要咬咬牙一定可以挨得过去，所以她静静地忍耐着，像是融化在了被子里。我们是相爱过的，那一小块黑暗中，她这样告诉自己。还怕什么呢？没有什么是不能失去的，谁还不懂那几条人生的基本道理，以后的日子，照着做就是了。

她已做了所有能做的选择。没有人会再被要挟，没有人会必须受制于谁，没有人再妄想着拥有谁的把柄——只要你舍得动手灭了自己，没有什么解决不了的困难。再过上一两周，外面的世界也就把你忘了，一个无足轻重的人就是有这点好处。窗外又是黎明时分，她知道她在想念他，那种想念，就好像死神将至。

她裹上了外套，打算下楼去 7-11 买点牛奶——文娟来了两趟，把她买给灵境的所有食物吃掉了三分之二，而她下一次过来探视预计是后天的事。七点一刻，这个时间很好，她害怕遇见过多的人。打开门的时候手指微微颤抖，太久没有去过室外了——突然想起来是不是该折回去拿钱包，可是，可是现在要怎么办呢——关景恒就坐在外面的地板上。

“我在这儿等了两天两夜，”他费力地站起身，“我就想着你不可能永远不出门。我跟了文娟好几天，看到她有两次都是来这儿，我去前台看访客登记本才找到是哪一间，真的是……一把老骨头都要断了。”

她急急地想要关门，已不可能，他一闪身就进了客厅，随手关上了门。

“跟我回家，灵境。”他抓住了她的胳膊，但是不敢用力。

“我对你已经没有用了，你为什么还不放过我？”她直直地盯着他的眼睛。

“你说这句话是认真的吗？”——妈的，他眼睛里有真正的伤感。总是这样，总是。

“当然是。我的工作丢了，我不能再参与粉叠收购的谈判；现在所有人都知道我就是那个红杏出墙还要勾引老板的bitch，他丢人也丢够了，不用再害怕被任何人要挟；小雅会接着去谈判，你可以去找她，她念我一个好，应该会尽力争取你的要求——你还不满意吗？”

“我不能没有你。”他试图去抱她，她趁机用力地在他胸口一推。

可是用力之后，倒退了好几步的反倒是她自己。

“我明白了，如果我们现在离婚，小雅恐怕不会看在我的分儿上尽力帮你的忙——没有问题，我可以等两个月，等你们签好合同再说。现在你是不是可以走了呢？”眼泪滑行到了下巴上，“你算计得那么辛苦，放心吧，夫妻一场，这点方便我还是会给的。”

他的手指轻轻滑过她的脸颊，接住了一行泪水。

“关景恒，”她用力地深呼吸，“你有没有爱过我？”

“朱灵境，”他笑着摇了摇头，“我不相信你真的不知道这件事。”

“可是你最爱的人是你自己。”

“你也一样，灵境，我们都是。你和我是一种人，你可以不承认这个。”他颓然地在一把椅子上坐下来。

她的手背用力地在眼睛下面擦了一把，像是用这个动作表示哭完了。“你走吧，”她说，“我要下楼去买早餐。”

“我和你一起去。”他站起来，像是突然想到了什么，“对了还有，那支录音笔，能不能给我，我把里面的记录删除。”

她愣住了，随后笑笑：“这才是你在这里等了两天两夜的目的，对不对？”

“你在说什么啊！”

“录音笔就在那儿，”他的视线四下搜寻的时候，她已经抢先把它抓到了手里，“你同意离婚，我就还给你。我也没有备份，好不好？”她脸上洋溢着某种得胜的笑容。

“你这样折磨我，是不是自己很高兴？”他额头上的青筋鼓了起来。

“对呀。”她嫣然一笑，“你只要同意离婚，就还给你。现在我要去买牛奶了。”

她抓起钥匙，夺门而出。起初电梯里是安全的，但是当她走到小区里的时候，发现他就在不远的身后追了上来。她开始拼命地奔跑，录音笔在胸前那个口袋里一跳一跳的，干扰着心脏的节奏。她听见他在身后叫她，不能停下，不能回头，如果回头了，一切都将失去意义，一切都会重新开始——没有人能得到治愈，没有人能真的变好。重新开始的意思，只不过是让我们两个人都更加纯熟地学会粉饰太平，她已经经过了7-11，可是不能停下来。她像只昆虫那样，盯紧了几百米以外的红绿灯。所有的景物都在快速地倒退，直到她听见身后，急刹车的声音尖利得像是要把路面撕成两半，她难以置信地转身，胸口剧烈呼吸导致的疼痛让她想要继续奔跑。

关景恒躺在那辆车前边的路面上，天已经完全亮了。

仿佛一切声音都在冲撞过后被吸进了天空里。天空是倾斜的，北京也是。他并没有觉得疼痛，只是无法再发出声音。肇事司机惊慌地下车来，蹲在他身边报警。这时候他看见了灵境的脸。声音渐渐地回来了一些，不过依旧遥远。

“你告诉我,你真正爱的是你自己,并不是我。我只是要你承认，你承认了，录音笔就还你。”她的脸贴着他的耳朵，那样近，一种小女孩一样的笑容慢慢地浮了上来，“你说呀，你承认，你最爱的并不是我，我就把录音笔还你。”可是他已经不能发出声音了。他只能眼睁睁地看着她绽放了极美的微笑，像是一个猎人打量着意外入彀的猎物。

“你不说，对不对？”录音笔在她的指间轻松地滑进了下水道。然后黑暗降临。一只硕大的、绝美的蝴蝶缓缓地在眼前的暗夜里升起。

是你吗？是不是你？

我的粉蝶。

灵境站起身，在冻僵的手指上呵了口气。用力地按下了120的号码。

“车祸，一个人，需要担架，我在……”她抬头看了看四周的路牌，“我在景恒街。”

Ending

两年后。

灵境停好了小白龙，从地库上三楼，抵达了他们约定好的餐厅。她穿了一条样式很简单的小黑裙——也终于学会了如何穿着高跟鞋开车。当然，这不安全，不要效仿。

钢铁侠坐在一个离大屏幕很近的位置，专心地看斯诺克比赛。看到她远远地靠近了，抬起手象征性地打了招呼。有一年半左右吧，自从关景恒出院以后，他们俩就会像现在这样，隔两三个月一起吃顿饭，聊聊近况——其实多半都是聊灵境的近况，钢铁侠的近况永远没什么好说的——一个人，等着孤独终老。当然，近况总是很快就说完了，他们更多的话题是说说他们共同认识的人的坏话，这是一项令人神清气爽、有益身心健康的活动。

“对不起。”灵境笑吟吟地拉开了椅子坐下，在停车场的时候因为着急，忘记了补一点口红——不过无所谓，见钢铁侠的时候她从不在乎自己是否漂亮，“Sherry 突然要我们开会汇报项目的进展，所以出来得晚了。”

“她最近心情不好吧？”

“应该是，她儿子没有考上剑桥。”

钢铁侠笑得极为开心，好像听说了一个崭新的笑话。灵境现在跟着雪莉转投至另一家VC工作了，其实——原先在二十五楼，现在换到了十九楼，就是这点差别。

“欸，你看——”屏幕上开始播放娱乐新闻，一部看看片花就知道是烂戏的大制作古装剧开机的消息。钢铁侠指着一扫而过的演员合影：“第二排，最边上那个，看到没有，那个姑娘……”

“我只看到了小潘在第一排。”灵境托着腮，一脸迷茫。小潘转行做演员之后倒是一路顺风顺水，虽然演不了男主角，但是已经可以演男主角最好的朋友了。片约不断，价钱越来越高，灵境常常讽刺他演的全是烂戏，被幽幽一句话就噎了回去：“好戏会来找他演吗？”说得的确很有道理。

“那个姑娘，女四号吧——好像最近在跟孟舵主约会。”钢铁侠一脸的坏笑，“完蛋了，照这个趋势下去，看来他确实需要我来给他养老送终。”

“小雅好吗？”灵境看似无意地问。

“又生了一个。挺好。”他淡淡地一笑，“越来越像名媛了，昨天下午还去参加了拍卖会。买回来一幅丑得吓死人的画，非要挂在办公室里。”

提起小雅的时候，他不知道，自己的神情始终有种落寞。

“文娟当时跟我说，她就是嫌你穷，我还不信，看来是真的。”

“喂！”钢铁侠气急败坏地翻了个白眼，“关景恒最近还乖吗？”

“好得很。”灵境微笑，“最近有个视频节目，是采访很多企业家和创业者的——邀请他去做一季的主持人，他还在考虑。”

“不错啊，总这样待在家里也不行的，人没事干就容易信邪教。”

“你的嘴还是那么欠。”车祸之后，关景恒大概用了半年的时间恢复，他们彼此都再也没提那个早晨的事情。“粉叠”最终和关景恒没了关系，他那时坐在病床上，没有表情地刷着手机，看到娱乐新闻乐此不疲地推送着白千寻加入“粉叠”的消息——某张照片里，大韦隐约出现在景深处，倒是一如既往地淡然。他们夫妻没有对这些新闻交谈过哪怕一句。

他们也并没有如很多人以为的那样，卖掉粉叠之后，到手一笔人神共愤的钱。其实还完所有的债务之后，再交完半年的医疗费，剩不了多少——严格地说，连债务都没有还完。大教室依旧在抵押状态中，灵境也依旧在按月赎回着它。他们也曾经想过要不要搬去一个远一点的地方，负担或许会轻一点，最后一致觉得，不愿意把那张课桌和那块黑板交到陌生的房客手里。关景恒豪爽地提议过，反正已经这样了，不如顺势帮灵境把小白龙换掉，迎接一样簇新的东西，也是个彩头。可灵境舍不得。

“改天我约一下大韦，我们一起见一见。”灵境提议。

“干吗？他们公司又没钱了？”

关景恒的信息闪烁了起来：你今天大概什么时候到家？灵境回复：最多两个小时以后。——他现在格外依赖她，没有了粉叠之后，在庸常的日子里，他甚至决定不了到底要买哪个颜色的盘子。

钢铁侠的声音突然间武装了一层礼节："哎，这么巧？灵境，来，我给你介绍一下。这是我今年发现的最棒的项目的创始人，岳辰东。"

那是一个年轻人，穿着一件很普通的白衬衫。瘦，神采飞扬。"她之前是我们公司的投资经理，朱灵境，哦对了，她先生创办了粉叠，这个你总听过的吧？"

"关太你好。"他微笑着，对她伸出了右手。握手的时候，灵境深深地望了他一眼，他们都是一样的，浑身上下，弥漫着的那种坚定与自控——其实说穿了，都是欲望。只是不知道，面前这个尚且热情的岳辰东，他是不是一个好人。

服务生开始上菜了，钢铁侠笑着对远处的岳辰东挥了挥手。

灵境看到，关景恒的信息又来了：等你回家。她回复道：好的宝贝，爱你。然后加上了一个鲜红的嘴唇。有一句话，关景恒当初其实是对的，没有了粉叠的他，不过是个嗓子还不错的普通人而已。

"干杯。"钢铁侠想了想，"敬咱们——倒霉的友谊。"

"好的。"她举起了酒杯。

——你还爱关景恒吗？

——我有过承诺，不会离开他。

——你没有回答问题。

——你问得太多了。

——你还相信爱情这个东西吗？

——当然，当然。

——你就不能好好地把心全都放在这个人间吗？

——试过了，我对这个人间，实在兴趣不大。勉强不了。

——所以，就贪着那一点点的，片刻的欢愉？

——那一点点的，片刻的欢愉，是我最后的去处。

——你知道吗？那一点点的，片刻的欢愉，是我最后的去处。

——所以，就这么贪？

——可是我努力过了，我对这个人间实在兴趣不大，勉强不了。

——就不能好好地把心全都放在这个人间吗？再专心一点。

——当然，当然，我试试。

——你还相信爱情这个东西吗？

——你问得太多了。

——你没有回答问题。

——我有过承诺，不会离开他。

——你还爱关景恒吗？

二〇一八年五月五日 初稿于北京

二〇一八年八月一日 二稿于北京

二〇一八年九月十七日 定稿于北京

后记

也无风雨也无晴

我想了很久要怎么开始，因为既然小说写完了，该说的早已在作品里全部说完。是的，是的我知道，距离上一本长篇小说出版，已经过去了四年。太久了，久到身边所有人都开始用一种怒其不争的眼神看着我——我倒不是给自己的拖延症找借口（这句话可能不大可信），只不过，逐渐觉得，其实我写或不写，好像并没有那么重要。

人或多或少都会被自己的职业改变，乃至塑造——而我觉得，“写作”带给人最致命的东西，就是一个写作者会日益过分看重，甚至过分看重自己的存在感，通俗地说，就是越来越拿自己当回事，进而错觉自己是宇宙中心。既然“表达”已经成为核心的谋生手段，那么生活中时时刻刻会形成写作时那种“我想”“我觉得”的思维习惯——一篇文章以自身的感受为核心运转是没错的，可是，当自身的感受被当成了维持整个世界运转的原动力，那真是件令旁人尴尬的事——所谓“心外无物”，真的不是这个意思。所以，虽然我对写作这件事的热爱从未改变，可是对于“作家”这个职业身份，却是越来越厌倦了。

这种时候，我会想起童年时代的一部动画片。普通女孩在紧要关头会变身成为超级女英雄希瑞，她拔出宝剑，向着苍穹深处呐喊一声：赐予我力量吧——剩下的事情就不用观众操心了。她自然所向披靡。我知道这是一个暴露年龄的回忆，但是——“赐予我力量吧”，我常常像是开玩笑那样在心里对自己这么说，在我不清楚方向的时候，在我不确定还有没有更糟糕的事等我的时候。四年来，人生经历过很大的变化，可是，剧变之后，世界运转如常，往日内心深处的台风海啸，不过是种不高明的修辞。我像是恍了神，置身事外地站在阳台上，像凝视日出一样凝视自己的人生，没有感情也毫无感慨，只是当最绚烂的霞光消失的时候，我才意识到，刚刚消散的，是我的青春。太阳自然会照常升起，可是明天此时，站在这里看日出的那个生命体，已经不会是我。天道如此，无须多言。

然后，我就写了这本小说。我想此刻的自己，写出来的东西，可能跟过去有点不同。至少我已理解，面对自己的作品，有时候“无情”是必须的。二〇一五年的某个深夜或者凌晨，机场高速上只有寥寥几辆车，电台突然播放了一首新歌，那是一个我曾经很喜欢的歌手，我已有好几年不知道他有什么新的作品。车灯照亮了眼前的一小段路面，我听见他唱到一句：“敬这无言以对的时刻。打烊了，该走了。”于是我突然有了个念头：我要写一个爱情故事。一个关于当下的，北京的，成年人之间的爱情故事。篇幅不用太长，就当是休息一下也好——所谓的“休息一下”自然是无稽之谈，写“当下”要比写“明朝”还困难，我有时候犹豫不决，有时候放下它去做别的事情，有时候又想着干脆放弃另起炉灶算了——就在这种无效率的反复中，这部小说总算是写完了。一个关于爱情的故事。一个关于成功的故事，“成功”同样是一种幻象，因为“成功”与“功成名就的人”这二者之间的差别，非常大。这也是一个关于“爱情”与“成功”一同幻灭的故事——到此为止，我不想变成那种我鄙视的作者。

当我终于意识到我内心里的那个世界与坚硬的外部世界截然不同，写作就真正成为了我身体的一部分。打个比方说，你也许不会天天焚香沐浴地祭拜自己的心脏或者肝脏，但你当然知道你不能没有它们。有句话我想告诉我的读者们：我没能成为当初以为自己必将成为的那种作家，真的很抱歉。但是，这一本书，诚实地讲，我写给你们，因为我用了十七万字，只是想写出来那一点点的无以言表，我希望能让你们高兴。

感谢我的朋友王肇辉先生，在我动笔之前耐心地为我科普了很多相关的背景知识；感谢我的朋友魏玲小姐，我因为一篇时尚杂志上的精彩特稿记住了她的名字，然后非常厚脸皮地拜托另一位朋友介绍我们认识，初次见面我就问她可否不定期地帮我试读这部作品，随时提出硬伤或者逻辑缺陷，她没有任何犹豫地同意了——直到今天，我们聊天都很少分享彼此的生活，可是这部小说的每一个阶段，都离不开我们二人深刻的讨论，传说中可遇不可求的君子之交，指的就是这个了。

在我敲下这篇后记的时候，有一个小女孩好奇地凑过来，用软软的小手指戳戳屏幕，被我制止以后，认为妈妈是个坏人。这个柔软晶莹的小家伙，就是过去四年里导致我人生巨变的最重要的原因。因为她的存在,就算对“作家”这个身份已经充满了怀疑，作为一个“人”，我却前所未有地确定，我是谁，我该做什么。阳光透过窗帘的缝隙，洒在她头发之间，与睫毛边缘，我在心里静静地对那缕微妙的阳光说：

赐予我力量吧。

二〇一八年九月十四日　北京

图书在版编目（CIP）数据

景恒街 / 笛安著．-- 北京：北京十月文艺出版社，2019.1

ISBN 978-7-5302-1886-0

Ⅰ．①景… Ⅱ．①笛… Ⅲ．①长篇小说－中国－当代 Ⅳ．①I247.5

中国版本图书馆 CIP 数据核字（2018）第 227095 号

景恒街
JINGHENG JIE
笛安 著

出　　版　北京出版集团公司
　　　　　北京十月文艺出版社
地　　址　北京北三环中路 6 号
邮　　编　100120
网　　址　www.bph.com.cn
发　　行　新经典发行有限公司
　　　　　电话（010）68423599
经　　销　新华书店
印　　刷　北京天宇万达印刷有限公司
版　　次　2019 年 1 月第 1 版
　　　　　2019 年 1 月第 1 次印刷
开　　本　850 毫米 ×1168 毫米　1/32
印　　张　10.5
字　　数　200 千字
书　　号　ISBN 978-7-5302-1886-0
定　　价　49.00 元
质量监督电话　010-58572393
如有印装质量问题，由本社负责调换